DIESES BUCH GEHÖRT:

Die drei ???

Die drei ???
Dämonen des Feuers

KOSMOS

Umschlagillustration von Andreas Ruch, Düsseldorf
Umschlaggestaltung von der Peter Schmidt Group, Hamburg, auf der Grundlage der Gestaltung von Aiga Rasch (9.Juli 1941–24.Dezember 2009)

MIX
Papier aus verantwortungsvollen Quellen
FSC® C014496
FSC www.fsc.org

Gedruckt auf chlorfrei gebleichtem Papier

Based on characters by Robert Arthur.

ISBN 978-3-440-16683-3
Redaktion: Leyla Navarro
Produktion, Layout und Satz: DOPPELPUNKT, Stuttgart
Druck und Bindung: GGP Media GmbH, Pößneck
Printed in Germany / Imprimé en Allemagne

Die drei ???
Dämonen des Feuers

Die drei ???

Der Feuerteufel

erzählt von André Marx

Die drei ???

Der Feuerteufel

Im Gruselkabinett

Der Zombie starrte ihn aus nur einem hervorquellenden Auge an. Seine Haut war von Geschwüren übersät und hing in blutigen Fetzen vom Schädel. Der zahnlose Mund grinste und Peter glaubte seinen stinkenden Atem zu riechen. Schaudernd wandte er sich ab – und blickte in das Gesicht eines zähnefletschenden Werwolfs. Ein Vampir mit blutglänzenden Eckzähnen und ein blickloser Totenschädel rahmten ihn ein. Der Raum war gefüllt mit Gestalten, die schlimmer waren als seine furchtbarsten Albträume. Von allen Seiten grinsten zahnlose Münder, funkelten rot leuchtende Augen, schimmerten bleiche Schädel. Sie verfolgten jede Bewegung der Besucher, ohne sich selbst zu rühren. Peter erkannte einige Figuren aus dem Kino wieder: Darth Vader, Freddy Krüger, das Alien, der Killer aus ›Scream‹. Andere dagegen hatten mit Filmen nicht das Geringste zu tun. Sie waren einer ganz anderen Welt entsprungen, einer mythischen und äußerst düsteren. Ihre Züge waren grob, aus dunklem Holz geschnitzt und erinnerten weniger an Monster aus Hollywood als vielmehr an uralte Götter.

Peter blickte fasziniert in die schwarzen Augenhöhlen einer Göttermaske, als sich eine Hand auf seine Schulter legte. Er zuckte zusammen und fuhr herum. Hinter ihm stand ein Mädchen mit kurzen dunklen Haaren und grinste ihn an. Sie war vielleicht etwas jünger als er. Um den Hals trug sie ein auffälliges silbernes Medaillon, das mit geheimnisvollen Zeichen versehen war. Für einen Moment kniff sie die Augen hinter ihrer kleinen runden Brille zusammen, als überlegte sie, doch dann kehrte das Grinsen zurück.

»Was kann ich für dich tun?«, fragte sie.

»Mich das nächste Mal nicht so erschrecken«, bat Peter. »Das ging mir durch und durch.«

»Ich weiß. Funktioniert immer.«

»Wundert dich das? In diesem Gruselkabinett kommt einem ja schon das Grausen, wenn man sich nur umsieht. Hier ist es wirklich unheimlich. Arbeitest du hier?«

Sie nickte und streckte ihm die Hand entgegen. »Roxanne Elfman. Der Laden gehört Kathy Goldenberg, der einzigen Maskenfachfrau von Santa Monica. Sie ist meine Nachbarin. Hin und wieder helfe ich ihr nach der Schule im Geschäft.«

»Peter Shaw«, stellte Peter sich vor.

»Ich weiß.«

Er runzelte die Stirn.

Roxanne lächelte. »Du bist einer der drei Detektive aus Rocky Beach, stimmt's?«

»Äh ... ja. Kennen wir uns?«

»Ich kenne dich«, erklärte Roxanne. »Aus der Zeitung. Ich habe schon öfter von euch gelesen. Ihr habt doch vor kurzem erst diesen Museumsfall aufgeklärt.«

Peter nickte, nicht ohne Stolz. »Stimmt. Darüber ist ein Artikel in der ›Los Angeles Post‹ erschienen.« Er verschwieg, dass Bobs Vater diesen Artikel geschrieben hatte.

»Es ist doch bestimmt wahnsinnig aufregend, als Detektiv zu arbeiten, oder?«

»Na ja«, antwortete Peter verlegen und spürte, dass er ein wenig rot wurde. »Das machen wir nur nebenbei. Schließlich gehen wir noch zur Schule. Und meistens rutschen wir eher zufällig in unsere Fälle hinein. Ich jedenfalls reiße mich nicht gerade darum.«

»Hast du nicht Lust mir ein bisschen was von euren Abenteuern zu erzählen?« Roxannes Augen leuchteten.

»Also …« Peter sah auf die Uhr. »Ich habe eigentlich nicht viel Zeit und wollte mich nur ein wenig umsehen. Diese Masken sind nämlich wirklich fantastisch. Woher kommen die alle?«

Roxanne konnte ihre Enttäuschung nur schlecht verbergen. Doch dann hob sie die Arme und machte eine weit ausholende Geste, die den Laden und die ganze Welt einschloss. »Von überall her«, verkündete sie stolz, als gehörte das alles ihr. »Mrs Goldenberg ist früher viel gereist und hat Masken aus der ganzen Welt zusammengetragen. Erst war es nur eine Sammlerleidenschaft, doch dann wurde nach und nach ein Geschäft daraus. Außerdem ist sie Handwerkerin. Ihre Werkstatt ist gleich nebenan. Einige der Masken hier hat sie selbst gemacht. Diese venezianische dort drüben mit dem Federschmuck zum Beispiel.«

»Die verkaufen sich bestimmt gut«, vermutete Peter.

»Geht so. Die meisten Leute interessieren sich nicht dafür. Ihr Geld verdient Mrs Goldenberg mit Hollywood, wie so viele in dieser Gegend. Frankenstein oder Dracula verkaufen sich hundertmal besser als die wirklich wertvollen Masken. Ich persönlich mag sie nicht besonders. Aber von irgendwas muss Mrs Goldenberg ja leben.«

Peter fühlte sich ertappt, denn auch er hatte zuerst auf die ihm bekannten Filmgesichter geachtet und alle anderen Masken weitgehend ignoriert. Nun ließ er seinen Blick noch einmal durch den Verkaufsraum gleiten und betrachtete die anderen Objekte genauer: Die meisten hatten einen mehr oder weniger grimmigen Gesichtsausdruck. Er erkannte afrikanische, japanische und indische Motive wieder, doch in den meisten Fällen reichte Peters Wissen über die verschiedenen Kulturen der Erde nicht aus und er konnte die Masken keinem Volk eindeutig zuordnen.

»Im Gegensatz zu Frankenstein oder Dracula haben alle ihre eigene Geschichte. Das ist das Besondere an diesen Masken. Jede ist ein Einzelstück, handgefertigt, und einige sind weit über hundert Jahre alt.«

Roxanne ergriff Peters Arm und zog ihn ein paar Meter weiter, um ihm eine Maske zu zeigen, die unter einem Halogenstrahler einen Ehrenplatz an der Wand hatte: Ein freundliches Geschöpf, um dessen Vogelgesicht sich Schlangen rankten, blickte auf sie herab. Es war so ziemlich das Skurrilste, was Peter je gesehen hatte. »Eine Kolam-Maske aus Sri Lanka«, erklärte Roxanne. »Mein absoluter Liebling. Sie hat eine ganz besondere Aura. Oder die da vorn: Mit ihr hat der Schamane eines afrikanischen Stammes seinen Kriegsgott beschworen.«

»Faszinierend«, fand Peter. »Du bist ganz schön fit auf diesem Gebiet, was?«

»Wenn Mrs Goldenberg Zeit hat, erzählt sie mir alles über ihre Leidenschaft«, erklärte Roxanne. »Wäre die Kolam nicht ein hervorragender Wandschmuck für dein Zimmer? Oder euer Detektivbüro?« Sie grinste ihn schelmisch an.

»Ich fürchte, dafür reichen weder mein Taschengeld noch das, was ich beim Rasenmähen in Nachbars Garten verdiene«, entgegnete Peter mit einem Blick auf das kleine Preisschild. »Aber du willst natürlich etwas verkaufen, schon klar. Zufällig brauche ich tatsächlich noch eine gruselige Maske.«

»Für Halloween«, mutmaßte Roxanne.

Peter nickte. »Ich bin auf eine Party eingeladen und da macht sich ein einäugiges, schleimiges Gesicht doch ausgesprochen gut.« Er wandte sich wieder den Filmmasken aus Gummi zu und begutachtete deren Preise. »Diese hier haben vielleicht keine eigene Geschichte, aber ich kann sie mir leisten.«

Ein Windspiel klingelte, als die Ladentür geöffnet wurde und ein weiterer Kunde hereinkam: ein großer, schlanker Mann mit schulterlangen Haaren, der trotz des warmen Wetters einen langen schwarzen Mantel mit hochgeschlagenem Kragen trug. Er war blass, als würde er sich nie in der Sonne aufhalten. Peter fühlte sich spontan an eine Gestalt aus einem Vampirfilm erinnert. Roxanne blickte sich um und strahlte übers ganze Gesicht, als sie den Kunden erkannte. »Mr Moore!« Roxannes anfängliche Begeisterung für Peter und die drei ??? verpuffte so schnell, wie sie aufgeflammt war. »Schön, Sie zu sehen!«

»Schön, von dir bedient zu werden, Roxanne«, antwortete Mr Moore. Beide würdigten Peter keines Blickes.

Ein wenig beleidigt wandte sich der Zweite Detektiv ab und betrachtete wieder die Masken. Welche sollte er nun nehmen – den Zombie oder Frankensteins Monster? Wovor würden sich Justus und Bob mehr gruseln? Während er hin und her überlegte, verfolgte er ungewollt das Gespräch zwischen Roxanne und Mr Moore im vorderen Teil des Ladens.

»Ist Mrs Goldenberg nicht da?«

»Die kommt in einer halben Stunde wieder. Morgen ist es so weit, nicht wahr? Morgen erscheint Ihr neues Buch. Ich freue mich schon!«

Mr Moore lachte. »Es sind keine Bücher, Roxanne, das sage ich dir jedes Mal. Es sind Heftchen.«

»Für mich sind es Bücher«, erklärte Roxanne. »Ihr letztes hat mir auch wieder sehr gut gefallen.«

»Nicht nur dir.«

»Was heißt das? Haben Sie wieder säckeweise Fanpost bekommen?«

Erneut ein Lachen. »Habe ich noch nie, liebe Roxanne. Höchstens fünf Briefe pro Woche. Aber nein, diesmal ging die Verehrung meiner Werke über einen schlichten Brief hinaus.«

»Hat Ihnen jemand Blumen geschickt?«

»Bedauerlicherweise nicht.« Mr Moore senkte die Stimme: »Jemand hat mein eigenes Grab angezündet.«

Unwillkürlich drehte Peter sich um. Moore fing seinen neugierigen Blick auf und Peter sah schnell wieder weg.

»Vielleicht solltest du erst deine Kundschaft zu Ende bedienen, bevor ich dir die Geschichte erzähle.«

Einen Augenblick später tauchte Roxanne neben ihm auf und fragte betont freundlich: »Hast du dich entschieden?«

»Äh ... ja. Ich nehme den Zombie hier.«

»Gut.« Roxanne griff nach der Gummimaske und ging damit eilig zur Kasse. »Elf Dollar fünfundneunzig.«

Peter kramte nach seiner Geldbörse. Nicht gerade wenig für einen Halloween-Spaß. Aber er hatte schon immer eine Schwäche für Zombies gehabt. Obwohl – oder gerade weil – er sich maßlos vor ihnen gruselte. Er bezahlte und verstaute die Maske so umständlich wie möglich in seinem Rucksack. Doch die Rechnung ging nicht auf: Anstatt zu Mr Moore zurückzugehen und sich weiter mit ihm zu unterhalten, wartete Roxanne geduldig lächelnd, bis Peter fertig war.

»Vielleicht erzählst du mir ein anderes Mal mehr über euch?«

»Ja, vielleicht.«

»Auf Wiedersehen!«

»Wiedersehen«, murmelte Peter, nickte Mr Moore kurz zu und verließ den Laden. Unschlüssig blieb er einen Moment auf dem Bürgersteig stehen, dann sah er auf die Uhr: kurz vor fünf. In wenigen Minuten war er mit Bob und Justus auf dem Schrottplatz verabredet. Schnell schwang Peter sich auf sein Rad und düste los Richtung Rocky Beach.

Der Schrottplatz gehörte Justus' Onkel und Tante, die auf dem Gelände einen Trödelmarkt aufgemacht hatten. Es war Justs Idee gewesen, das Unternehmen ›Gebrauchtwarencenter T. Jonas‹ zu taufen. Das klang seriöser als Trödelmarkt und seitdem florierte das Geschäft. Die Leute kamen aus der ganzen Umgebung nach Rocky Beach, nur um bei Titus Jonas einzukaufen. Zwischen all den Verkaufsständen, dem Bürohaus, dem Schuppen für die wetterempfindlichen Waren und den riesigen Schrottbergen, die sich überall auftürmten, ging der große Campinganhänger, der etwas abseits neben der Freiluftwerkstatt stand, fast unter. Alle Kunden des Gebrauchtwarencenters gingen davon aus, dass das alte, verstaubte Ungetüm zum Verkauf angeboten wurde, doch ernsthaft danach gefragt hatte noch niemand. Und das war auch gut so, denn tatsächlich befand sich in seinem Inneren die Zentrale der drei

???: ein voll ausgestattetes Detektivbüro mit eigenem Telefonanschluss und Labor. Dies war der geheime Versammlungsort von Justus Jonas, Bob Andrews und Peter Shaw. Hier hatte so mancher spannende Fall seinen Anfang und auch sein Ende gefunden. Doch heute war Peter in Eile, weil eine andere Aufgabe auf sie wartete: Die drei ??? mussten Rakos aus dem dunklen Verlies des Elfenkönigs Tha-Eru befreien, in dem er seit gestern gefangen war.
Peter schoss über die staubige Einfahrt und brachte sein Rad zum Stehen. Bevor er es zur Zentrale schob, öffnete er seinen Rucksack und holte die Maske heraus. Er zog sie über den Kopf, schlich zur Tür des Wohnwagens und riss sie mit lautem Gebrüll auf. Durch die kleinen Gucklöcher sah er Bob und Justus vor dem Computer sitzen. Völlig ungerührt.
Der Erste Detektiv Justus Jonas drehte sich kurz um, warf einen kritischen Blick auf den Zombie und knurrte: »Wurde aber auch Zeit.«
»Buh!«, versuchte Peter sein Glück bei Bob.
»Wahnsinnig originell, Peter. Warum kommst du so spät?«
Enttäuscht zog der Zweite Detektiv die Maske vom Kopf. »Ihr könnt einem aber auch jeden Spaß verderben.«
Jetzt fingen die beiden an zu lachen.
»Warum habt ihr euch nicht erschrocken?«
»Weil wir dich bereits durch das Periskop gesehen haben«, grinste Bob und wies auf das mit Spiegeln versehene Ofenrohr, das in einer Ecke der Zentrale hing und durch die Decke nach draußen führte. Mithilfe dieser Konstruktion konnte man vom Inneren der Zentrale aus den gesamten Schrottplatz überblicken, ohne selbst gesehen zu werden.

»Gemein«, brummte Peter, musste dann jedoch selbst lachen. »Aber der Zombie kommt doch cool, oder?«

»Für die Halloween-Party bei Jeffrey?«

»Ja. Geht ihr eigentlich auch hin?«

»Klar. Ich mache ein Foto von deinem Gesicht, vergrößere es und bastle mir daraus eine Peter-Shaw-Maske.«

»Den Unterschied wird kaum jemand merken«, spottete Peter und betrachtete Justs eher füllige Statur. »Den Zombie habe ich gerade in Santa Monica gekauft, in einem absolut irren Laden. Und außerdem habe ich dort ein sehr seltsames Gespräch mitbekommen.«

»Hat das nicht Zeit bis später? Ich will jetzt endlich anfangen!« Justus wies auf den Computermonitor, über den verschiedene Fragezeichen in den Farben weiß, rot und blau wanderten. Sein erster selbst programmierter Bildschirmschoner, auf den er sehr stolz war.

»Genau!«, stimmte Bob zu und griff nach dem Joystick. »Jetzt geht's los, gleich kriegt Tha-Eru was auf die Mappe!«

Peter öffnete den Kühlschrank und trank eine halbe Flasche Wasser leer, bevor er besorgt sagte: »Wir sind süchtig, wisst ihr das? Seit geschlagenen vier Tagen hängen wir jetzt vor diesem Spiel. Und ein Ende ist nicht in Sicht. Die Hausaufgaben leiden, mein Training leidet und meine Eltern beschweren sich schon, weil ich nie zu Hause bin.«

»Also, ich find's cool«, freute sich Bob. »Endlich ist die Fortsetzung von ›Jagd‹ erschienen und wir können wieder tage- und nächtelang aufregende Abenteuer erleben! Wenn wir das Spiel geschafft haben, hat das auch wieder ein Ende.«

»Bis Teil III erscheint«, erinnerte Justus. »Fang schon an!«

Als Bob das Spiel lud, berichtete Peter in kurzen Sätzen, was er in dem Maskengeschäft erlebt hatte. »Es ist schon seltsam, wenn ein wildfremder Mensch einen erkennt. Sind wir tatsächlich so berühmt?«

»Nun werd mal nicht größenwahnsinnig, Peter«, warnte Bob. »Solange noch keine Horde kreischender Mädchen morgens vor deiner Haustür darauf wartet, dass du zur Schule fährst, musst du dir keine Sorgen machen.«

Peter winkte ab. »Ist ja auch egal. Eigentlich beschäftigt mich etwas ganz anderes: Was kann dieser Mann gemeint haben, als er sagte, jemand habe sein Grab angezündet?«

»Bist du sicher, dass du dich nicht verhört hast?«, hakte Justus nach.

»Ganz sicher. Findet ihr das nicht irgendwie seltsam?«

»Hört, hört! Peter wittert ein Geheimnis.«

»Mach dich nicht lustig, Bob. Der Typ war wirklich merkwürdig. So blass. Und dann diese komischen Klamotten. Er hatte was zu verbergen, sonst hätte er weitergesprochen. Ich glaube, er war Schriftsteller oder so. Jedenfalls sprachen sie über seine Bücher.«

Justus wurde hellhörig. »Moment mal. Wie hieß er, sagtest du? Moore? Vielleicht war es Aaron Moore.«

»Wer zum Teufel ist Aaron Moore?«

»Besser bekannt als Hawk Night, der Autor der Reihe ›Dämonenfeuer‹. Ich habe vor kurzem ein Interview mit ihm gelesen. Er wohnt hier in der Nähe. Der Artikel müsste hier noch irgendwo herumfliegen, da war auch ein Foto dabei.«

Ratlos blickte sich der Erste Detektiv in der Zentrale um. Überall wuchsen Papierberge in die Höhe: alte Zeitungen und

Zeitschriften, Computerausdrucke und Akten. »Wir müssen dringend mal aufräumen.«

»›Dämonenfeuer‹? Das sind doch diese Groschenromane«, sagte Bob verächtlich. »Literarischer Schund.«

Das Telefon klingelte. »Wer immer es ist – wimmle ihn ab!«, mahnte Bob. »Ich will jetzt endlich spielen.«

Der Erste Detektiv ging ran. »Justus Jonas von den drei Detektiven. – Ja, der ist hier, Augenblick.« Er reichte Peter den Hörer. »Für dich.«

Peter warf ihm einen fragenden Blick zu, doch Justus zuckte die Schultern. »Ja, Peter Shaw?«

»Hi, hier ist Roxanne.«

»Wer?«

»Roxanne. Von vorhin. Aus dem Maskenladen.«

»Äh …«

»Ich glaube, ich habe einen Fall für die drei ???.«

Ein neuer Fall

»Wie bitte? Woher hast du diese Nummer?«

»Von deiner Mutter.«

Peter verstand überhaupt nichts mehr. »Was?«

Roxanne lachte. »Ich habe dich erkannt, erinnerst du dich? Und ich weiß, dass du und deine Freunde aus Rocky Beach kommen. Also habe ich im Telefonbuch nachgesehen und bei dir angerufen. Deine Mutter gab mir dann diese Nummer. Wo bist du denn? In eurem Detektivbüro?«

»Äh ... ja.«

»Tut mir Leid wegen vorhin. Ich wollte dich nicht einfach so stehen lassen. Das war sehr unhöflich. Aber dann kam Mr Moore und –«

»Und du hattest plötzlich keine Zeit mehr«, brachte Peter die Sache auf den Punkt. Dann beugte er sich über den Schreibtisch und schaltete den Lautsprecher des Telefons ein, damit Bob und Justus mithören konnten. »Was gibt es denn nun? Was meintest du mit einem neuen Fall?«

»Mr Moore hat Probleme. Ein Unbekannter terrorisiert ihn. Wahrscheinlich ein Psychopath, ein geisteskranker Fan. Du musst nämlich wissen, Mr Moore ist –«

»Schriftsteller«, unterbrach Peter sie. Er war immer noch gekränkt wegen Roxannes Verhalten und fuhr gelassen fort: »Er schreibt ›Dämonenfeuer‹, diese Groschenromane. Literarischer Schund.«

»Das ist kein Schund«, erwiderte Roxanne. Ihre Laune schwang schlagartig um. »Das sind hervorragende Romane.«

»Heftchen«, korrigierte Peter sie.
»Hast du je einen ›Dämonenfeuer‹-Band gelesen?«
»Äh ... nein«, gestand Peter.
»Dann halt dich mit deinem Urteil gefälligst zurück. Was ist nun – nehmt ihr den Fall an?«
»Wir wissen ja noch nicht einmal, worum es genau geht.«
»Um ein brennendes Grab. Aber das weißt du ja schon.«
»Wie kommst du –«
»Du hast uns doch belauscht, oder nicht?« Roxanne lachte. »Ich nehme es dir nicht übel. Ein echter Detektiv kann wohl nicht anders. Aber es ist vielleicht am besten, wenn Mr Moore euch persönlich die ganze Geschichte erzählt. Ich habe ihm bereits von euch berichtet. Er will die Dienste der drei ??? in Anspruch nehmen und erwartet euren Besuch. Es ist nämlich dringend. Vielleicht ist sogar sein Leben bedroht.«
»Das klingt ja alles sehr geheimnisvoll.« Peter warf einen Blick zu Bob und Justus, doch die zuckten nur mit den Schultern. »Na schön. Wir werden mal darüber sprechen.«
»Wie ich aus der Zeitung weiß, lautet euer Motto ›Wir übernehmen jeden Fall‹«, erinnerte Roxanne ihn. »Ich hoffe, das ist nicht einfach so dahingesagt. Ruft mich an, wenn ihr euch entschieden habt. Dann können wir Mr Moore zusammen besuchen.«
Peter seufzte schwer. »In Ordnung.«
Sie gab ihm ihre Telefonnummer, dann legte Peter auf und sah seine beiden Freunde ratlos an. »Und?«
»Ein brennendes Grab bei Hawk Night und ein Psychopath, der ihm ans Leder will«, fasste Justus mit leuchtenden Augen zusammen. »Klingt vielversprechend.«

»Klingt verrückt, wenn du mich fragst«, widersprach Bob.
»Das auch«, gab der Erste Detektiv zu. »Aber das ist ja das Reizvolle daran. Ich wüsste zu gern, was hinter dieser Geschichte steckt.«
»Das heißt, wir müssen Rakos im Kerker des Elfenkönigs verschimmeln lassen«, vermutete Bob.
»Er läuft uns ja nicht weg«, beruhigte Justus ihn. »Ich meine, wir sollten Mr Moore besuchen. Es könnte doch ganz interessant werden, den Autor von ›Dämonenfeuer‹ kennenzulernen, meint ihr nicht? Peter?«
»Seit wann werde ich denn gefragt? Also, meinetwegen können wir mal bei diesem Typ vorbeischauen. Nur damit ihr seht, dass er wirklich seltsam ist und ich nicht übertrieben habe.«
»Damit du Roxanne wieder siehst«, spottete Bob. »Das ist doch der wahre Grund für deine überraschend schnelle Zustimmung, oder?«
»Quatsch! Die interessiert mich gar nicht.«
»Na gut, belassen wir es dabei«, sagte Bob und lächelte viel sagend. »Fahren wir also zu Mr Moore alias Hawk Night!«

»Schön, dass ihr gekommen seid«, freute sich Roxanne, als die drei ??? sie am frühen Abend in Santa Monica abholten. Mrs Goldenbergs Maskenladen hatte gerade zugemacht und das Mädchen wartete auf sie an der Straße. »Justus Jonas und Rob Andrews, richtig?«
»Bob«, korrigierte der dritte Detektiv. »Bob Andrews.«
»Verzeihung. Ich bin Roxanne Elfman.« Sie reichte den beiden die Hand. »Ich find's wirklich toll, dass ich euch kennen lerne. Ich habe einiges über euch gelesen. Wirklich unglaub-

lich, was ihr schon alles erlebt habt. Ich will alles über eure Fälle wissen! Wie habt ihr es nur immer wieder geschafft, den Tätern auf die Schliche zu kommen?«

»Das war meist Justs Verdienst«, gestand Peter.

»Ich habe mich in der Vergangenheit lediglich bemüht meine geistigen Fähigkeiten optimal einzusetzen«, fügte der Erste Detektiv ohne eine Spur von Bescheidenheit hinzu. »Wenn du willst, erzähle ich dir gern mehr darüber. Aber vielleicht sollten wir uns erst Mr Moore vorstellen und diesen neuen Fall unter die Lupe nehmen.«

»Du hast recht. Er wohnt in den Santa Monica Mountains in einem abgelegenen Haus. Ich hoffe, ich finde den Weg nach seiner Beschreibung.«

»Du warst noch nie da?«, wunderte sich Peter. »Ich dachte, du kennst ihn.«

»Nur aus dem Laden. Er sammelt Masken und ist Stammkunde bei Mrs Goldenberg. Und ich kenne natürlich seine Bücher. Du ahnst nicht, wie aufgeregt ich war, als er eines Tages in das Geschäft kam. Hawk Night persönlich! Ich habe ihn natürlich sofort erkannt und ihn nach seinen neuesten Werken gefragt. Er war so nett!«

»Dein Idol?«, hakte Bob nach. »Schreibt er denn noch etwas anderes als ›Dämonenfeuer‹?«

»Nein. Wieso?«

»Na ja ... ich meine ... diese Heftchen sind ja literarisch nicht gerade besonders wertvoll.«

»Sie sind spannend«, konterte Roxanne.

»Mag sein. Wenn man unglaubwürdige Geschichten über Geister und Dämonen spannend findet.«

»Mr Moores Bücher sind weit mehr als nur Geschichten«, antwortete Roxanne verärgert. »Er ist der einzige Autor, der erkannt hat, dass die Welt voll ist mit übernatürlichen Mächten, wenn man nur bereit ist sie zu sehen.«

Bob hob überrascht die Augenbrauen. »Wenn du meinst.« Mehr sagte er nicht.

»Fahren wir doch einfach hin. Dann werden wir zumindest sehen, was es mit den brennenden Gräbern auf sich hat«, schlug Peter vor, der einen Streit vermeiden wollte.

Roxanne schloss ihr Fahrrad auf, das an der Hauswand lehnte, und gemeinsam machten sie sich auf den Weg aus Santa Monica hinaus in die Berge. Sobald sie den hektischen Verkehr der Stadt hinter sich gelassen hatten, ging es bergauf. Schmale, wenig befahrene Bergstraßen schlängelten sich durch dichte Eichenwälder und an großen Orangenplantagen vorbei. Die Gegend wurde immer verlassener. Je steiler es nach oben ging, desto langsamer wurden vor allem Justus und Roxanne, die sich während der Fahrt angeregt über die bewegte Vergangenheit der drei Detektive unterhielten. Justus genoss Roxannes Verehrung und erzählte so kompliziert und geschwollen wie möglich von ihren spektakulärsten Fällen – auf Kosten ihrer Geschwindigkeit. Schließlich krochen sie nur noch im Schritttempo dahin. Peter, der sich in seinem sportlichen Ehrgeiz maßlos unterfordert fühlte, wusste, dass Drängeln bei Justus keinen Sinn hatte. Also fuhr er immer ein Stück im Sprint bergauf, um sich dann wieder zu den anderen zurückrollen zu lassen und die Strecke ein zweites Mal zurückzulegen.

Nachdem sie auf diese Weise ein paar Meilen geschafft hatten, bog Roxanne plötzlich links ein. Wieder ging es bergauf, diesmal jedoch über einen holprigen Feldweg, der offenbar häufiger von Wanderern als von Autos benutzt wurde. Der Pfad führte bald in einen dichten Wald, in den kaum ein Lichtstrahl drang.

»Bist du sicher, wir sind hier richtig?«, fragte Peter unsicher.

»So hat Mr Moore mir den Weg beschrieben. Er sagte, er wohne sehr einsam. Gleich muss es rechts hochgehen und –«

»Hoch!«, brummte Justus. »Natürlich. Unser Gruselautor wohnt wahrscheinlich auf dem Gipfel des höchsten Berges der gesamten Santa Monica Mountains.«

»– und dann sind wir auch schon da.«

Tatsächlich führte nach wenigen Hundert Metern eine Abzweigung noch weiter in die Höhe. Dort endete der Wald und das verblassende Tageslicht schimmerte ihnen entgegen. Als die letzten Bäume zurückwichen, lag eine weite, grasbewachsene Bergkuppe vor ihnen.

»Du meine Güte!«, staunte Peter und blieb stehen, um den Anblick auf sich wirken zu lassen. »Was ist denn das!«

Justus neben ihm murmelte: »Sieht aus, als käme es direkt aus einem Albtraum.«

Das verbrannte Grab

Das Haus war ein wuchtiger Klotz, der auf dem Hügel thronte wie eine fette Fliege auf einem Stück Kuchen. Seine Mauern waren tiefschwarz und glänzten an einigen Stellen. Links und rechts gab es zwei gedrungene Türmchen, dazwischen ragten überall winzige Erker aus der Fassade. Das Haus war praktisch durchlöchert von Fenstern, doch erst auf den zweiten Blick fiel auf, dass sie ungewöhnlich klein waren. So wirkte das Haus viel größer, als es tatsächlich war. Doch das war noch nicht das Auffälligste an diesem Gebäude: Es war schief. Wie halb im Morast versunken, ragte es schräg in den Himmel. Vor den im Hintergrund langsam über den Himmel treibenden Schäfchenwolken sah es beinahe so aus, als würde es schwanken und jeden Moment umstürzen.

»Du hast recht, Justus«, gestand Bob. »Wie aus einem Albtraum. Wenn es jetzt noch blitzen und donnern würde, würde ich wahrscheinlich die Flucht ergreifen.«

»Genau so habe ich es mir immer vorgestellt«, sagte Roxanne ergriffen. »Hier spürt man förmlich die Mächte aus der Anderen Welt. Jetzt wisst ihr, was ich meine.«

Justus und Bob warfen einander irritierte Blicke zu, beschlossen jedoch auf Roxannes Bemerkung nicht einzugehen. »Seht mal, wie dunkel die Mauern sind. Ob es hier mal gebrannt hat?« Fragend wandte sich Bob an Roxanne.

Doch die verzog ratlos das Gesicht. »Ich habe keine Ahnung. Von einem Feuer hat Mr Moore nie etwas erzählt.«

»Hey!«, rief Peter plötzlich. »Sehe ich richtig? Ist das da

vorne etwa ein Friedhof?« Er wies auf eine kleine Anzahl Rechtecke und Kreuze, die sich rechts neben dem Haus als Silhouetten vor dem immer dunkler werdenden Himmel abhoben.

»Tatsächlich. Ein Haus mit einem eigenen Friedhof. Das sehen wir uns mal an. Bestimmt finden wir dort den Grabstein, um den es geht.« Justus setzte sich in Bewegung, ohne auf die Zustimmung der anderen zu warten.

Je näher sie dem Haus kamen, desto mehr Details konnten sie im schwachen Licht erkennen: Die Türme, Erker und Fenster waren reich verziert und durch das schwarze Gestein zogen sich glänzende gezackte Linien wie Sprünge in einem Stück Glas. Ein aus schwarzen Steinplatten gelegter, ausgetretener Pfad führte vom Haus zu dem winzigen Friedhof, einer Ansammlung von etwa einem Dutzend steinernen Grabmälern. Es gab keine Wege, keine Blumenbeete und keine Umzäunung. Fast wie zu erwarten, stand keines der Grabmäler gerade. Durch das Fehlen auch nur der kleinsten Blume und die chaotische Anordnung der Gräber machte der Friedhof einen unendlich trostlosen Eindruck.

Die drei ??? und Roxanne wanderten langsam um die Anlage herum, dann trat Bob einen Schritt vor und warf einen Blick auf die Inschrift eines Grabsteins, der den Umriss eines Raben hatte. »Das gibt's doch nicht!«

»Was denn, Bob?«

»Seht mal, wer hier begraben liegt!«

Neugierig traten die anderen drei heran. »Edgar Allan Poe«, las Peter. »Das ist doch dieser Schriftsteller.«

»Dieser Schriftsteller«, wiederholte Bob verächtlich. »Edgar

Allan Poe ist einer der bedeutendsten amerikanischen Schriftsteller des neunzehnten Jahrhunderts!«
»Der Begründer der modernen Kurzgeschichte«, fügte Justus hinzu.
»Und bekannt geworden vor allem durch seine Kriminalerzählungen und Schauergeschichten«, schloss Roxanne.
Peter hob abwehrend die Hände. »Verzeihung! Ich wusste nicht, dass ich hier in einem literarischen Zirkel gelandet bin.«
»Soweit ich weiß, ist Poe in Baltimore gestorben«, sagte der Erste Detektiv. »Dies kann unmöglich sein Grab sein. Das wüsste ich. Außerdem wäre es längst ein erklärtes Touristenziel. Was steht denn auf den anderen Grabsteinen?«
»Howard Phillips Lovecraft«, las Peter auf dem nächsten. »1890–1937. ›Das ist nicht tot, was ewig liegt, bis dass der Tod die Zeit besiegt.‹ Was soll das denn bedeuten? Und seht mal, dieses unheimliche Wesen mit den vielen Tentakelarmen und dem Papageienschnabel, das in den Stein gemeißelt ist.«
»Lovecraft war ebenfalls ein Verfasser von Gruselgeschichten«, erklärte Roxanne. »Aber er starb wie Poe an der Ostküste der USA. Und das unheimliche Wesen ist Cthulhu, einer der dämonischen Götter aus Lovecrafts Geschichten.«
»Na, du kennst dich ja gut aus mit diesem Gruselzeug«, fand Peter.
»Was soll das?«, fragte sich Justus. »Warum stellt hier jemand Grabsteine von Leuten auf, die in Wirklichkeit ganz woanders begraben liegen?« Unwillkürlich hob er seine rechte Hand zum Mund und begann seine Unterlippe zu kneten, was er immer tat, wenn er konzentriert nachdachte. Er schlenderte zum nächsten Grab, diesmal ein Kreuz. »E.T.A. Hoffmann.

Das ist schon wieder ein Schriftsteller. Der liegt aber hundertprozentig in Europa begraben. Mal sehen, der nächste ist Bruce Black. Kenne ich nicht. Aber der ist erst seit zwei Jahren tot.«

»He! Das wird euch interessieren!«, rief Peter, der zu dem einzigen Kreuz aus Holz gegangen war. Es stand etwas abseits und wirkte uralt und verrottet. Doch als Bob und Justus näher kamen, erkannten sie, dass es verbrannt war. Die rechte Seite des Querbalkens fehlte vollständig, der Rest war verkohlt. Der Name des Toten war aus Metallbuchstaben zusammengesetzt, die halb geschmolzen das Holz zierten. Mit etwas Mühe konnte man sie noch entziffern: »Hawk Night! Das ist doch das Pseudonym von Aaron Moore! Tut mir Leid, Kollegen, aber ich verstehe gar nichts mehr.«

»Das ist entweder ein morbider Spaß oder total verrückt«, meinte Justus. »Dieser Mr Moore scheint ein sehr seltsamer Mensch zu sein.«

»Er ist nicht seltsam«, widersprach Roxanne. »Er ist –«

»Pst!«, zischte Peter. »Da ist jemand!«

»Was? Wo?«

»Da drüben am Waldrand! Ich habe gerade einen Schatten gesehen.«

Die Bäume waren vom Friedhof aus nur etwa zwanzig bis dreißig Meter entfernt. Angestrengt blickten Bob und Justus in die einbrechende Dunkelheit, doch es war nichts zu erkennen.

»Du fängst schon wieder an Gespenster zu sehen«, sagte Justus kopfschüttelnd. »Ein altes Haus, ein dunkler Wald, ein Friedhof – fertig ist der Gruselcocktail für den Zweiten Detektiv.«

»Mach dich nicht lustig, da war wirklich jemand!«, schwor Peter. »Da! Da ist er wieder!«
Nun sahen die anderen es auch: Eine schwarze Gestalt löste sich aus dem Schatten zwischen den Bäumen und kam langsam auf sie zu. Es war ein großer Mann in einem langen, dunklen Mantel. Unschlüssig blickten die vier ihm entgegen.
Als er nur noch wenige Meter entfernt war, sagte er: »Guten Abend, Roxanne. Willkommen auf Blackstone!«
»Mr Moore!«, rief Roxanne erfreut. »Warum kommen Sie denn aus dem Wald?«
»Ich war spazieren. Ich liebe diese frühen Abendstunden und nutze sie meistens für eine kreative Pause. Du hast also tatsächlich deine Freunde mitgebracht.« Nun stand Aaron Moore direkt vor ihnen und aus dem dunklen Schatten wurde ein ganz normaler Mensch, dessen Gesicht sie in dem schwindenden Licht jedoch nicht genau erkennen konnten.
Roxanne stellte die drei vor und Justus nutzte die Gelegenheit, eine ihrer Visitenkarten aus der Tasche zu ziehen. Er reichte sie Mr Moore.

»Ihr seid also tatsächlich Detektive«, murmelte ihr Gegenüber. »Ich habe Roxanne die Geschichte nicht ganz glauben können. Abgesehen davon war ich der Meinung, dass sich die Sache bestimmt von allein aufklären wird. Ich bin nicht sicher, ob es wirklich nötig ist, Detektive damit zu beauftragen.«
»Tatsächlich?« Justus warf Roxanne einen zweifelnden Blick zu. »Das habe ich anders gehört.«
»Aber die drei haben wirklich schon viele mysteriöse Fälle gelöst und eine Schwäche für unerklärliche Phänomene«, sagte Roxanne schnell. »Sie helfen Ihnen bestimmt gern.« Beschwörend wandte sie sich an die drei ???. »Nicht wahr?«
»Äh … klar«, versicherte Peter, dem peinliche Situationen zuwider waren.
»Wenn unsere Hilfe erwünscht ist«, fügte Justus hinzu.
»Na schön. Wie hoch ist denn euer Honorar?«
»Wir nehmen kein Geld«, erklärte Justus. »Ein Rätsel zu lösen ist Lohn genug für unsere Arbeit. Ein Geheimnis könnten Sie allerdings gleich zu Anfang für uns lüften. Was hat es mit diesem Friedhof auf sich? Hier liegen doch nicht wirklich Poe und Lovecraft begraben, oder?«
Mr Moore lächelte. »Nein. Auch wenn ich nichts dagegen hätte. Der einzige Tote, der tatsächlich unter der Erde ruht, ist Bruce Black, der Architekt, der Blackstone entworfen und auch darin gewohnt hat.«
»Blackstone?«, hakte Peter nach.
»Das Haus. So heißt es: Schwarzer Stein. Black wurde hier auf seinen eigenen Wunsch begraben. Er hat auch diesen Friedhof angelegt und die Grabsteine gebaut.«
»Warum?«

»Ein Spleen. Er war ein großer Verehrer der alten Meister der Gruselliteratur. Eigentlich sind diese Gräber eher als Denkmäler zu verstehen. Anstatt den Garten mit Statuen und Rosensträuchern zu verzieren, hat er eben einen Friedhof angelegt. Das passte auch viel besser zu ihm und zu Blackstone.«

»Sie kannten Mr Black?«, hakte Justus nach.

»Nicht persönlich. Ich habe nur viel über ihn gehört und gelesen. Und durch sein Haus habe ich noch einiges mehr über ihn erfahren.«

»Nach seinem Tod haben Sie es gekauft?«

Moore nickte knapp. »Vor zwei Jahren.«

»Na schön.« Die Neugier des Ersten Detektivs war vorerst befriedigt. »Kommen wir also zum eigentlichen Fall: dieses Holzkreuz. Warum steht es hier? Roxanne erzählte, dass jemand es angezündet hat. Was genau ist passiert?«

Er seufzte. »Ich wünschte, ich könnte diese Frage beantworten. Eines könnt ihr mir glauben: Ich habe es nicht aufgestellt. Ich schreibe zwar Horrorgeschichten, aber mein Humor ist nicht so schwarz, dass ich meinem zweiten Ich ein Grab errichten würde.«

»Dann hat es also jemand anders aufgestellt.«

»Ja, vergangene Nacht. Ich hatte gerade das letzte Kapitel des neuen ›Dämonenfeuer‹-Heftes beendet und ging einmal durchs Haus, um ... nun ja, ich ging jedenfalls in den Keller und holte zur Feier des Tages eine Flasche Rotwein herauf. Ich setzte mich ins Kaminzimmer, von dessen Fenster aus man auf den Friedhof blicken kann. Plötzlich sah ich aus den Augenwinkeln ein Flackern. Ich dachte, es sei eine der Kerzen im Raum, doch dann bemerkte ich, dass der Lichtschein von draußen kam. Ich stand auf und ging zum Fenster. Auf dem Friedhof brannte etwas lichterloh. Ich erschrak fürchterlich. Schließlich stehen hier nur Grabsteine, also nichts, was Feuer fangen könnte. Ich lief hinaus, mit einem Eimer Wasser bewaffnet, und dort war dieses Kreuz, in grelle Flammen gehüllt. Ich konnte sie sofort löschen, aber ihr werdet euch denken, wie mir zu Mute war, als ich die Inschrift erkannte.« Er wies auf die halb geschmolzenen Buchstaben.

Peter schluckte unwillkürlich. »Wer kann denn das getan haben? Haben Sie jemanden gesehen?«

Mr Moore schüttelte den Kopf. »Nein. Aber der Waldrand ist gleich da vorne. Es wäre also gut möglich, dass sich letzte Nacht jemand ganz in meiner Nähe hinter den Bäumen versteckt hat, ohne dass ich ihn bemerkt habe.«

»Was haben Sie getan, nachdem das Feuer gelöscht war?«, wollte Justus wissen.

Er lachte nervös. »Ich bin einmal ums Haus geschlichen, um nach dem Täter zu suchen, dann habe ich mich eingeschlossen und die ganze Nacht kein Auge zugetan.«

»Wann war das?«

»So etwa um drei Uhr. Ich arbeite oft nachts.«

»Ist danach noch etwas passiert?«

»Nein. Als es hell wurde, bin ich dann doch eingeschlafen.«

»Haben Sie irgendwelche Spuren entdeckt?«

»Nein.«

»Warum haben Sie nicht die Polizei gerufen?«

Wieder lachte Mr Moore kurz auf. »Das ist ja ein richtiges Verhör. Sehr professionell, das muss ich schon sagen. Aber wir können uns drinnen besser unterhalten, meint ihr nicht? Es sei denn, ein dunkler Friedhof ist für euch genau der richtige Ort, um über einen solchen Vorfall zu diskutieren.«

»Also, für mich nicht«, sagte Peter schnell. Er war dankbar für einen Ortswechsel und wandte sich dem Haus zu. Doch dann durchfuhr ihn unwillkürlich ein Schauer, als er daran dachte, Blackstone zu betreten. Während sie darauf zugingen, betrachtete er die schwarzen Mauern eingehend – und blieb irritiert stehen. »Es ist gar nicht schief!«

»Wie bitte?«, fragte Justus.

»Das Haus. Ich dachte die ganze Zeit, es steht schief.«

»Tut es ja ... Tut es nicht! Du hast recht, Peter, die Außenmauern sind absolut gerade.«

»Ein faszinierender Effekt, nicht wahr?«, lachte der Hausbesitzer. »Bruce Black war ein Meister seines Faches. Er hat die Fenster, Türme und Erker so entworfen, dass sie alle leicht schräg stehen. Dadurch gewinnt man den Eindruck, das ganze Haus würde sich zur Seite neigen. Dem ist aber nicht so. Tatsächlich sind die Wände kerzengerade.«

»Beeindruckend«, fand Roxanne. »Ganz Blackstone ist beeindruckend!«

»Warte, bis du es von innen gesehen hast«, kündigte Moore mit einem geheimnisvollen Lächeln an.

Sie erreichten die breite Treppe, die zu einer schweren Eichentür führte. Selbst die Stufen waren schief, doch auch das schien Absicht des Erbauers gewesen zu sein. »Nichts für alte Leute«, bemerkte Peter, der wegen der unterschiedlichen Stufenhöhen sofort das Gefühl hatte, jeden Moment zu stürzen. Über der Tür befand sich ein in den Stein gehauener Wasserspeier, ein Fabelwesen, das finster auf sie herabblickte und in

einer Miniaturausgabe auch am eisernen Ring des Türklopfers zu finden war.
Während die drei ??? und Roxanne noch fasziniert den kunstvollen Türbogen betrachteten, flammte hinter ihnen plötzlich ein kleines Feuer auf. Mr Moore zündete mit einem Sturmfeuerzeug kleine Kerzen an und stellte sie in ausgehöhlte Kürbisköpfe, in die dämonische Fratzen geschnitzt waren. Die Kürbisse zierten das steinerne Treppengeländer. Sie hatten sie in der Dunkelheit gar nicht gesehen, doch jetzt erhellten sie in flackerndem Orange den schiefen Aufgang. »Mein selbst gebastelter Halloween-Schmuck«, erklärte Mr Moore und lächelte verlegen. »Ich weiß, Halloween ist erst in zwei Tagen, aber man kann nicht früh genug damit anfangen, die bösen Geister zu vertreiben.«
»Erst recht nicht nach einer Nacht wie der letzten«, stimmte Peter ihm zu, der vollstes Verständnis für Mr Moores Aberglauben hatte. Gleichzeitig aber war er unsicher, ob er sich angesichts der grinsenden Kürbisköpfe wohler fühlen sollte.
Mr Moore trat an ihnen vorbei und öffnete die Tür. »Hereinspaziert! Blackstone heißt euch willkommen!«
Peter hatte eine feudale Eingangshalle erwartet, doch er wurde enttäuscht: Direkt hinter der Tür führten fünf weitere Stufen nach oben, an die sich ein langer Flur anschloss. Selbst dieser Gang wirkte schief, als führe er von der Tür leicht abgewinkelt ins Haus hinein. Es war fast dunkel. »Wo ist denn hier der Lichtschalter?«, fragte Peter zögernd, nachdem er über die erste Treppenstufe gestolpert war.
»Oh, es gibt keinen. Besser gesagt: Es gibt keine Lampen.«
»Sie haben keinen Strom?«, wunderte sich Bob.

»Doch, aber mir ist natürliches Licht lieber.« Mit diesen Worten entzündete Moore einige Kerzen, die in einem Leuchter an der Wand steckten. Flackernd erhellten sie den schmalen Flur, ließen die Schatten aber gleichzeitig tiefer und bedrohlicher erscheinen. Der Flur war geschmückt mit Wandteppichen und auch auf dem Boden lagen schwere Läufer, die jeden Laut schluckten. Neben einer Tür stand eine alte Ritterrüstung. An der Wand gegenüber lehnte ein schwarzer Sarg.
Peter schluckte einen Kommentar hinunter und ging am Sarg vorbei, ohne ihn aus den Augen zu lassen. Plötzlich sprang der Deckel auf. Etwas Weißes griff nach dem Zweiten Detektiv: die Knochenhand eines Skeletts!

Die Geheimnisse von Blackstone

Peter schrie vor Entsetzen und sprang zur Seite. Etwas Kaltes berührte ihn an der anderen Schulter, einen Augenblick später fiel etwas krachend zu Boden. Doch der Zweite Detektiv hatte nur Augen für das bleiche Gerippe, das grinsend hin und her schaukelte und eine Sense schwang, als wolle es jeden Moment damit zuschlagen.

Auch Justus, Bob und Roxanne, die hinter Peter gingen, waren starr vor Schreck. Ein leises, unheimliches Lachen ließ sie zusammenfahren.

»Darf ich vorstellen: Bruce, mein Hausgeist. Einer von der guten Sorte«, kicherte Mr Moore.

»W… was?«

Mr Moore amüsierte sich offenbar königlich über die verdutzten Gesichter seiner Gäste.

Dann begriff Justus und er lachte ebenfalls. »Das Skelett ist an Schnüren aufgehängt! Du musst einen versteckten Mechanismus ausgelöst haben, Peter, woraufhin der Sensenmann aus dem Sarg sprang.«

»Richtig, Justus. Eine Holzleiste, die unter dem Teppich versteckt ist. Peter ist draufgetreten. Ich vergesse jedes Mal meine Besucher davor zu warnen.« Mr Moores Grinsen ließ erahnen, dass er es keineswegs vergessen hatte. »Den Trick hat Bruce Black höchstpersönlich eingebaut, daher habe ich das Skelett nach ihm benannt. Er hat die Idee wohl aus einem seiner geliebten Gruselromane übernommen.«

Nun wagte auch Peter ein zaghaftes Lachen. »Mir wär fast das

Herz stehen geblieben. Tut mir Leid, dass ich dabei die Rüstung umgeworfen habe.«

»Die ist das gewohnt«, versicherte Mr Moore und gemeinsam richteten sie den alten Ritter wieder auf.

»Das ist ein echtes Spukhaus«, meinte Bob. »Gibt es noch mehr solcher Überraschungen?«

»Wartet es ab«, antwortete Mr Moore und setzte seinen Weg durch den dämmrigen Flur fort. Er führte sie in einen großen Raum im hinteren Teil des Hauses. Auch hier war es völlig dunkel, bis er ein Dutzend Kerzen in einem Leuchter angezündet und mithilfe einer Seilvorrichtung unter die Decke gezogen hatte. Nun herrschte schummriges Licht. Justus fiel auf, dass sie Mr Moores Gesicht noch gar nicht richtig gesehen hatten. Es lag immer halb im Schatten.

Der Raum war spärlich eingerichtet. In der Mitte standen ein Teetisch, ein rotes, barockes Sofa und zwei rote Sessel. Es gab einen Kamin, doch der Rest des Zimmers war leer – abgesehen vom Wandschmuck. Von allen vier Wänden grinsten ihnen Masken entgegen. Peter fühlte sich sofort an Mrs Goldenbergs Laden erinnert, nur fehlten hier die Filmmonster. Die Masken stammten aus den verschiedensten Ländern der Erde, die meisten waren aus Holz geschnitzt, doch es gab auch welche aus Ton und sogar aus Metall. Sie wirkten sehr alt und wertvoll. Die Vielfalt der mal freundlich, mal zornig blickenden Gesichter war verwirrend. Man konnte sich nicht auf eines der Stücke konzentrieren, da der Blick sofort von einer anderen Maske abgelenkt wurde.

»Meine bescheidene Sammlung«, verkündete Mr Moore und bot seinen Gästen einen Platz an. »Diese Wände schreien förmlich nach einem neuen Gesicht. Alle paar Wochen packt es mich und ich fahre runter nach Santa Monica, um bei Mrs Goldenberg eine neue Maske zu suchen.«

Peter erkannte die Kolam-Maske wieder, die Roxanne ihm gezeigt hatte.

»Da Sie gerade von den Wänden sprechen«, begann Justus und knetete seine Unterlippe. »Täusche ich mich oder ist auch dieser Raum nicht ganz gerade?«

»Kein einziger Raum in Blackstone ist das. Bruce Black hat es so entworfen, dass die Wände niemals einen rechten Winkel bilden. Er wollte den unheimlichen Eindruck, den das Haus von außen macht, auch im Innern erschaffen. Durch das Fehlen der rechten Winkel entsteht nämlich der interessante Effekt, dass man sich nur sehr schwer zurechtfindet, wenn man durch die Räume wandert. Geht man beispielsweise durch die Bibliothek und von dort aus ins Gästezimmer, glaubt man durch die dritte Tür auf den Flur zu gelangen. Tatsächlich landet man aber im Badezimmer. Das hat schon viele Leute verwirrt – mich eingeschlossen, als ich eingezogen bin.«

»Faszinierend«, sagte Justus.

»Blackstone ist wirklich ein ganz besonderer Ort«, fand Roxanne. »Jetzt weiß ich, woher Sie die Ideen für Ihre gruseligen Bücher nehmen.«

»Ja, die dunklen Mächte sind hier stark zu spüren«, antwortete Moore beschwörend, dann räusperte er sich und blickte verlegen in die Runde. »Ich mag die Atmosphäre des Hauses. Sie inspiriert mich.«

»Meinen Sie, dass das brennende Kreuz etwas mit Ihrer Arbeit zu tun hat?«, kam Justus auf den Grund ihres Besuches zurück.

»Wie meinst du das?«, fragte Moore und hustete plötzlich.
»Roxanne äußerte die Vermutung, ein Fan Ihrer Geschichten könnte dahinter stecken.«
»So?« Moore blickte das Mädchen fragend an.
»Na ja, man liest doch dauernd solche Sachen: dass berühmte Leute von ihren Fans verfolgt werden, die dann irgendwann durchdrehen und ihre Idole bedrohen.« Schnell fügte sie hinzu: »Ich würde so was natürlich nie tun!«
»Meinen Sie, dass da was dran ist, Mr Moore?«
»Ich weiß nicht. Ich bekomme natürlich viel Post. Und in den Briefen stehen nicht immer angenehme Dinge.«
»Was heißt das?«, wollte Bob wissen. »Waren auch schon Drohbriefe dabei?«
»Keine echten Drohbriefe, nein. Eher harmloses Zeug, das ich nicht ernst nehmen kann. Manchmal kommen sich Menschen eben besonders witzig vor, wenn Sie dem Autor von Horrorgeschichten etwas schreiben wie ›Möge deine Seele ewig im Höllenfeuer brennen‹. Meistens gehören sie irgendwelchen obskuren religiösen Vereinigungen an. Oder sie zitieren mich und ersetzen die Namen der Personen, die ich in meinen Heften qualvoll umbringe, durch meinen. Aber das ist eher die Ausnahme und ich fühle mich dadurch auch nicht wirklich bedroht.«
»Haben Sie denn in letzter Zeit solche Briefe bekommen?«
»Ich bekomme immer mal wieder welche, aber in der letzten Zeit? Nein.«
»Haben Sie einen Verdacht, wer das mit dem Kreuz gewesen sein könnte? Oder zu welchem Zweck es angezündet wurde?«
Mr Moore schüttelte den Kopf. »Ich nehme an, es sollte mir

Angst einjagen.« Er lachte nervös. »Hat ja auch funktioniert. Aber ich fürchte, ich kann euch keinen Anhaltspunkt geben. Vielleicht solltet ihr der Sache nicht so viel Bedeutung beimessen. Ich wäre nie auf den Gedanken gekommen, deswegen Detektive zu engagieren. Das war Roxannes Idee.«
»Na ja«, begann Roxanne zögernd. »Ich fand den Gedanken so spannend, mit Ihnen und den berühmten drei ??? zusammenzuarbeiten.«
»Tja«, seufzte Mr Moore. »Aber wahrscheinlich gibt es hier gar keinen Fall. Es war ein harmloser Streich, nichts weiter. Natürlich würde ich gern erfahren, wer der Täter war. Aber er wird vermutlich kein zweites Mal zuschlagen.«
Der Erste Detektiv blieb skeptisch. »Ein bisschen viel Aufwand für einen harmlosen Streich, finden Sie nicht? Immerhin hat da jemand sogar Ihren Namen – beziehungsweise Ihr Pseudonym – aus Metallbuchstaben auf das Kreuz gehämmert. Nein, ich glaube, es steckt mehr dahinter. Vielleicht nicht unbedingt ein psychopathischer Fan, aber doch eine tiefere Absicht.«
»Glaubt ihr? Ich habe den Eindruck, ihr seht sogar mehr Gespenster als ich«, lachte Mr Moore. Dann sah er auf die Uhr. »Tut mir Leid, ihr vier, aber ich muss euch jetzt bitten zu gehen. Draußen ist es dunkel, jetzt beginnt meine kreative Zeit. Ich habe zwar gerade erst ein Heft beendet, aber das nächste wartet schon auf mich.« Er erhob sich, was ihren Besuch unmissverständlich beendete.
»Wie viele dieser ›Dämonenfeuer‹-Hefte schreiben Sie denn?«, erkundigte sich Peter.
»Alle drei Wochen eins. Also muss ich sofort wieder an die

Arbeit. Falls euch etwas einfällt, wie man dem Täter auf die Spur kommen könnte, dann meldet euch bei mir.«
»In Ordnung. Und Sie melden sich, wenn noch einmal etwas Unheimliches passieren sollte«, schlug Justus vor.
Mr Moore begleitete sie zum Ausgang. Diesmal achteten sie darauf, die unter dem Teppich kaum wahrnehmbare Leiste nicht zu berühren. Sie verabschiedeten sich von dem Autor an der Tür und gingen zu ihren Fahrrädern.
Nachdem Mr Moore im Haus verschwunden war, raunte Bob Roxanne zu: »Da hast du uns ja einen tollen Fall beschafft.«
»Was meinst du damit?«
»Mr Moore ist zwar ganz nett, aber es war ja wohl mehr als offensichtlich, dass er uns nur aus Höflichkeit von dem brennenden Kreuz erzählt hat.«
»Stimmt«, pflichtete Justus seinem Freund bei. »Und er hat uns auch nur ins Haus gebeten, um seinen Hausgeist und die Maskensammlung vorzuführen. Er wollte von Anfang an nicht, dass wir in der Sache ermitteln.«
»Na und? Was kann ich denn dafür, dass er plötzlich so ablehnend war?«
»Gar nichts«, gab Bob zu. »Aber du hast behauptet, er wolle unsere Dienste in Anspruch nehmen. Ich komme mir richtig blöd vor. Wir haben uns ja förmlich aufgedrängt.«
»Vielleicht ändert er seine Meinung noch«, hoffte Roxanne.
»Warum sollte er?«, gab Bob zurück. »Nein, für mich war das ein eindeutiger Rausschmiss. Wir haben hier nichts mehr verloren. Und wahrscheinlich hat Moore sogar recht: Die Sache mit dem Kreuz war nichts weiter als ein Streich. Etwas drastisch zwar, aber letztlich harmlos.«

»Das war es also?«, fragte Roxanne und funkelte ihn zornig an. »So schnell gebt ihr auf? Von den berühmten drei Detektiven hatte ich mehr erwartet.«

»Ich bin Bobs Meinung«, sagte Justus. »Wenn unsere Hilfe nicht erwünscht ist, dann lassen wir es bleiben.«

Sie schoben ihre Fahrräder zum Waldrand. In der Dunkelheit war es zu gefährlich, den Waldweg zu fahren, daher beschlossen sie bis zur Straße zu Fuß zu gehen. Es herrschte wütendes Schweigen.

»Dann bin ich eben eure Auftraggeberin«, begann Roxanne die Diskussion von neuem. »Ich –«

Ein ohrenbetäubender Knall ließ sie zusammenfahren. Glas splitterte. Ein zweiter Knall. Sie fuhren herum. Es knallte noch mal, noch mal und noch mal. Drüben auf Blackstone zersprangen die Fenster in kurzen Lichtblitzen. Die im fahlen Mondlicht glänzenden Scheiben explodierten eine nach der anderen wie in einer Kettenreaktion und schleuderten Glasscherben in die Nacht.

Splitter

Zwischen den Explosionen hörten sie die Schreie von Mr Moore. Unfähig sich zu rühren starrten die vier mit offenem Mund auf die immer noch zerplatzenden Scheiben.

Bob war der Erste, der sich rührte. »Kommt schon, wir müssen zurück!« Er warf sein Fahrrad ins Gras und lief die fünfzig Meter hinauf zum Haus. Gerade als er den Eingang erreichte, hörten die Explosionen auf. Die letzten Splitter regneten auf das Gras herab, dann war es totenstill. »Mr Moore!«, rief Bob und hämmerte an die Tür. »Mr Moore!«

»Vielleicht ist ihm etwas zugestoßen«, überlegte Peter fieberhaft, der neben ihm aufgetaucht war. »Wie kommen wir denn jetzt ins Haus?«

»Na, hier durch«, brummte Justus und machte sich daran, durch eines der schiefen kaputten Fenster zu klettern. Doch seine Körperfülle hinderte ihn daran, sich am Holzrahmen hochzuziehen. Der Zweite Detektiv drängte ihn zur Seite, nahm Schwung und zog sich in einer langen, kraftvollen Bewegung nach oben. Einen Augenblick später war er auch schon im Haus verschwunden.

Peter sprang in das dunkle Zimmer. Nur das schwache Mondlicht, das hereinfiel, ließ ihn ein paar Umrisse erahnen. Der Zweite Detektiv entdeckte eine Tür und trat hinaus. Doch er fand sich nicht im Flur wieder, wie erwartet, sondern in einem Gästezimmer. Verwirrt sah er sich um. Es gab zwei weitere Türen. Durch die rechte würde er aber bestimmt auf den Flur gelangen ... Sie führte ins Badezimmer. Mr Moore hatte recht

gehabt: In diesem Haus verirrte man sich schneller als in einem Spiegelkabinett. Nun probierte Peter wahllos eine Tür nach der anderen und stolperte durch mehrere dunkle Zimmer, bis er durch puren Zufall im Flur landete. Schnell hastete er zur Eingangstür – und trat dabei auf die versteckte Leiste. Bruce stürzte aus seinem Sarg und schwang die Sense. Peter erschrak ein zweites Mal, wenn auch nicht so heftig wie bei der Premiere, dann stopfte er das Skelett verärgert zurück in seine Behausung und öffnete die Haustür.
»Das hat aber lange gedauert!«, sagte Justus ungeduldig und stürmte an Peter vorbei ins Haus.
»Ich habe mich verirrt«, gestand Peter. »Hier findet man sich überhaupt nicht zurecht.«
»Wo ist Mr Moore?«
»Ich weiß nicht. Vorsicht, Just, die –«
Justus trat auf den Mechanismus.
»– Leiste.«
Diesmal ließen sie Bruce einfach im Gang baumeln und machten sich auf die Suche nach Moore. Sie fanden ihn im Maskenzimmer, wo er regungslos mitten im Raum stand und auf die zerstörte Fensterfront starrte. Er zuckte zusammen, als die drei Detektive hinter ihm auftauchten.
»Mr Moore! Ist Ihnen etwas passiert? Mein Gott, Sie bluten!« Peter blickte entsetzt auf die dunkelroten Flecken auf Moores weißem Hemd. »Schnell, die Wunde muss versorgt werden!«
Doch Moore wehrte Peters helfende Hand hab. »Das ist Rotwein«, sagte er monoton und wies auf das kaputte Glas zu seinen Füßen. »Habt ihr das mitbekommen?«

»Ja. Wir waren schon fast im Wald, da knallte es«, fasste Justus zusammen. »Wie ist das passiert? Waren ... waren Sie das?«
»Ich?« Mr Moore starrte Justus entsetzt an, dann drehte er sich abrupt um und verließ mit schnellen Schritten den Raum. Er lief in den Flur und riss die nächstbeste Tür auf. Zimmer für Zimmer kontrollierte er die Fenster, nur um festzustellen, dass sie alle zerstört waren.
Die drei ??? konnten ihm kaum folgen, da nirgendwo Licht brannte. »Ich zünde mal die Kerzen an«, sagte Justus, holte ein Feuerzeug aus der Tasche und versuchte sich an den Kerzenleuchtern im Flur. Doch vergeblich: Durch die zerbrochenen Scheiben zog es im ganzen Haus und die Flamme wurde sofort ausgeblasen. So stolperten sie Mr Moore hinterher und versuchten ihn zu beruhigen. »So warten Sie doch!«, rief Justus. »Erzählen Sie uns bitte genau, was passiert ist!«
»Das habt ihr doch gesehen!«, schrie Mr Moore aufgebracht. »Der Sturm hat die Fenster eingedrückt.«
»Der Sturm?«, fragte Peter überrascht. »Welcher Sturm? Draußen weht höchstens eine Brise.«
»Dann war es eben was anderes.« Er setzte seine hektische Wanderung durchs Haus fort.
»Sie haben also nichts gesehen?«, versuchte Justus es weiter.
»Nein!«
»Wir werden sofort die Fenster untersuchen«, schlug Justus vor. »Vorausgesetzt, Sie haben vielleicht eine Taschenlampe für –«
»Nein! Hier wird gar nichts untersucht! Verschwindet!«
Die drei ??? sahen einander verwirrt an. »Wie bitte?«

»Ihr habt richtig gehört. Verschwindet!«

»Aber ... aber gerade hat jemand einen Anschlag auf Sie und Ihr Haus verübt!«, rief Justus. »Wir müssen sofort die Spuren sichern, falls es welche gibt.«

»Nichts müsst ihr!«

»Aber wir können doch nicht –«

»Raus!«, brüllte Mr Moore so laut, dass es keinen Zweifel daran gab, wie ernst er es meinte. Er scheuchte die drei ??? in den Flur und von dort zur Haustür.

»Sie sollten sofort die Polizei verständigen«, rief Bob.

»Ja ja. Verschwindet!« Mr Moore knallte die schwere Eichentür hinter ihnen zu.

»Meine Güte! Der ist ja richtig hysterisch!«, bemerkte Peter. »Wir sollten ihn besser nicht allein lassen.«

»Sondern?«, fragte Bob. »Im Moment sieht es so aus, als würde er sogar die Polizei rufen, um uns loszuwerden.«

»Sagt mal, wo ist eigentlich Roxanne?«, fragte Justus plötzlich. »Sie ist uns gar nicht ins Haus gefolgt, oder?«

»Du hast recht«, sagte Peter, dem Roxannes Fehlen nicht aufgefallen war. »Sie ist nicht einmal hinter uns hergelaufen, wenn ich mich nicht irre.«

»Da drüben steht sie!« Bob wies zum Waldrand. Dort wartete Roxanne ungeduldig bei den Fahrrädern.

»Da seid ihr ja endlich! Was ist passiert?«

»Mr Moore hat uns rausgeschmissen«, antwortete Peter. »Warum bist du nicht mitgekommen?«

Sie starrte ihn entsetzt an. »Glaubst du etwa, ich setze noch einmal einen Fuß in dieses Haus? Nachdem gerade sämtliche Fenster explodiert sind?«

»Jemand führt seine bösen Streiche fort«, stand für Justus fest. »Kein Grund, Blackstone nicht mehr zu betreten.«

»Du scheinst dir deiner Sache ja sehr sicher zu sein«, erwiderte Roxanne unwillig.

»Was glaubst du denn, was da gerade passiert ist?«

Roxanne blickte einen Moment unschlüssig von einem zum anderen. »Blackstone ist kein gewöhnliches Haus.«

»Sicherlich nicht.«

»Es ist eine Art Energiezentrum. Das spürt man sofort, wenn man es betritt.«

»Ein was?«

»Ein Tor zwischen dieser und der Anderen Welt, der Geisterwelt.« Die drei ??? sahen sie ungläubig an, doch Roxanne fuhr ungerührt fort: »Halloween rückt näher. Die Nacht, in der die Wand zwischen den Welten verschwindet. Sie ist jetzt schon sehr dünn. Ich garantiere euch, dass das mit den Fenstern nicht der letzte Vorfall war. In zwei Tagen wird etwas Furchtbares passieren.«

»Fassen wir also zusammen«, sagte Justus, als sie am späten Abend noch einmal in der Zentrale zusammenkamen. Sie hatten Roxanne nach Hause gebracht und waren dann zurück nach Rocky Beach gefahren. »Wir haben ein verbranntes Grabkreuz, ein äußerst ungewöhnliches Haus, explodierte Fenster, eine junge Maskenverkäuferin mit eindeutigem Faible für das Übersinnliche und für einen Autor billiger Horrorheftchen – und den Autor selbst, der ziemlich undurchsichtig ist und zu hysterischen Ausbrüchen neigt.«

»Das ist eine Menge«, meinte Peter. »Diese Explosionen

haben mir einen höllischen Schrecken eingejagt. Ich kann Roxanne gut verstehen, wenn sie mit dem Haus nichts mehr zu tun haben will. Ich will es auch nicht.« Er sah unsicher von Justus zu Bob. »Aber wie ich euch kenne, habe ich wahrscheinlich keine Wahl, oder?«

»Jetzt wird es doch erst richtig spannend!«, behauptete der Erste Detektiv. »Was haltet ihr von Moore?«

»Ich weiß nicht«, murmelte Bob. »Anfangs schien er ja ganz nett zu sein. Aber später verhielt er sich merkwürdig. Als er die Kürbisköpfe angezündet hat zum Beispiel. Er stellte es so dar, als sei das Vertreiben böser Geister für ihn ein Scherz, aber ich hatte den Eindruck, er meinte es durchaus ernst.«

Peter nickte. »Genau. Und sein Rausschmiss vorhin war auch nicht normal. Wetten, dass er nicht die Polizei gerufen hat? Mit dem Kerl stimmt irgendwas nicht. Andererseits auch kein Wunder. Wenn ich in so einem Haus leben würde, würde ich auch irgendwann anfangen zu spinnen.«

»Fragt sich, was was bedingt«, überlegte Justus. »Ist Moore so merkwürdig, weil er auf Blackstone wohnt, oder wohnt er auf Blackstone, weil er so merkwürdig ist? Und was will der geheimnisvolle Unbekannte von ihm? Will er ihn nur schikanieren oder geht es um mehr?«

Peter räusperte sich und fragte zögernd: »Du glaubst also nicht, dass ... na ja, du meinst, es steckt ein Mensch dahinter?«

»Nimmst du Roxanne etwa ihre Geistergeschichte ab?«, antwortete Bob an Justus' Stelle. »Die Nacht, in der die Wand zwischen den Welten dünn wird, dass ich nicht lache! Die spinnt doch mit ihrem Halloween-Kram. Ich habe gar nichts

dagegen, wenn sie Blackstone in Zukunft fernbleibt. Dann können wir wenigstens ungestört ermitteln.«
»Das heißt also, wir machen weiter«, stellte der Zweite Detektiv resigniert fest.
»Natürlich«, antworteten die beiden anderen wie aus einem Munde.
»Und wie?«
»Morgen bei Tageslicht werden wir uns auf dem Gelände noch einmal genauer umsehen«, schlug Justus vor.
»Und was ist, wenn Moore uns von dort verjagt?«
»Ich denke, er wird sich bis morgen beruhigt haben. Außerdem können wir ihm anbieten das Haus zu hüten, falls er in die Stadt muss. Immerhin lädt es ohne Fenster geradezu zu kriminellen Handlungen ein. Abgesehen davon sollten wir uns dringend mit Informationen versorgen.«
»Was für Informationen?«
»Über Moore. Über Blackstone. Alles, was wir in Erfahrung bringen können. Bob und Peter, das wird morgen gleich nach der Schule eure Aufgabe sein. Geht in die Bibliothek, um über unseren Horrorautor und den Erbauer seines verrückten Hauses etwas herauszufinden.«
»Und was machst du?«, wollte Peter wissen. »Spielst du ›Jagd 2‹?«
»Mitnichten. Ich habe etwas anderes vor.« Justus schwieg lächelnd.
Bob und Peter wussten, dass es gar keinen Zweck hatte weiterzubohren. Wenn Justus dieses Lächeln aufsetzte, würde er ihnen seine Pläne oder Erkenntnisse erst mitteilen, wenn er es für richtig hielt, und keine Sekunde früher.

»Na schön. Ich werde jetzt nach Hause fahren. War ein langer Tag, mir reicht's für heute«, seufzte Bob.
Als die beiden gegangen waren, griff Justus in die Innentasche seiner Jacke, die er über den Stuhl gehängt hatte. Er zog einen kleinen Gegenstand hervor, der in ein Taschentuch gewickelt war. Damit begab er sich nach nebenan in das Labor, das sie in der Zentrale eingerichtet hatten. Hier hatten die drei ??? im Laufe der Zeit die nötige Ausrüstung zusammengetragen, um Spuren zu sichern oder genauer zu untersuchen. Der Erste Detektiv setzte sich an den Arbeitstisch und faltete das Taschentuch vorsichtig auseinander. Vor ihm lag eine Glasscheibe. Er hatte sie unbemerkt eingesteckt, bevor er Bob in das Haus gefolgt war.
Justus glaubte weder an einen Windstoß, der nacheinander sämtliche Fenster gesprengt hatte, noch an Geister aus einer anderen Welt. Er glaubte an etwas ganz anderes. Sorgsam legte er den Splitter unter das Mikroskop.

Anstatt von der Schule direkt nach Hause zu fahren, machte Justus am nächsten Tag einen Abstecher zum Polizeirevier von Rocky Beach. Er wollte Inspektor Cotta besuchen. Mit ihm hatten sie schon oft zusammengearbeitet und wenn er Zeit hatte, tat er den drei Detektiven gerne einen Gefallen – nicht jedoch, ohne ihn mit einer Salve sarkastischer Bemerkungen zu würzen.
»Justus Jonas«, stellte Cotta fest und vertiefte sich sogleich wieder in seine Schreibtischarbeit, als der Erste Detektiv sein Büro betrat. »Wen soll ich festnehmen?«
»Bis jetzt noch niemanden«, antwortete Justus grinsend. »Guten Tag, Inspektor. Ich störe nur ungern, aber –«

»Aber du tust es dennoch immer wieder. Was gibt es?«

»Ich habe nur eine winzige Bitte.« Justus legte ein kleines Plastiktütchen auf den Schreibtisch. »Dies ist eine Probe, die ich von einer Fensterscheibe genommen habe, die … nun ja, kaputtgegangen ist.«

»Und? Willst du nun wissen, ob es der Fußball des Nachbarjungen oder der Pflasterstein einer Straßengang war, der das Fenster zertrümmert hat?«

»Ich möchte Sie bitten die Probe für mich im Polizeilabor untersuchen zu lassen.«

Nun sah Inspektor Cotta auf und hob skeptisch eine Augenbraue. »Ihr drei findet selbst hinter einem zerbrochenen Fenster ein Geheimnis, was?« Er nahm das Tütchen mit dem schwarzen Pulver in die Hand und wedelte unschlüssig damit herum. »Na schön, ich werde es weiterleiten und euch anrufen, sobald ich Ergebnisse habe.«

Justus lächelte erfreut. »Vielen Dank, Sir.«

Cotta schüttelte den Kopf und murmelte. »Ich bin einfach zu gutmütig. Und nun verschwinde, ich habe zu tun.«

»Bin schon weg!« Der Erste Detektiv verließ das Büro und machte sich auf den Weg nach Hause.

Gleich nach dem Mittagessen ging er in die Zentrale, um auf Bob und Peter zu warten. Der Anrufbeantworter blinkte, Justus spulte das Band zurück und hörte die Nachricht ab.

»Hi, hier ist Roxanne. Habt ihr auch so mies geschlafen? Dann seid ihr schlagartig wieder hellwach, wenn ich euch die neuesten Neuigkeiten erzähle. Nein, wartet, ich erzähle sie euch nicht, ihr müsst sie selber herausfinden: Lest den neuen ›Dämonenfeuer‹-Band von Aaron Moore! Er ist heute erschienen, eine Halloween-Sonderausgabe mit dem Titel ›Der Feuerteufel‹. Ich habe ihn gerade in einem Stück verschlungen. Ihr werdet es nicht glauben, wenn ihr gelesen habt, was da drinsteht! Ruft mich an! Ciao!«

Zehn Sekunden später hatte Justus die Zentrale verlassen und war auf dem Weg zum nächsten Zeitungskiosk.

Die vier Zeichen

Als Bob und Peter die Zentrale betraten, las Justus gerade die letzten Zeilen von ›Der Feuerteufel‹.

»Aha«, knurrte Peter. »Das hattest du also so dringend zu erledigen. Lesen.«

Wortlos hielt Justus das Heft in die Höhe.

»›Dämonenfeuer‹? Meinst du, es bringt uns weiter, wenn wir wissen, womit Aaron Moore seine Brötchen verdient?«

»Und ob uns das weiterbringt«, antwortete Justus geheimnisvoll und wollte gerade erzählen, was er erfahren hatte, als Bob ihm zuvorkam: »Lass uns erst mal berichten. Wir haben nämlich eine Menge herausgefunden. Aber das macht den Fall nicht unbedingt durchsichtiger. Eher im Gegenteil.«

Peter nickte. »Wenn du glaubst, Blackstone sei schon mysteriös und gruselig, dann hör dir erst mal an, was wir über seinen Erbauer in Erfahrung bringen konnten.«

»Blackstone ist nämlich nicht irgendeines von Bruce Blacks Häusern. Es ist das Haus. Black war ein mittelmäßig erfolgreicher Architekt. Das lag vor allem daran, dass seine Entwürfe den meisten Kunden zu extravagant waren. Er hat hier und da mal Häuser für Hollywoodstars entworfen, ein Museum in Philadelphia und noch zwei, drei andere öffentliche Gebäude, das war es. Trotzdem hatte er irgendwann so viel Geld verdient, dass er es sich leisten konnte, sein eigenes Traumhaus zu bauen – oder besser gesagt: sein Albtraumhaus.«

»Blackstone.«

»Richtig«, fuhr Bob fort. »In einem Interview, das ich in

einem Buch über moderne Architektur gefunden habe, sagte Black, das Haus sei ihm in einem Traum erschienen. Er sei am nächsten Morgen aufgewacht und habe sofort gespürt, dass das sein Lebenswerk werden würde. Das Haus, auf das er immer gewartet habe. Nach diesem Traum hat er sofort die Pläne gezeichnet, aber dann vergingen Monate mit der Suche nach dem richtigen Bauplatz.«

»Na ja, billiges Bauland ist in Los Angeles und Umgebung nicht leicht zu finden«, meinte Justus.

»Darum ging es nicht«, warf Peter ein. »Jetzt kommt nämlich der eigentliche Hammer an der Geschichte: Black hat deshalb so lange gesucht, weil er einen Ort finden wollte, an dem er den Geistern und Dämonen ganz nahe ist.«

»Wie bitte?«

»Einen Ort, an dem irgendwelche Energiefelder und Kraftlinien zusammenführen, an dem es kosmische Einflüsse gibt, wo die reale und die Andere Welt sich begegnen.«

Justus runzelte die Stirn. »So was hat Roxanne doch schon gesagt. Äußerst unglaubwürdig.«

Bob nickte. »Allerdings. Black ging wohl mit Wünschelruten und Kristallkugeln auf die Suche und hat ewig gebraucht, bis er einen Platz fand, der seinen Vorstellungen entsprach.«

»Blackstone sollte eine Art Knotenpunkt für magische Kräfte werden. Das erklärt wohl auch das mystische Äußere und Innere des Hauses. Ist das nicht irre?«

»Aber ... wozu soll das alles gut sein? Das ist mir nicht ganz klar. Wozu braucht jemand ein Haus, in dem die übernatürlichen Kräfte angeblich ein und aus gehen?«

Bob zuckte die Schultern. »Black war halt ein Spinner. Genau wie Roxanne. Er glaubte an dieses Geisterzeug. Der Bau von Blackstone dauerte genau ein Jahr. Der Grundstein wurde am 31. Oktober gelegt – an Halloween. Und am selben Tag, ein Jahr später, war das Haus fertig.«

»Da hat es aber jemand sehr genau genommen. Wenn man Bruce Black Glauben schenkt, dann ist sein Haus ein Tummelplatz für Geister. Mich würde interessieren, ob Moore die ganze Geschichte kennt und deshalb das Haus gekauft hat. Immerhin schreibt er Gruselgeschichten. Und ob sich unser unbekannter Attentäter diesen mystischen Hintergrund zu Nutze macht, um seinen Spuk zu inszenieren. Was habt ihr denn über Moore herausfinden können?«

»Nicht viel«, sagte Peter enttäuscht. »Wir haben natürlich eine Menge gefunden, aber hauptsächlich Interviews, in denen er zu ›Dämonenfeuer‹ befragt wird, und da erzählt er nur belangloses Zeug. Wie er dazu gekommen ist, diese Reihe zu schreiben, wie er sich ihren Erfolg erklärt, woher er seine Ideen bezieht und so weiter. Nichts Wichtiges.«

»Interessant ist allenfalls, dass ›Dämonenfeuer‹ in der Anfangszeit ziemlich erfolglos dahindümpelte. Von Heft zu Heft wurde neu überlegt, ob die Reihe eingestellt werden sollte«, fügte Bob hinzu. »Dann jedoch gab es einen Umschwung: Die Hefte wurden plötzlich gekauft, die Auflage schnellte in die Höhe und ›Dämonenfeuer‹ wurde eine der erfolgreichsten Heftchenreihen in ganz Amerika. Rate mal, wann das war: ziemlich genau vor zwei Jahren, zu dem Zeitpunkt, als Moore nach Blackstone zog.«

»Vielleicht ist ja doch was dran an den Geistergeschichten«, überlegte Peter.

»Quatsch. Vielleicht wurden seine Geschichten einfach besser, weil er sich einredete seine Inspiration von übernatürlichen Mächten zu beziehen. So etwas nennt man Autosuggestion: Ich bilde mir ein von Geistern besessen zu sein und verhalte mich plötzlich auch entsprechend, obwohl weit und breit gar kein Geist in der Nähe ist. Aber jetzt will ich euch mal von meinen Erfolgen berichten«, verkündete Justus stolz. »Auch ich habe mich weitergebildet, nachdem Roxanne mir diese Lektüre nahe gelegt hat.« Er wedelte mit dem ›Dämonenfeuer‹-Heft, dann spielte er seinen Freunden den Spruch auf dem Anrufbeantworter vor.

»Aha«, sagte Peter interessiert, nachdem er Roxannes aufgeregte Stimme vernommen hatte. »Und? Was steht nun so Unglaubliches in diesem Heft?«

»Es geht um den Autor einer Gruselreihe, dessen äußere Beschreibung ziemlich genau Aaron Moores eigenem Äußeren entspricht.«

»Ach was. Da wollte er sich wohl selbst ein Denkmal setzen.«

»So ähnlich. Nur dass der Schriftsteller in seiner Geschichte keine Horrorheftchen schreibt, sondern Jugendbücher. Aber das ist wohl zweitrangig. Jedenfalls wird dieser Mann von unheimlichen Mächten bedroht, um genau zu sein: von einem Feuerteufel, der ihm an den Kragen will. Das Auftauchen dieses Dämons kündigt sich durch vier bedrohliche Zeichen an, die alle in Verbindung mit einem der vier Elemente stehen: Feuer, Luft, Erde und Wasser. Nach diesen vier Zeichen taucht eine geheimnisvolle Maske auf, sozusagen ein letzter Vorbote, durch den sich der Feuerteufel selbst schließlich materialisiert – natürlich in der Halloween-Nacht.«

»Klar«, fand Peter. »Ist ja auch ein Halloween-Sonderband.«
»Eben.«
»Und was ist daran nun so aufsehenerregend?«
»Die vier Zeichen. Das erste Zeichen ist nämlich das Zeichen des Feuers: In der Geschichte taucht ein brennendes Grabkreuz auf.«
»Wie bitte?«, riefen Bob und Peter gleichzeitig.
»Ihr habt richtig gehört.«
»Und das zweite?«
»Das zweite ist das Zeichen der Luft. Urplötzlich zieht ein Unwetter auf und es stürmt so heftig, dass sämtliche Fenster im Haus des Schriftstellers zerspringen.«
Der Zweite Detektiv schnappte nach Luft. »Das ist unglaublich!«
»Nicht wahr?«
»Wie endet die Geschichte?«
»Mit dem Tod der Hauptperson.«
»Ach du meine Güte.«
»Puh!«, stöhnte Bob. »Da treibt aber jemand ein sehr übles Spiel mit Mr Moore. Das sieht tatsächlich nach einem psychisch gestörten Fan aus.«
»Oder nach einem Neider, der Moore den Erfolg nicht gönnt«, überlegte Justus. »Es erklärt aber, warum Moore gestern etwas von Stürmen faselte. Er hat sofort begriffen, was diese beiden Vorfälle zu bedeuten haben. Die Frage ist nur: Warum hat er es uns verschwiegen?«
»Keine Ahnung. Aber eines ist wohl sonnenklar: Das ist kein Zufall mehr«, schloss Peter. »Jemand muss die Geschichte gelesen haben und benutzt sie nun als Vorlage. Aber Moment

mal, hat Roxanne nicht behauptet, das Heft sei heute erst erschienen?«

»Genau das hat mich auch stutzig gemacht. Sie muss sich getäuscht haben. Ich werde mal bei seinem Verlag Fluky House in New York anrufen, um das zu überprüfen. Ich habe nämlich folgende Vermutung: Das Heft wird an der Ostküste schon früher ausgeliefert und kommt mit ein paar Tagen oder sogar Wochen Verzögerung in Los Angeles an. Das würde einiges erklären.« Justus griff nach dem Telefon und ließ sich über die Vermittlung mit dem Verlagshaus verbinden. Es dauerte eine Weile, bis er jemanden am Apparat hatte, der ihm seine Frage beantworten konnte.

»Das neue Heft von ›Dämonenfeuer‹?«, drang die Stimme aus dem Verstärker.

»Genau.«

»›Der Feuerteufel‹?«

»Richtig.«

»Das ist heute erst erschienen.«

»Überall?«

»Was soll das heißen, überall?«

»Ich meine, in ganz Amerika? Ich rufe aus Kalifornien an. Ist es in New York nicht schon früher auf den Markt gekommen?«

»Na hören Sie mal, junger Mann, wo kämen wir denn da hin, wenn wir unsere Titel nicht überall gleichzeitig veröffentlichen würden? Nein, nein, heute ist der Veröffentlichungstermin und zwar in den gesamten Vereinigten Staaten von Amerika.«

»Gibt es nicht so etwas wie Vorabdrucke? Zu Werbezwecken oder für Buchbesprechungen?«, hakte Justus nach.

Der Mann am anderen Ende lachte. »Nicht bei einem ›Dämonenfeuer‹-Heft. Die Dinger verschwinden so schnell vom Markt, wie sie erscheinen. Eine Vorveröffentlichung würde sich da überhaupt nicht lohnen.«

»Es gibt also nicht die geringste Möglichkeit, das Heft zu lesen, bevor es offiziell erscheint?«

»Du bist aber hartnäckig. Nein, gibt es nicht. Nicht die allergeringste.«

»Na schön. Vielen Dank für die Auskunft.«

»Gern geschehen.«

Justus legte auf und sofort bewegte sich seine freie Hand zur Unterlippe.

»Das ist ja ein Ding«, fand Peter. »Aber wie ist denn das möglich? Jemand muss die Geschichte gelesen haben! Wie sonst – « Er wurde vom Klingeln des Telefons unterbrochen.

Justus nahm den Hörer ab.

»Hi, hier ist Roxanne. Hast du das Buch gelesen?«

»Das Heftchen? Ja, habe ich. Wir diskutieren gerade darüber, wie es möglich ist, dass jemand eine Geschichte zur Vorlage für Anschläge nimmt, die sich ereignen, bevor diese Geschichte überhaupt erschienen ist.«

»Ihr glaubt also immer noch, dass ein Mensch hinter der ganzen Sache steckt?«, fragte Roxanne halb enttäuscht, halb zweifelnd.

»Und du glaubst immer noch an fremde Mächte?«

»Anders kann ich mir die Geschichte jedenfalls nicht erklären. Ihr etwa?«

»Bisher noch nicht.«

»Ich sage euch, in diesem Haus geht es nicht mit rechten Dingen zu! Meine Theorie ist, dass Blackstone selbst Mr Moore diese Story eingegeben hat.«

»Das Haus?«

»Die Seele des Hauses, der Geist des Hauses, nenn es, wie du willst. Es hat die Ereignisse vorausgesehen und Mr Moore dazu gebracht, dieses Buch zu schreiben. Und jetzt trifft genau das ein, was er zu Papier gebracht hat.«

»Das ist das Bescheuertste, was ich je gehört habe«, murmelte Bob im Hintergrund.

Justus überlegte einen Moment, ob er Roxanne von den Berichten über Bruce Black und seinem Geisterhaus erzählen sollte. Doch dann entschied er sich dagegen. Damit würde er nur unnötig Öl ins Feuer gießen.

»Das halte ich mangels empirischer Daten und Logik für eher unwahrscheinlich«, antwortete er diplomatisch.

»Wie bitte?«

»Ich kann deinen Lösungsvorschlag nicht akzeptieren, da es nach meinen Erfahrungen keine übernatürlichen Dinge gibt«, versuchte der Erste Detektiv es erneut.

»Na schön«, brummte sie. »Ihr werdet schon sehen. Was habt ihr jetzt vor?«

»Wir werden Mr Moore einen weiteren Besuch abstatten. Wenn die Geschichte so weitergeht wie in ›Der Feuerteufel‹, dann wird es heute Nacht das dritte Zeichen geben – das Zeichen der Erde. Aber diesmal werden wir den Täter schnappen und den Spuk vorzeitig beenden.«

Spurensuche

»Was ist das eigentlich für ein Zeichen?«, wollte Peter wissen, als sie eine halbe Stunde später durch die Berge fuhren. Sie hatten überlegt, ob sie bei Mr Moore anrufen sollten, sich dann aber dagegen entschieden. Es würde ihm schwerer fallen, sie abzuwimmeln, wenn sie vor seiner Tür standen. Außerdem konnte er ihren Fragen dann nicht so einfach ausweichen.
»Das Zeichen der Erde sieht in der Geschichte so aus: In der Nacht nach dem Sturm wird das Haus des Autors von Schlangen und Spinnen attackiert«, antwortete Justus.
Peter blieb mitten auf der Straße stehen. »Was?«
Der Erste Detektiv und Bob wollten weiterfahren, doch da Peter keine Anstalten machte sich wieder in Bewegung zu setzen, hielten sie notgedrungen an. »Schlangen und Spinnen kommen aus dem Wald und greifen das Haus an«, wiederholte Justus.
Peter schnappte nach Luft. »Du glaubst doch nicht im Ernst, dass ich da jetzt noch hinfahre.«
»Wieso denn nicht?«
»Wenn wir von Schlangen angefallen werden?«
»Nun beruhige dich mal, Peter«, versuchte es Bob. »Nur weil das im neuen ›Dämonenfeuer‹-Heft steht, heißt das noch lange nicht, dass es auch Mr Moore passieren wird.«
»Und was ist mit dem Kreuz? Und den Fenstern? Das ist auch passiert, genau wie es in der Geschichte stand.«
»Ein Kreuz zu basteln, es auf den Friedhof zu stellen und anzuzünden ist eine Sache«, meinte Justus. »Aber es würde mich

schon sehr wundern, wenn es dem Täter gelänge, haufenweise Spinnen und Schlangen aus dem Wald zum Haus zu locken.«

»Das hättest du im Falle der Fenster vermutlich auch gesagt, wenn du gestern schon etwas davon geahnt hättest«, widersprach Peter. »Da ist es dem Täter auch gelungen, es genau so aussehen zu lassen wie in ›Der Feuerteufel‹ und wir haben nicht den leisesten Schimmer, wie er das gemacht hat.«

»Das stimmt nicht ganz«, sagte Justus und lächelte wissend. »Ich habe gestern nämlich eine der Glasscherben mitgenommen und noch letzte Nacht untersucht.«

Bob hob überrascht die Augenbrauen. »Aha. Davon hast du ja gar nichts erzählt.«

»Sollte auch eine Überraschung werden. Aber wie mir scheint, ist es in diesem Fall angebracht, unserem Zweiten Detektiv keine Informationen vorzuenthalten, damit er beruhigt wieder aufs Rad steigen und weiterfahren kann.«

»Da bin ich aber gespannt, was dir da Beruhigendes einfällt«, zweifelte Peter.

»Ich habe Rußspuren am Glas gefunden.«

»Na und?«

»Das deutet darauf hin, dass die Fenster mithilfe einer Art Sprengvorrichtung und nicht etwa durch einen magischen Windstoß zerstört wurden. Ich habe heute eine Probe der Rückstände Inspektor Cotta vorbeigebracht, der sie für uns im Polizeilabor untersuchen lassen wird. Wahrscheinlich kriegen wir morgen die Ergebnisse und wissen dann Genaueres. Fazit: Kein Grund zur Panik. Wir haben es nicht mit übernatürlichen Gegnern zu tun.«

»Ob nun Geister oder Menschen, beruhigt bin ich trotzdem

nicht. Wenn ich daran denke, dass ich jeden Moment von einer Klapperschlange gebissen werden könnte ...«
»Wir fahren zu Mr Moore, um zu verhindern, dass irgendjemand gebissen wird«, erinnerte Justus. »Außerdem wird es Zeit für ein paar Antworten. Ich werde nämlich das Gefühl nicht los, dass er uns eine Menge verschweigt.«
»Sein gutes Recht«, fand Peter. »Schließlich arbeiten wir nicht für ihn.«
Der Erste Detektiv ignorierte den Einwand, schwang sich wieder auf den Sattel und fuhr weiter.
»Nun komm schon, Peter«, versuchte Bob ihn zu überreden. »Es wird schon nichts Schlimmes passieren.«
»Dein Wort in den Ohren aller Geister und Dämonen«, seufzte Peter, trat dann jedoch widerstrebend in die Pedale.
Als sie die grasbewachsene Hügelkuppe erreichten, stand die Sonne knapp über den Wipfeln der Bäume. Doch das Tageslicht war ausreichend, um das Haus und den Friedhof genauer unter die Lupe nehmen zu können. Selbst bei Tag wirkte Blackstone in dieser Landschaft wie ein Fremdkörper. Seine tiefschwarzen Mauern schluckten das Sonnenlicht fast vollkommen, nur hier und da glänzte das Gestein wie nach einem Regenguss. Sie sahen Mr Moore schon von weitem, er stand an einem der kaputten Fenster im oberen Stockwerk und klebte es von innen mit einer Plastikplane ab. Als er die drei Detektive bemerkte, stutzte er. Für einen Moment sah es so aus, als wollte er sie wütend von seinem Grundstück verjagen. Doch dann verschwand er und tauchte kurze Zeit später in der Tür auf.
»Guten Tag, Mr Moore«, begrüßte Justus ihn so freundlich

wie möglich. »Wir wollen Sie nicht stören. Aber wir würden gern die Gelegenheit nutzen und uns den Friedhof und die Fenster ansehen, solange es noch hell ist. Ich hoffe, Sie haben nichts dagegen.«

»Ihr werdet nichts finden«, murmelte Mr Moore und sagte dann lauter: »Okay. Seht euch um. Schaden kann es nicht. Entschuldigt mich, aber ich muss die Fenster notdürftig abdichten, bevor es dunkel wird. Der Glaser wird ein paar Tage brauchen, bis er alles ausgemessen und zurechtgeschnitten hat. Das ist der Nachteil bei schiefen Fenstern.« Er lächelte verlegen und verschwand dann ohne ein weiteres Wort wieder im Haus.

»Na, der ist aber heute wieder ziemlich kurz angebunden«, bemerkte Peter. Sie gingen zum Friedhof hinüber, wobei der Zweite Detektiv aufmerksam das Gras nach Schlangen und Spinnen absuchte.

Das Kreuz stand noch genau so da wie am Tag zuvor. Mr Moore hatte es offenbar nicht angerührt.

»Was genau suchen wir eigentlich, Just?«, wollte Bob wissen.

»Spuren. Jede Art von Spuren. Sucht das Gras ab. Vielleicht findet ihr irgendwas.«

»Fingerabdrücke können wir jedenfalls vergessen. Auf den Metallbuchstaben wären sie vielleicht gut zu erkennen gewesen, aber seht euch die Buchstaben an – bei dem Feuer hat kein Abdruck überlebt.«

Während Bob und Peter erst ziellos, dann systematisch den Boden abklopften, besah Justus sich das Kreuz genauer. Bob hatte recht: Abdrücke würde er hier nicht finden. Doch somit bestand auch nicht die Gefahr eine Spur zu zerstören. Er zückte sein Taschenmesser und machte sich daran, einen der Buchstaben vom Kreuz zu lösen. Er war durch ein kleines Loch in der Mitte auf das Holz genagelt. Schließlich hatte er das A von ›Hawk‹ in der Hand, das noch am wenigsten durch das Feuer beschädigt worden war. Unschlüssig drehte er es hin und her. Auf der Rückseite war etwas eingraviert, ein winziger Stempel, durch die Hitze fast völlig verformt.

»Ich hab was!«, verkündete Peter, der vier Meter entfernt auf dem Boden herumrutschte. Triumphierend hielt er einen winzigen Gegenstand in die Höhe.

»Ein Streichholz!«, rief Bob in gespielter Begeisterung. »Das ist die Spur! Kollegen, der Fall ist so gut wie gelöst.«

»Sehr witzig!«

»Ich habe auch etwas gefunden«, sagte Justus. »Seht mal, auf der Rückseite der Buchstaben gibt es eine Gravur: ›Miller & Co, N. Y.‹«

»Aha. Und was bedeutet das?«

»Das bedeutet das Gleiche wie dein Streichholz, Peter: Kein Dämon aus dieser oder einer anderen Welt benötigt ein Streichholz, um ein Kreuz anzuzünden. Und er würde seine Metallbuchstaben auch nicht bei der Firma Miller & Co. in New York kaufen.«

»New York!«, sagte Bob, diesmal wirklich begeistert. »Sagt uns das nicht was?«

»Was denn?«, fragte Peter.

»Fluky House. Der Verlag, bei dem ›Dämonenfeuer‹ erscheint. Der ist auch in New York.«

»Du meinst, einer vom Verlag könnte hinter der Sache stecken?«

»Wäre doch möglich. Das würde erklären, warum jemand den ›Feuerteufel‹ schon kennt, obwohl er noch gar nicht erschienen ist.« Bob grinste stolz.

»Könnte sein«, gab Justus zu. »Aber wir sollten keine voreiligen Schlüsse ziehen. Mal sehen, was Mr Moore zu dieser Theorie sagt.«

Sie suchten weiter nach Spuren, gaben es nach einiger Zeit jedoch auf. »Hier finden wir nichts mehr«, meinte Bob. »Kümmern wir uns lieber um die Fenster.«

Aaron Moore hielt sich weiterhin bedeckt, als die drei ??? ihn baten die zerbrochenen Scheiben untersuchen zu dürfen. »In Ordnung. Dann könnt ihr mir gleich dabei helfen, sie abzudichten.« Er drückte ihnen Plane und Klebeband in die Hand und verschwand in einem Nebenraum, um weiterzuarbeiten.

Jedes Fenster, das die drei versiegelten, nahmen sie vorher genau unter die Lupe. Doch zu ihrer Enttäuschung entdeckten sie nichts, was ihnen einen Hinweis auf die Ursache der Explosionen gegeben hätte. Mr Moore hatte sämtliche Scherben bereits beseitigt, daher blieben ihnen nur die leeren Rahmen. Sie waren, abgesehen von einigen kleinen Brandspuren, makellos.

Auf diese Weise lernten sie jedoch den Rest von Blackstone kennen. Jeder Raum hatte seine eigene düstere Ausstrahlung. Masken waren überall zu finden, wenn auch nicht so zahlreich wie im Maskenzimmer. Stattdessen gab es dunkle Ölgemälde, Wandteppiche mit mystischen Motiven und kleine Skulpturen, die bizarre Wesen mit zwei Köpfen, verwachsene Kobolde oder grinsende Dämonen darstellten. Überall wurden sie von starren Augen beobachtet und fühlten sich unter ihren Blicken bald unbehaglich. Blackstone war ein Museum des Okkulten.

Dieser Eindruck wurde durch das Fehlen privater Möbel noch verstärkt. Lediglich das Arbeitszimmer, der Schlafraum, die Küche und das Bad wirkten bewohnt. Alle anderen Räume waren kalt und leblos. Als warteten sie auf die bösen Mächte, für die sie eingerichtet waren.

»Ich finde mich hier überhaupt nicht zurecht«, maulte Peter. »Diese schiefen Räume machen mich wahnsinnig. Mir wird ganz schwindlig davon. Als würde ich eine Brille tragen, die alles verzerrt. Nachts hat man hier bestimmt Albträume. Dieser Bruce Black muss wirklich einen Knall gehabt haben. Wer baut ein Haus, das unbewohnbar ist?«

»Aaron Moore will hier wohnen«, bemerkte Bob. »Wir sollten ihn mal fragen, warum er das Haus gekauft hat.«

»He! Ich glaube, ich habe was gefunden!« Justus hatte sich aus dem Fenster gebeugt und tastete den äußeren Rahmen ab. Dann zog er ein kleines Stück Kabel hervor. »Es war zwischen dem Fensterrahmen und den Mauersteinen versteckt.«

»Was könnte das sein?«, überlegte Peter.

»Das kann ich dir sagen, Zweiter: das Stück einer Zündvorrichtung, mit der die Fenster letzte Nacht zum Platzen gebracht wurden.«

»Das ist nur eine Vermutung, Justus«, warnte Bob.

»Sicher. Aber eine nahe liegende.«

Peter nickte. »Jetzt müssen wir nur noch herausfinden, wer der Täter ist, woher er den ›Feuerteufel‹ kennt, wie er es geschafft hat, diesen ganzen Zauber zu veranstalten, und was er damit bezweckt. Nichts leichter als das.«

Es wurde dunkel, als die drei ??? und Mr Moore schließlich alle Fenster notdürftig repariert hatten. Endlich zog es nicht mehr durch die Räume und die Kerzen konnten wieder angezündet werden.

»Vielen Dank, dass ihr mir geholfen habt.« Sie standen in einem der zahllosen leeren Räume im Obergeschoss und es war das erste Mal an diesem Tag, dass Aaron Moore von sich aus den Mund aufmachte. »Ohne euch hätte ich die Arbeit vor Einbruch der Dunkelheit nicht geschafft.« Er sah verlegen zu Boden. »Außerdem möchte ich mich bei euch entschuldigen. Ich war gestern Abend etwas ungehalten. Aber meine Nerven lagen einfach blank und ich wusste nicht mehr, was ich sagte.«

»Schon verziehen«, versicherte Justus. »Vorausgesetzt, wir können Ihnen noch einige Fragen stellen.«

»Aber natürlich. Seid ihr denn mit euren Ermittlungen schon weitergekommen?«

»Ein wenig.«

»Gehen wir nach unten. Dort ist es gemütlicher.«

Peter fragte sich unwillkürlich, was dieser Mann unter gemütlich verstand, verkniff sich aber eine Bemerkung. Sie gingen ins Maskenzimmer und Mr Moore entzündete die Kerzen. »Möchtet ihr vielleicht etwas trinken?«

»Ja, gerne«, antwortete Justus. »Wir sind ganz schön ins Schwitzen gekommen.«

»Mineralwasser? Das hilft am besten gegen den Durst.«

Die drei ??? nickten.

Mr Moore verließ den Raum, um in der Küche Gläser zu holen.

»Jetzt scheint er ja wieder ganz umgänglich zu sein«, raunte Peter. »Hoffentlich hält das an und er packt endlich aus.«

»Darauf würde ich nicht unbedingt –«, begann Bob.

Ein markerschütternder Schrei drang aus der Küche.

Das Haus der Geister

Die drei ??? sprangen gleichzeitig auf und liefen in die Küche. Mr Moore stand mit dem Rücken zur Wand und rührte sich nicht. Seine vor Schreck geweiteten Augen waren auf den Boden gerichtet: Vor seinen Füßen lagen die Scherben eines Glases, das er offenbar aus dem Schrank geholt hatte. Und zwischen den Glassplittern wanden sich unzählige kleine braune Würmer.

Peter stieß ein entsetztes Keuchen aus und auch Bob und Justus lief ein kalter Schauer über den Rücken.

»Das ist die Rache!«, presste Moore schwer atmend hervor. »Das ist die Rache des Feuerteufels!«

»Beruhigen Sie sich!«, sagte Justus eindringlich, obwohl auch er sich schwer zusammenreißen musste, um bei diesem ekligen Anblick cool zu bleiben. »Das sind nur Mehlwürmer. Sie sind überhaupt nicht gefährlich.«

»Nein!«, rief Moore und starrte den Ersten Detektiv gehetzt an. »Ich hätte es niemals tun dürfen! Das ist die Vergeltung für mein Verbrechen!«

Justus horchte auf. »Welches Verbrechen?«

»Das ... das ist eine lange Geschichte. Bitte – bitte schafft diese ... Kreaturen aus meiner Küche!«

Justus war mit dieser Antwort nicht zufrieden, doch in diesem Zustand war aus Moore nicht mehr herauszubekommen.

»Woher kamen die Würmer?«, fragte Bob.

»Sie waren ... in dem Glas.« Zitternd wies er auf den geöffneten Küchenschrank. Bob ging darauf zu, wobei er einen weiten

Bogen um die am Boden krabbelnden Insekten machte, und sah vorsichtig hinein. Auf den ersten Blick war nichts zu erkennen. Zögernd griff er nach einer Tasse. Sie war leer. Er nahm eine zweite – und stellte sie augenblicklich auf die Ablagefläche des Schrankes. Angewidert trat er zwei Schritte zurück. Dabei trat er in die braunen Würmer und machte erschrocken einen Sprung zur Seite. »Iiiiih!«, schrie er und schüttelte angeekelt seinen Fuß.

»Was? Was war da drin?«

»Maden!«, antwortete Bob und erschauerte. »Widerliche, fette, weiße Maden.«

»Ich glaube, mir wird übel.«

»Reißt euch zusammen! Los, Kollegen, wir müssen diesen Zoo beseitigen.« Justus hatte die Kontrolle über sich scheinbar zurückgewonnen.

»Beseitigen?«, fragte Peter. »Wie denn?«

»Wir durchsuchen jedes einzelne Gefäß und wenn was drin ist, bringen wir es nach draußen und kippen das Viehzeug raus. Würmern und Maden geht es in freier Natur ohnehin viel besser als in einem Küchenschrank.«

»Und wer fragt, wie es mir geht?«, ereiferte sich Peter. Doch er sah ein, dass Justus recht hatte. Es waren nur Insekten. Nichts, was wirklich gefährlich werden konnte. Es sei denn, es waren noch ein paar Skorpione dabei oder – »Schlangen!«, fiel es ihm plötzlich ein. »Wir müssen vorsichtig sein, womöglich lauert da drin noch ein Python oder so.«

»Auf dem amerikanischen Kontinent gibt es keine Pythons«, belehrte in Justus. Beherzt trat er einen Schritt vor und durchsuchte Tasse für Tasse, Glas für Glas. »Haben Sie einen Hand-

kehrer?«, fragte er Mr Moore, der sich noch immer mit kalkweißem Gesicht an die Wand drückte. »Damit wir die Mehlwürmer beseitigen können.«
»J... ja. Da, da drüben hinter der Tür.«
Justus nickte. Er machte sich daran, die Würmer aufzufegen und nach draußen zu bringen. In insgesamt sieben Gläsern und Tassen kringelten sich die verschiedensten Insekten. Angeekelt brachten Bob und Peter sie nach draußen und ließen die Tiere auf dem Rasen frei.
Nach zehn Minuten war der Spuk vorbei. Mr Moore hatte sich ein wenig beruhigt, nachdem er sicher war, dass sich keine Insekten mehr in seinem Schrank tummelten. Vom Schock noch etwas benommen kehrten sie in das Maskenzimmer zurück. »Vielen Dank. Ich weiß nicht, ob ich es fertig gebracht hätte, die Viecher zu entsorgen.«
»Ich will Sie nicht beunruhigen, aber vielleicht war das noch nicht alles. Peter hat recht: Entweder hier tauchen noch irgendwo Spinnen und Schlangen auf oder da hat sich jemand nicht ganz werkgetreu an die literarische Vorlage gehalten.«
Moore runzelte die Stirn. »Was meinst du, Justus?«
»Das wissen Sie ganz genau. Ich habe heute das Halloween-Sonderheft von ›Dämonenfeuer‹ gelesen. Darin steht exakt die Geschichte beschrieben, die Sie gerade erleben. Das ist Ihnen doch sicher aufgefallen, oder? Warum haben Sie uns das nicht erzählt?«
Er senkte den Blick. »Ihr wisst es also.«
»Wir ermitteln in diesem Fall«, sagte Justus. »Aber anstatt uns über alle Details aufzuklären, erschweren Sie uns die Arbeit. Warum?«

Mr Moore seufzte. »Als ich vorletzte Nacht das brennende Kreuz auf dem Friedhof entdeckte, dachte ich noch an einen absurden Zufall – einen dummen Streich, der mit dem ›Feuerteufel‹ nichts zu tun hat. Schließlich wusste ich ja, dass das Heft erst zwei Tage später erscheinen würde. Ich machte mir also keine allzu großen Gedanken. Als dann aber gestern die Fenster explodierten, wurde mir klar, dass es kein Zufall war. Daher bin ich auch so … hysterisch geworden. Ich wollte nicht, dass ihr etwas von der Sache mitbekommt.«

»Von welcher Sache?«, fragte Peter.

Moore schwieg.

»Von welcher Sache?«, drängte Bob. »Mr Moore, wir finden, dass es langsam an der Zeit ist, uns die Wahrheit zu sagen. Oder wollen Sie so enden wie die Figur in Ihrer Geschichte? Wissen Sie, wer hinter den Anschlägen steckt?«

Ein kaum wahrnehmbares Nicken.

»Nämlich?«

»Ihr werdet mir nicht glauben.«

»Versuchen Sie es.«

»Es sind … die Geister.«

Bob stutzte. »Was für Geister?«

»Die Geister von Blackstone. Sie wollen mich bestrafen.«

Bob wollte diese Behauptung gerade entrüstet zurückschmettern, als Justus ihm zuvorkam. Der Erste Detektiv spürte, dass man Mr Moore mit logischen Argumenten jetzt nicht beikommen konnte. Vielleicht war es besser, ihn erst mal reden zu lassen. »Nehmen wir an, es gibt wirklich Geister in diesem Haus, Mr Moore. Warum sollten sie Sie bestrafen wollen?«

»Weil ich sie benutzt habe, um Geld zu verdienen. Ich habe ihre Geschichte verwendet, um ›Der Feuerteufel‹ zu schreiben.«

»Könnten Sie uns das bitte von Anfang an erzählen?«

Er holte einmal tief Luft und begann: »Blackstone ist nicht irgendein Haus. Es ist Bruce Blacks Lebenswerk. Er hat es aus einem ganz bestimmten Grund gebaut.«

»Er wollte ein Haus haben, in dem es spukt«, unterbrach Peter ihn. »Wissen wir. Kosmische Strahlungen und so, schon klar.«

»Woher –«

»Wir haben recherchiert«, verkündete der Zweite Detektiv stolz.

Für einen Moment flackerte Angst in Moores Augen. »Was wisst ihr noch?«

»Nicht viel. Nur dass Black offenbar ein ... na ja, dass er an Geister und so'n Zeug glaubte. Und dass Blackstone an Halloween angefangen und fertig gestellt wurde.«

Moore nickte. »Ich wusste kaum etwas über Bruce Black. Ich entdeckte dieses Haus eher zufällig und es gefiel mir auf Anhieb. Diese ungewöhnliche Architektur ... Ich dachte, dies sei der perfekte Ort, um Gruselgeschichten zu schreiben. Genau so hatte ich mir meinen Arbeitsplatz immer vorgestellt. Dann hörte ich, dass das Haus zum Verkauf angeboten wurde, und griff sofort zu. All die Geschichten über übernatürliche Kräfte habe ich erst erfahren, als Blackstone schon mir gehörte. Ich hielt nicht viel davon, habe mich anfangs sogar darüber lustig gemacht. Doch dann merkte ich, dass innerhalb dieser Mauern tatsächlich seltsame Dinge vor sich gehen. Es ist schwer zu beschreiben. Eher ein Gefühl … nie allein zu sein. Dieses Haus lebt. Ich weiß, das klingt verrückt, aber ich fühlte mich von guten Mächten umgeben.«

»Im Moment scheinen es aber eher böse Mächte zu sein«, warf Peter ein.

»Das stimmt. Weil ich einen großen Fehler begangen habe. Ich lebe hier seit zwei Jahren. Und in dieser Zeit habe ich meine allerbesten Geschichten geschrieben. Ich fühle mich hier wohl, auch wenn viele Leute das nicht verstehen können. Inzwischen glaube ich, dass an Bruces Visionen tatsächlich etwas dran ist. Die Lage des Hauses, das Gestein, aus dem es gebaut ist, die schiefen Räume – das alles ist so unwirklich, dass es andere unwirkliche Dinge anzieht.«

»Geister«, sagte Justus.

»Zum Beispiel. In Blackstone lebt die Magie. Man sieht sie nie, man hört sie nie, aber man spürt sie, wenn man einige Zeit hier verbracht hat.«

»Was war das für ein Fehler, von dem Sie gerade sprachen?«, versuchte der Erste Detektiv das Gespräch wieder dorthin zu lenken, wo er es haben wollte.

»Ich kaufte dieses Haus mit fast allen Einrichtungsgegenständen. Eines Tages entdeckte ich in der Bibliothek ein altes Tagebuch von Bruce Black. Darin beschreibt er seine Pläne für den Bau von Blackstone. Doch dann las ich, dass er mit diesem Haus noch andere Absichten hatte. Er wollte nicht einfach nur einen Ort schaffen, an dem die wirkliche und die Andere Welt sich begegnen können. Er wollte mehr.«

»Nämlich?«

Mr Moores Stimme senkte sich zu einem Flüstern, als befürchtete er belauscht zu werden. »Er wollte die Geister heraufbeschwören.«

Bob überspielte ein Lachen mit einem Hustenanfall. »Die Geister?«, wiederholte er.

»Ich weiß, ihr glaubt mir nicht. Entweder haltet ihr mich für verrückt oder ihr meint, ich spiele euch was vor. Aber es ist wahr, so stand es in dem Tagebuch: Black gehörte einem geheimen Zirkel an, einer Gruppe von Okkultisten, die sich die ›Enigma-Gruppe‹ nannte. Sie traf sich regelmäßig hier auf Blackstone und führte allerlei seltsame Experimente durch – Teufelsanbetungen, rätselhafte Rituale, Beschwörungen und so weiter. Ich habe selbst nur die Hälfte von dem verstanden, was in dem Tagebuch stand. Ihr Wissen über all diese magischen Formeln und Zaubereien bezogen die Okkultisten aus uralten Schriften, die sie auf der ganzen Welt gesammelt hatten. In einer dieser Schriften war ein Ritual beschrieben, mit dem man einen Feuerteufel beschwören konnte. Dieses Ritual dauerte vier Tage. Die vier Elemente – Feuer, Luft, Erde und Wasser – spielten dabei eine wichtige Rolle. Außerdem musste eine bestimmte Maske beschafft werden, mit deren Hilfe in der letzten Nacht der Feuerteufel erscheinen sollte. Die Enigma-Gruppe vollzog dieses Ritual.«

»Und erschien der Dämon wirklich?«, fragte Peter ungläubig.

»Das weiß ich nicht. Am vierten Tag brechen die Tagebuchaufzeichnungen ab. Und am fünften starb Bruce Black. Es war der 31. Oktober.«

Justus nickte. »Das habe ich mir fast gedacht. Halloween hat für Blackstone und seine Bewohner mehr als nur eine Bedeutung.«

»Glauben Sie diese Geschichte etwa – mit der Dämonenbeschwörung, meine ich?«, wollte Peter wissen.
»Ich bin nicht sicher. Doch warum sollte jemand so etwas in sein Tagebuch schreiben? Alle anderen Eintragungen waren authentisch. Warum hätte Black bei dieser Geschichte ein Märchen erzählen sollen? Vor einigen Monaten dann bat mich mein Verlag für ›Dämonenfeuer‹ eine Halloween-Geschichte zu schreiben. Da fiel mir das Tagebuch wieder ein und ich dachte, dass der Bericht über die Dämonenbeschwörung eine wunderbare Story für die Reihe wäre. Ich habe natürlich eine Menge geändert, aber die fünf wichtigsten Elemente habe ich in die Geschichte eingebaut: die vier Zeichen und die Maske des Feuerteufels. Hätte ich das doch nur nie getan!«
»Warum? Was ist denn daran so schlimm?«
»Ich hätte es wissen müssen – die Mächte, die in diesem Haus wohnen, sie beobachten mich! Sie wissen, was ich tue, was ich schreibe, was in meinem Kopf vorgeht. Die Geschichte mit der Dämonenbeschwörung ist damals tatsächlich passiert! Und nun will der Feuerteufel sich an mir rächen! Weil ich seine Existenz verraten habe! Weil ich der Welt seine Geschichte erzählt habe, um damit Geld zu verdienen!« Moore blickte gehetzt von einem zum anderen. Er war blass geworden. Mit zitternder Stimme fuhr er fort: »Die vier Zeichen! Drei davon sind schon eingetreten. Und morgen ist Halloween, die Nacht, in der die Wand zwischen den Welten verschwindet. Ich kann ihm nicht mehr entkommen! Der Dämon hat schon einmal jemanden in den Tod getrieben: Bruce Black!«
Die drei ??? sahen einander ratlos an. Moore glaubte an das, was er sagte. Sie konnten nur hoffen, dass ihre Beweise ihn vom

Gegenteil überzeugten. Doch bevor Justus von ihren Entdeckungen berichten wollte, hatte Peter noch eine Frage:
»Wie … wie ist Bruce Black eigentlich gestorben?«
Moore sah den Zweiten Detektiv lange an. Mit tonloser Stimme sagte er: »Es war Selbstmord.«

Diener des Bösen

»Selbstmord«, wiederholte Peter und schluckte. »Und … und warum?«
Moore zuckte die Schultern und sagte nur: »Der Feuerteufel«, als würde das alles erklären.
Justus räusperte sich. »Wie dem auch sei, Mr Moore. Wir können Ihnen versichern, dass garantiert kein Feuerdämon für die Vorkommnisse der letzten beiden Nächte verantwortlich war. Und auch sonst kein übernatürliches Wesen.«
»Ihr glaubt mir nicht«, stellte Moore fest. »Das kann ich euch nicht verübeln. Deshalb habe ich euch auch gestern nicht die Wahrheit gesagt.«
»Das ist keine Frage des Glaubens«, widersprach der Erste Detektiv. »Wir haben Beweise, dass derjenige, der Sie schikaniert, aus Fleisch und Blut ist.« Er zog den Metallbuchstaben mit dem Prägestempel, das Streichholz und das Stück Draht aus der Tasche und legte sie nacheinander auf den Tisch. Dann erzählte er ausführlich von ihren Entdeckungen und ließ keinen Zweifel an der Beweiskraft der Gegenstände.
Am Ende seines Berichts schien Moores Überzeugung ins Wanken zu geraten. »Es klingt einleuchtend. Aber … ich weiß wirklich nicht, wer so etwas tun sollte. Und warum?«
»Zur ersten Frage: Es gibt zwei mögliche Personenkreise, aus denen der Verdächtige kommen könnte. Zum einen die Mitglieder dieser mysteriösen Enigma-Gruppe, da sie die Einzigen sind, die von den Dämonenbeschwörungen und den vier Zeichen wissen können. Zum Zweiten die Mitarbeiter Ihres Ver-

lags in New York. Sie haben das ›Dämonenfeuer‹-Manuskript gelesen, bevor es offiziell erschien. Fällt Ihnen sonst noch jemand ein, der vom Feuerteufel weiß?«

Moore runzelte die Stirn und überlegte, doch schließlich schüttelte er den Kopf.

»Sie sagten doch, Sie hätten einiges aus Blacks Tagebuchaufzeichnungen für Ihre Geschichte verfremdet«, begann Bob. »Die Ereignisse der letzten Tage – haben sie mehr Ähnlichkeit mit Ihrem ›Dämonenfeuer‹-Heft oder mit dem, was Sie in dem Tagebuch gelesen haben?«

»Mit meiner Geschichte«, antwortete Moore. »Es ist fast alles so passiert, wie ich es geschrieben habe.«

»Das heißt also, es ist wahrscheinlicher, dass der Täter aus dem Verlag kommt«, folgerte Justus. »Wer liest Ihre Manuskripte, bevor sie veröffentlicht werden?«

»Claudia Pacifer, meine Lektorin. Aber du willst damit doch nicht andeuten, dass sie ... nein, ausgeschlossen! Warum sollte sie mir so etwas antun? Sie hätte überhaupt keinen Grund dazu. Außerdem lebt Claudia in New York.«

»Sind Sie sicher, dass sie auch in den letzten Tagen in New York war?«, hakte Justus nach.

»Ich habe erst gestern Nachmittag mit ihr telefoniert, um ihr mitzuteilen, dass das neue Heft fertig ist.«

Justus überlegte einen Moment. »Haben Sie sie angerufen oder war es andersrum?«

»Ich habe angerufen.«

»Und war sie sofort am Telefon?«

»Was spielt denn das für eine Rolle?«, fragte Moore unwillig. Doch dann runzelte er die Stirn. »Jetzt erinnere ich mich:

Sie war gerade in einer Besprechung und rief mich später zurück.«
»Das heißt, Sie wissen nicht hundertprozentig, ob sie wirklich von der Ostküste aus angerufen hat«, folgerte Justus.
»Nein«, gestand Moore. »Aber –«
»Gibt es sonst noch jemanden, der die Geschichte vorher liest?«, unterbrach Justus ihn.
»Nein, niemanden. Jedenfalls niemanden, den ich kenne. Möglicherweise wird das Manuskript in der Setzerei gelesen oder noch einmal korrigiert, aber ich weiß nicht, von wem. Diese Leute kennen mich so wenig wie ich sie. Außerdem wissen nur sehr wenige Menschen, wo ich wohne. Ich habe meinen Umzug nach Blackstone damals unter anderem dazu genutzt, mich aus den Adressbüchern vieler unangenehmer Menschen zu tilgen. Meinen Wohnort kennen nur noch Freunde und Verwandte, sonst niemand.«
Justus seufzte. »Es gibt also keinen konkreten Verdächtigen. Dann wenden wir uns der zweiten Frage zu: Welches Motiv könnte der Unbekannte haben?«
»Rache«, sagte Bob. »Oder Neid. Jemand gönnt Ihnen den Erfolg nicht.«
»Erpressung«, konterte Justus. »Er will irgendwas von Ihnen.«
»Wahnsinn«, fügte Peter hinzu. »Ein verrückter Horrorfan, dem es ganz einfach Spaß macht, andere zu quälen.«
»Oder es war wirklich der Feuerdämon«, sagte Mr Moore leise.
Der Erste Detektiv ging nicht darauf ein. »Könnte es jemanden geben, der sich an Ihnen rächen will?«
»Natürlich nicht«, antwortete Moore ungehalten. »Ich kom-

me mir vor wie auf dem Polizeirevier. Nein, ich habe keine Feinde, wenn du das meinst.«

»Oder jemanden, der das Haus kaufen will?«, überlegte Bob weiter.

»Solche Leute gibt es immer mal wieder. Sie lesen etwas über Blackstone, sehen es auf Fotos und fragen dann bei mir nach, ob es zum Verkauf steht. Es gab mal einen sehr hartnäckigen Burschen, der mich eine Zeit lang mit Briefen belästigte und mir hohe Summen bot. Aber ich habe jedes Mal abgelehnt.«

»Wie lange ist das her?«

Moore seufzte. »Bestimmt schon vier Monate. Irgendwann hat der Kerl es aufgegeben.«

»Was für einen Eindruck hatten Sie von diesem Mann? Wurde er irgendwie unverschämt?«

»Ich habe ihn nie persönlich gesehen oder gesprochen. Seine Angebote kamen immer per Brief und ich habe auch nur schriftlich geantwortet. Ich kann dir also nicht sagen, was für ein Mensch er war. Da fällt mir ein, ich kann nicht mal mit Sicherheit sagen, ob es ein Mann war. Er oder sie hat nämlich nie den vollen Namen angegeben, sondern immer nur mit E. Curb unterschrieben.«

»Das hilft uns also auch nicht weiter.«

»Wie wäre es denn damit«, versuchte Peter sein Glück. »Jemand will Sie aus dem Haus vertreiben, weil er etwas Bestimmtes sucht, das auf Blackstone versteckt ist. Einen Wertgegenstand, irgendwas aus Bruce Blacks Nachlass, das Sie noch gar nicht entdeckt haben.«

»Hm.« Justus knetete seine Unterlippe. »Nur, was sollte das sein?«

»Blackstone ist ein kleines Museum, voll gestellt mit seltsamen Kunstgegenständen, die alle einst Bruce Black gehörten. Ihr habt sie ja gesehen. Aber meines Wissens ist nichts wirklich Wertvolles dabei.«

»Möglicherweise ist in einer der Skulpturen etwas versteckt«, meinte Peter. »Aber wir können unmöglich alle untersuchen. Dafür brauchen wir Wochen. Und wir haben nur noch –«

»Einen Tag«, führte Justus den Satz zu Ende. »Das ist das Problem. Morgen muss es uns gelingen, den Unbekannten auf frischer Tat zu ertappen. Damit wir dabei erfolgreich sind, müssen wir wissen, wie er vorgeht. Wenden wir uns also der nächsten Frage zu: Wie hat Mr X es geschafft, die vier Zeichen für Sie wahr werden zu lassen? Im Fall Nummer eins ist das ganz einfach: Er bastelte ein Holzkreuz, kaufte Metallbuchstaben von der Firma Miller in New York, stellte das Kreuz auf, übergoss es wahrscheinlich mit Spiritus und zündete es mit einem Streichholz an. Sofort danach konnte er im Wald verschwinden, ohne dass Sie ihn sahen. Nummer zwei gestaltet sich da schon schwieriger. Wir warten noch auf die Untersuchungsergebnisse aus dem Polizeilabor, aber alles deutet darauf hin, dass an jedem Fenster Mini-Sprengsätze angebracht und der Reihe nach über Funk gezündet wurden. Das bedarf jedoch langer Vorbereitung. Jemand muss also von Ihnen unbemerkt an Blackstone herumgewerkelt haben. Waren Sie in letzter Zeit vielleicht eine Weile nicht hier?«

»Vor drei Wochen war ich für ein paar Tage bei einem Freund in San Francisco.«

»Aha. Genug Zeit also, um unbemerkt die Fenster zu präparieren. Blackstone ist so abgelegen, dass sich wahrscheinlich nur selten Spaziergänger hierher verirren. Wenn man einen solchen Sabotageakt auf die Nacht verlegt, ist man stundenlang ungestört.«

»Aber jetzt wird es kompliziert«, meinte Peter. »Wie hat der Täter die Würmer und Maden im Schrank deponiert?«

»Viel wichtiger ist die Frage: Wann hat er es getan? Haben Sie den Schrank heute schon einmal geöffnet, Mr Moore?«

Er überlegte eine Weile. »Ja. Heute Morgen. Und noch mal am Nachmittag, kurz bevor ihr kamt. Ich bin sicher, dass ich diese ekelhaften Würmer bemerkt hätte, wären sie zu dem Zeitpunkt schon da gewesen.«

»Das heißt, dass jemand sie ins Haus gebracht haben muss, während wir hier waren!«, rief Peter erschrocken. »Das ist ausgeschlossen! Wir standen die ganze Zeit an den Fenstern. Wir hätten den Täter sehen müssen!«

»Vielleicht waren wir alle gerade auf der anderen Seite«, überlegte Bob.

»Dann wäre es für Mr X aber sehr riskant gewesen, sich ins Haus zu schleichen. Ausgeschlossen! Und er kann auch nicht bereits im Haus gewesen sein, denn schließlich haben wir jeden Raum betreten.« Peter warf unwillkürlich einen Blick über die Schulter, als glaubte er den Unbekannten hinter sich.

»Ein weiteres Rätsel«, stellte Justus fest. »Eines der vier Zeichen steht noch aus, das Wasser.«

»Was passiert im ›Feuerteufel‹ am vierten Tag?«, wollte Bob wissen.

Mr Moore lachte unsicher. »Es regnet Blut.«

»Wie bitte?«

»Ein Unwetter zieht auf und statt Wasser geht ein Blutregen

auf das Haus nieder. Wenn das morgen passieren sollte, werdet auch ihr davon überzeugt sein, dass es tatsächlich der Feuerteufel ist. Denn das kann nun wirklich niemand mit einem Trick bewerkstelligen. Oder fällt euch –« Er brach ab und starrte die drei ??? nacheinander mit zusammengekniffenen Augen an.

»Mr Moore? Was haben Sie denn?«

»Was … was ist mit Ihnen?«, fragte Peter besorgt, als er nicht antwortete.

»Ihr wart es!«, zischte er plötzlich.

»Wie bitte?«

»Ihr steckt hinter der ganzen Sache!«

»Was … was meinen Sie damit?«

»Leugnet es nicht!« Seine Stimme schwoll zu einem hysterischen Schreien an. »Jetzt ist mir alles klar! Nur ihr könnt heute die Würmer in meine Küche geschleppt haben, niemand anderes kommt dafür in Frage! Und es ist auch kein Zufall, dass die Fenster explodierten, kurz nachdem ihr Blackstone verlassen hattet! Schließlich wolltet ihr euch durch die herumfliegenden Scherben nicht selbst in Gefahr bringen. Gleichzeitig wart ihr aber noch so nahe, dass ihr zurückkommen und mich auf eine falsche Fährte locken konntet. So wie ihr es die ganze Zeit tut!«

Justus lachte kurz auf. »Bei allem Respekt, Sir, aber das ist ja wohl ein schlechter –«

»Es ist mein voller Ernst, Justus Jonas! Genau so spielt es sich ab! Ihr taucht hier auf und belagert mein Haus. Um zu ermitteln, wie ihr es nennt! Ha! Und dann schleppt ihr angebliche Beweise an, die den Verdacht von euch ablenken sollen. Es war

sehr geschickt, alle Möglichkeiten durchzudiskutieren, wie der Täter ins Haus gelangt sein könnte. Aber ich glaube euch kein Wort mehr!« Wütend schlug er auf den Tisch.
»Mr Moore!«, rief Peter empört. »Das ist riesengroßer Blödsinn! Warum sollten wir so etwas machen?«
»Ihr handelt im Auftrag der Geister!«, rief er mit schriller Stimme. »Der Feuerteufel selbst kann erst in der Halloween-Nacht erscheinen. Vorher braucht er Helfer – euch!«
»Aber, Mr Moore!«, versuchte es Bob.
»Leugnet es nicht! Ihr steht mit den dunklen Mächten in Verbindung! Das habe ich von Anfang an gespürt!« Moore hatte sich so in Rage geredet, dass er mit hochrotem Kopf aufgestanden war und nun lauthals herumbrüllte. »Ich habe euch durchschaut! Ihr treibt ein schwarzmagisches Spiel! Aber nicht mit mir! Verschwindet!«
»Mr Moore! Ich muss mich ganz entschieden dagegen –«
»Raus, habe ich gesagt! Raus!«
Zögernd erhoben sich die drei ???. »Sie irren sich! So hören Sie uns doch eine Minute zu!«
»Damit ihr mir noch mehr Schwachsinn einreden könnt? Niemals! Sobald ihr den Mund aufmacht, kommen Lügen heraus. Ich werde euch nicht länger zuhören! Ihr habt eine Minute, um Blackstone zu verlassen! Sonst rufe ich die Polizei!«
Als die drei ??? sich immer noch nicht rührten, stapfte Moore mit eiligen Schritten aus dem Raum.
»Der spinnt ja!«, ereiferte sich Peter. »Ruft der jetzt echt die Polizei oder was?«
»Soll er doch. Wir haben Inspektor Cotta auf unserer Seite.«
Doch bereits einen Augenblick später kam Moore zurück –

mit einer Waffe in der Hand. »Da staunt ihr, was?«, lachte er. »So etwas braucht man in einem großen, abgelegenen Haus wie Blackstone. Den Feuerteufel werde ich damit nicht vertreiben können, aber ganz sicher seine Diener! Ihr habt noch dreißig Sekunden, um zu verschwinden.«

Justus ließ sich nicht gern fälschlich beschuldigen und noch mehr ging es ihm gegen den Strich, nachgeben zu müssen. Doch Moore war so aufgebracht, dass Justus ihm in diesem Moment alles zutraute. »Verschwinden wir«, raunte er seinen Freunden zu und die drei Detektive verließen das Haus so schnell wie möglich.

Moore blieb so lange in der Tür stehen, bis sie mit ihren Rädern das Grundstück verlassen hatten und im Wald verschwunden waren.

»Ich kann es nicht glauben!«, rief Peter zum hundertsten Mal, als sie die Zentrale erreichten. Er war mittlerweile genauso wütend wie Moore eine halbe Stunde zuvor. »Da bietet man jemandem seine Hilfe an, begibt sich in Gefahr und dann so was! Ich sage euch, Freunde, der Typ spinnt! Er hat nicht alle Tassen im Schrank! Wir sollen Gehilfen des Feuerteufels sein! Habt ihr jemals einen solchen Schwachsinn gehört? Soll er doch sehen, wo er bleibt mit seinem Feuerteufel! Ich werde mich da jedenfalls nicht wieder blicken lassen.«

»Das wäre im Moment auch nicht ratsam, wenn du nicht mit einer Kugel in deinem Körper enden willst«, sagte Bob, der nicht minder entrüstet war. »So ein Spinner! Ich wusste von Anfang an, dass der nicht mehr richtig tickt, aber eben ist er ja völlig ausgerastet. Horrorautor! Wahrscheinlich passiert das, wenn man den ganzen Tag in einem Haus wie Blackstone sitzt und über Geister und Dämonen nachgrübelt. Just, was sagst du dazu?«

Der Erste Detektiv hielt sich bedeckt. »Ich muss darüber erst mal sehr genau nachdenken.« Er öffnete das Vorhängeschloss an der Tür des Wohnwagens und betrat die Zentrale. Erschöpft ließ er sich auf den Schreibtischstuhl fallen.

»Da gibt es nichts nachzudenken!«, rief Peter. »Erzähl mir bloß nicht, du willst dich weiter mit dem Fall beschäftigen. Für mich ist die Sache erledigt.«

»Aber wir haben noch eine Spur zu verfolgen«, meinte Justus. »Die der ominösen Lektorin nämlich. Es ist nur eine Theorie, aber wäre es nicht möglich, dass sie sich schon seit Tagen in der Nähe aufhält und nur vorgibt in New York zu sein? Gleich morgen früh werde ich beim Verlag anrufen und Claudia Pacifer auf den Zahn fühlen.«

Peter resignierte. Wenn es ein Rätsel zu lösen gab, war Justus Jonas nicht aufzuhalten. Es hatte gar keinen Zweck, weiter auf ihn einzureden. »Da sind zwei Sprüche auf dem Anrufbeantworter. Wenn das Moore ist, will ich es nicht hören!«

Justus schaltete das Band ein und hoffte auf eine belanglose Abwechslung.

»Cotta hier. Ich muss mich kurz fassen. Die Ergebnisse aus dem Labor sind gerade reingekommen. Die Probe, die du genommen hast, Justus, ist der Verbrennungsrückstand eines Plastiksprengstoffs. Scheint jemand selbst zusammengemixt zu haben, daher war die Sprengkraft nicht sehr groß. Aber nichtsdestotrotz ein Sprengstoff. Worin seid ihr Jungs da schon wieder verwickelt? Ich weiß, ihr werdet es mir nicht sagen, bevor ihr den Fall gelöst habt, aber verbrennt euch nicht die Finger!« Es piepste.

»Hab ich es mir doch gedacht«, sagte Justus. »Damit wäre wenigstens ein Rätsel gelöst.« Er ließ das Band weiterlaufen.

»Hi, ihr drei. Hier ist Roxanne. Ich habe unglaubliche Neuigkeiten! Ihr müsst mich heute Abend unbedingt noch anrufen! Ihr erinnert euch an die Maske des Feuerteufels aus dem gleichnamigen Buch? Genau diese Maske ist heute aufgetaucht. Hier im Laden.«

Die Maske des Feuerteufels

»Was bedeutet das nun wieder?«, stöhnte Peter. »Jetzt geht die uns auch noch mit ihren Spinnereien auf die Nerven.«

»Wer weiß«, erwiderte Justus und griff nach dem Telefonhörer.

»Du willst doch jetzt nicht da anrufen!«

»Aber natürlich. Vielleicht ist es wichtig.«

»Das musste ja kommen. Kaum hatten wir beschlossen den Fall abzubrechen, passiert irgendwas und du kannst wieder nicht lockerlassen.«

»Moment mal«, verteidigte sich Justus. »Wir haben gar nichts beschlossen. Vielmehr ist es doch so, dass du ständig die allerkleinste Unannehmlichkeit zum Anlass nimmst, alles hinzuschmeißen. Wenn Roxanne etwas Aufschlussreiches zu erzählen hat, machen wir selbstverständlich weiter.«

»Und wie, wenn Moore uns nicht mehr in die Nähe seines Hauses lässt?«

»Da fällt uns schon was ein.« Entschlossen wählte der Erste Detektiv die Nummer.

»Ja?«

»Hi, Roxanne, hier ist Justus. Was hast du da erzählt? Was ist mit der Maske?«

»Sie befindet sich im Laden von Mrs Goldenberg.«

»Was soll das heißen? Es gibt sie nicht. Sie ist eine Erfindung von Aaron Moore.«

»Es gibt sie doch. Sie ist nämlich auch eine Erfindung von Mrs Goldenberg. Oder besser gesagt eine Kreation. Sie hat sie selbst gemacht.«

»Könntest du das bitte etwas spezifizieren?«

»Wie ich Peter erzählt habe, ist Mrs Goldenberg handwerklich sehr begabt. Einige der Masken in ihrem Laden hat sie selbst geschnitzt. Und heute war ich zufällig in ihrer Werkstatt und habe dort exakt die Maske gesehen, die Mr Moore in seinem Buch beschrieben hat – und die auch auf dem Umschlag zu sehen ist.«

»Wie ist denn das möglich?«

»Das habe ich mich auch gefragt – und schließlich Mrs Goldenberg darauf angesprochen. Sie erzählte mir, dass vor zwei Wochen ein Mann in ihren Laden gekommen sei mit einem Auftrag: Er wollte, dass sie ihm nach einer Beschreibung eine Maske anfertigt.«

»Was für eine Beschreibung?«

»Ein Textauszug aus einer Geschichte.«

»Diesen Textauszug hat Mrs Goldenberg hoffentlich noch?«

»Ja. Ich habe ihn gelesen. Es ist eine Stelle aus ›Der Feuerteufel‹. Ich habe sie sofort wieder erkannt. Unglaublich, nicht wahr? Was sagt ihr dazu?«

»Wer war der Auftraggeber?«

»Das weiß Mrs Goldenberg nicht. Er hat seinen Namen nicht genannt, aber eine so hohe Anzahlung geleistet, dass sie den Auftrag ohne zu fragen angenommen hat.«

»Und morgen wird der geheimnisvolle Unbekannte die Maske abholen, nicht wahr?«, vermutete Justus.

Roxanne war irritiert. »Woher weißt du das?«

»Weil er sie in der kommenden Nacht braucht, um den Feuerteufel erscheinen zu lassen, ganz einfach. Wann genau will er in den Laden kommen?«

»Morgen Mittag.«

»Wunderbar. Den werden wir uns mal etwas genauer ansehen.« Nun war Justus an der Reihe. Er erzählte der gespannt lauschenden Roxanne von ihrem ereignisreichen Tag. Sie war entsetzt, als sie hörte, dass Mr Moore die drei ??? bezichtigte Abgesandte des Feuerteufels zu sein.

»Das kann ich mir kaum vorstellen! Er ist ein so netter Mann!«

»Nicht zu uns.«

»Ich werde gleich morgen mit ihm reden. Glaubt mir, auf mich wird er hören.«

»Das lass mal lieber«, sagte Justus schnell, da er befürchtete, Roxanne könnte durch Moores Spinnereien angesteckt werden. »Ich werde selbst noch einmal zu ihm fahren. Vielleicht hat er bis dahin eingesehen, dass er sich geirrt hat. Schließlich ist er gestern auch schon ausgerastet und hat sich heute bei uns entschuldigt. Der gute Mann ist etwas wankelmütig. Bob und Peter kommen morgen früh zu dir in den Laden. Sie werden Mr X beobachten und verfolgen.«

»Wie spannend! Darf ich dabei sein?«

»Wenn du keinen Unsinn machst, ja.« Sie machten eine Uhrzeit aus, dann legte Justus auf.

»Na, das ist ja ein Ding«, fand Peter. »Großartig übrigens, dass du uns mal wieder gar nicht nach unserer Meinung gefragt hast.«

»Komm schon, Peter«, meinte Bob und boxte ihm auf die Schulter. »Ist doch klar, dass wir mitmachen, oder?«

»Na ja«, brummte der Zweite Detektiv zögernd. »Solange Just sich mit Mr Moore herumschlägt und wir uns um andere

Dinge kümmern können, soll es mir recht sein. Just? Was zupfst du denn schon wieder an deiner Unterlippe herum?«

»Mir ist gerade etwas eingefallen. Ist es nicht ein bisschen seltsam, dass Mr X mit seinem Auftrag ausgerechnet in den Laden geht, in dem Aaron Moore Stammkunde ist?«

»Wahrscheinlich Zufall«, meinte Peter.

»Oder ein Hinweis auf eine Möglichkeit, die wir bisher völlig außer Acht gelassen haben.«

»Nämlich welche?«

»Dass Moore selbst hinter der ganzen Sache steckt.«

»Also, die Idee ist schon faszinierend«, sagte Peter, als er und Bob am nächsten Tag um halb zwölf Richtung Santa Monica radelten. »Aber ich glaube trotzdem nicht daran.«

»Sie klingt etwas abgedreht«, gab Bob zu, »aber wieso eigentlich nicht? Justus hat schon recht, wenn er sagt, dass Moore für alles, was geschehen ist, selbst verantwortlich sein könnte.«

»Und was sollte er damit bezwecken, uns so hinters Licht zu führen?«

»Vielleicht läuft ›Dämonenfeuer‹ doch nicht mehr so gut, wie alle glauben, und er braucht etwas Werbung. Er hat Roxanne von dem brennenden Kreuz erzählt, weil er weiß, dass sie auf Übernatürliches steht und sofort Feuer und Flamme sein würde. Dass du das Gespräch mitbekommen hast, war vielleicht Zufall, aber er kam Moore sehr gelegen. Wenn die Geschichte über die vier Zeichen und den Feuerdämon in die Zeitung kommt, geht die Auflage von der ›Der Feuerteufel‹ bestimmt rasend schnell über den Ladentisch. Aber Moore braucht natürlich Zeugen, damit die Presse ihm die Geschichte überhaupt abnimmt – uns. Das wäre nicht das erste Mal, dass wir auf einen Betrug dieser Art hereinfallen sollen.«

»Schon«, gab Peter zu. »Aber dann muss es auch Moore gewesen sein, der die Maske bei Mrs Goldenberg in Auftrag gegeben hat. Sie kennt ihn. Der Auftraggeber war ihr aber unbekannt.«

»Vielleicht nur ein Mittelsmann. Das werden wir hoffentlich gleich herauskriegen. Jedenfalls sollten wir Justs Idee nicht aus den Augen verlieren, sondern Mr Moore weiterhin genau beobachten. Vielleicht ist auch alles ganz anders, aber unser Horrorautor hinterlässt bei mir einen immer merkwürdigeren Eindruck. Ich bin sicher, dass er etwas zu verbergen und uns noch längst nicht alles gesagt hat.«

Sie erreichten den bunten Küstenort und fuhren an der Strandpromenade zwischen Joggern und Skatern hindurch. Fünf Minuten später bogen sie links ab in eine der zahlreichen Einkaufsstraßen von Santa Monica, bis sie schließlich in einer etwas abgelegenen Seitengasse vor Mrs Goldenbergs Maskenladen hielten. Es war viel Kundschaft da, doch einen Tag vor Halloween wunderte sie das nicht. Schnell ließen sie ihre Blicke einmal über die Gesichter der Kunden gleiten. War der Unbekannte vielleicht schon da? Und würde er sie erkennen?

»Kann ich euch helfen?« Eine kleine, rundliche Frau war hinter ihnen aufgetaucht und blickte durch eine dicke Brille freundlich zu ihnen auf.

»Ja, äh, wir suchen Roxanne«, sagte Peter.

»Ah, dann müsst ihr diese Detektive sein, von denen sie mir erzählt hat«, rief sie erfreut. Bob und Peter blickten sich un-

sicher um, ob jemand auf sie aufmerksam wurde. »Ich bin Kathy Goldenberg. Freut mich euch kennenzulernen.« Eifrig schüttelte sie den beiden die Hand. »Ihr ermittelt also in einem Kriminalfall? Und meine Maske hat etwas damit zu tun? Wie aufregend!«
»Äh, ist Roxanne da?«, fragte Peter, bevor Mrs Goldenberg sämtlichen Kunden die Geschichte erzählen konnte.
»Ja, ja, sie ist hinten im Büro, kommt nur mit. Aber ich fürchte, sie hat keine guten Neuigkeiten für euch.« Sie führte sie durch den Laden in einen kleinen Nebenraum, wo Roxanne an einem Computer saß und arbeitete.
»Ah, da seid ihr ja.«
»Hi. Mrs Goldenberg sagte, es gäbe schlechte Nachrichten?«
»Ja.« Roxanne senkte niedergeschlagen den Blick. »Ihr kommt zu spät. Mr X war schon da, gleich heute früh. Die Maske ist weg.«

Kurz nachdem Bob und Peter Rocky Beach verlassen hatten, hängte sich Justus ans Telefon. Zum zweiten Mal rief er beim Verlagshaus in New York an, ließ sich diesmal jedoch mit dem Lektorat verbinden.
»Fluky House Verlag, Hine?«, meldete sich eine Frauenstimme.
»Guten Tag, ich hätte gern Mrs Pacifer gesprochen.«
»Tut mir Leid, sie ist zurzeit nicht am Platz.«
»Darf ich fragen, wo sie ist?«
»In einer Besprechung«, lautete die knappe Antwort.
»Es ist sehr dringend. Wäre es möglich, sie ans Telefon zu holen?«, hakte Justus nach.

»Ausgeschlossen. Aber sie wird zurückrufen, wenn Sie mir Ihren Namen und Ihre Telefonnummer geben.«

»Nein, ich werde später noch mal anrufen«, versicherte Justus. »Ab wann wird sie wieder zu erreichen sein?«

»Das kann ich beim besten Willen nicht sagen«, antwortete Mrs Hine.

»Na schön«, brummte Justus. »Ich melde mich.« Frustriert legte er auf. Claudia Pacifer war mal wieder in einer Besprechung. Ein Zufall?

Justus verließ die Zentrale und machte sich auf den Weg nach Blackstone. Während er die Bergstraße hinaufstrampelte, legte er sich bereits die Worte zurecht, mit denen er Mr Moore beruhigen wollte, falls er ihn ein zweites Mal mit einer Waffe bedrohte. Er hoffte jedoch, dass es nicht so weit kam. Andererseits ging ihm sein Gedanke vom letzten Abend nicht aus dem Kopf: Wenn Moore nun tatsächlich alles selbst inszeniert hatte? Dann konnte sein Ausbruch von gestern bedeuten, dass sie irgendeinem Geheimnis zu nahe gekommen waren.

Der Erste Detektiv erreichte den Waldweg und einige Minuten später erblickte er das Haus. Die Plastikfolien in den Fenstern flatterten in einer leichten Brise, sonst rührte sich nichts. Mit einem Kloß im Hals näherte er sich den schwarzen Mauern. Er stieg die schiefen Stufen zur Tür hinauf, atmete noch einmal tief durch und betätigte den Türklopfer.

Niemand öffnete und es war nichts zu hören.

Er klopfte erneut, diesmal etwas lauter. Justus wartete eine Minute. Als sich immer noch nichts rührte, ging er einmal um das Haus herum. Hinten stand Moores Wagen, er war also nicht weggefahren. Vielleicht wollte er nicht öffnen? Aber

Justus musste mit ihm reden! »Mr Moore!«, rief er. »Machen Sie bitte auf! Wir sollten einige Dinge klären.«

Keine Antwort.

»Mr Moore! Bitte, wir sollten noch einmal über die ganze Angelegenheit sprechen!«

Nach wie vor blieb alles still. So stur konnte Moore nicht sein. Ob ihm etwas passiert war? Justus' Herz schlug schneller.

Bei einem der Fenster im Erdgeschoss hatte sich eine Plane gelöst und knatterte im Wind. Justus zögerte einen Moment, dann ging er hinüber und kletterte ins Haus. »Wenn Moore mich jetzt erwischt, wird er mir erst recht kein Wort glauben. Aber das Risiko muss ich eingehen«, murmelte er und machte sich auf die Suche nach ihm. Die Räume im unteren Stockwerk waren verlassen. Nur die starren Augen der allgegenwärtigen Masken verfolgten jede seiner Bewegungen. Als er schließlich den Flur betrat, hörte er ein Geräusch. Irgendwo floss Wasser. Das Rauschen kam von oben. Justus ging ins Obergeschoss und stand schließlich vor der Tür zum Badezimmer. Mr Moore duschte! Logisch, dass er Justus nicht gehört hatte. Der Erste Detektiv zögerte kurz, dann klopfte er an die Tür. »Mr Moore?«

Keine Antwort.

»Mr Moore, ich bin es, Justus Jonas! Es tut mir Leid, dass ich ins Haus eingedrungen bin, aber …«

Plötzlich fiel Justus auf, dass das Rauschen … zu gleichmäßig war. Da stand überhaupt niemand unter der Dusche! Erneut stieg Panik in ihm auf. Er hämmerte mit aller Kraft gegen die Tür. Dann drückte er die Klinke herunter.

Im ersten Moment sah er nur weiße Wasserdampfschwaden.

Dann fiel sein Blick auf etwas, das ihn erstarren ließ. Der Duschvorhang, die Wände und der Fußboden vor der Duschwanne waren rot. Mr Moore lag auf dem Boden – vollkommen blutverschmiert.

Blutbad

»Er war schon da?«, wiederholte Peter. »Das darf doch nicht wahr sein! Hast du ihn denn gesehen?«
»Nein. Ich bin auch erst seit einer Stunde hier. Tut mir Leid, aber das konnte ja niemand ahnen.«
»So ein Mist!«, fluchte Bob. »Das Schicksal meint es nicht gut mit uns. Erst das Kreuz, dann die Fenster und die Würmer, jetzt die Maske – jedes Mal verschwindet der Täter spurlos. Das geht doch nicht mit rechten Dingen zu!«
»Hat Mrs Goldenberg ihm die Maske gegeben?«
Roxanne nickte.
»Und sie weiß Bescheid?«
»Halbwegs. Ich habe ihr nicht alles gesagt. Nur dass es um die Maske geht und sehr wichtig ist.«
»Schön. Dann sprechen wir mit ihr. Vielleicht kann sie uns eine Beschreibung des Mannes geben.«
Roxanne lachte leise. »Das glaube ich kaum.«
»Warum nicht? Ich denke, sie hat –«
»Ihr könnt es ja versuchen.«
Bob und Peter gingen in den Laden zurück, warteten ab, bis der Kunde, den Kathy Goldenberg gerade bediente, gegangen war, und fragten sie nach dem Auftraggeber der Maske.
»Tja«, begann sie und lächelte verlegen. »Was soll ich sagen? Er war nicht sehr groß.«
Bob und Peter warteten, doch damit schien sich Mrs Goldenbergs Personenbeschreibung erschöpft zu haben. »Und?«
»Dunkle Haare hatte er.«

»Schwarze oder braune?«
»Na ja, eher schwarz.«
»Wie alt war er?«, half Bob ihr auf die Sprünge. »Hatte er eine Brille, einen Bart, was für eine Frisur trug er und was für Kleidung?«
»Keinen Bart, glaube ich. Aber so genau …« Mrs Goldenberg blickte vorsichtig nach links und rechts, dann raunte sie den beiden zu: »Ich bin sehr kurzsichtig. Meine Brille reicht schon seit Jahren nicht mehr, aber ich bin bisher noch nicht dazu gekommen, mir eine neue zu besorgen.«
Bob unterdrückte ein Grinsen. »Das heißt, Sie können ihn nicht näher beschreiben?«
»Ich fürchte, nein. Ich glaube, er war so um die fünfzig, der Stimme nach. Aber mehr kann ich leider nicht sagen.«
Bob seufzte. »Na schön. Können Sie uns vielleicht noch sagen, ob der Mann irgendwelche Sonderwünsche hatte?«
»Sonderwünsche? Nein. Er wollte, dass ich ihm eine Maske schnitze, die genau so aussieht, wie sie in dem Text beschrieben war: einen Dämon mit Feuer statt Haaren und gefletschten Zähnen. Und er hat gut dafür bezahlt. Wenn ich geahnt hätte, dass ein Verbrechen dahinter steckt, hätte ich den Auftrag nie im Leben angenommen!«
»Das war schon ganz richtig«, meinte Peter. »Immerhin haben wir nun eine Spur, die wir ohne Sie nicht gehabt hätten.«
Mrs Goldenberg strahlte. »Ja, wenn das so ist. Ihr müsst mir unbedingt erzählen, wie die Geschichte weitergegangen ist. Aber im Moment habe ich leider zu tun, wie ihr seht.«
»In Ordnung. Einen schönen Tag noch!«
Frustriert gingen die zwei zu Roxanne und erstatteten ihr

Bericht. »Heute ist Halloween«, murmelte Bob. »Wir sind keinen Schritt weitergekommen und haben nur noch wenige Stunden Zeit.«

»Ich werde euch jedenfalls nicht mehr helfen können«, sagte Roxanne schnell. »Blackstone sieht mich so schnell nicht wieder. Erst recht nicht heute Abend.«

»Ich würde auch lieber auf Jeffreys Party gehen«, sagte Peter. »Aber ich bin sicher, Justus hat andere Pläne.«

Roxanne wünschte ihnen viel Glück, dann verabschiedete sie sich.

»Und was nun?«, fragte Peter, als sie auf der Straße standen. »Das war ein Schuss in den Ofen. Wie machen wir denn jetzt weiter? Ich will auf keinen Fall Justus hinterherfahren. Der soll sich mal schön selbst mit Mr Moore herumschlagen.«

»Recherche«, beschloss Bob. »Wir wissen noch viel zu wenig über Aaron Moore und sein seltsames Haus. Vielleicht finden wir etwas über diese Enigma-Gruppe heraus. Diesmal versuchen wir es im Archiv der ›Los Angeles Post‹, das gibt vielleicht mehr her als die Stadtbibliothek von Rocky Beach.«

Sie wollten sich gerade auf die Fahrräder schwingen, als Kathy Goldenberg aus dem Laden gerannt kam. »Halt! Wartet! Ich habe noch etwas für euch!«

»Was denn, Mrs Goldenberg?«

»Das habe ich in der Aufregung ganz vergessen: ein Foto der Maske. Wenn ich meine selbst gemachten Stücke verkaufe, mache ich vorher immer ein Foto. Roxanne meint, das könnte euch vielleicht etwas nützen.«

»Ja, danke sehr«, sagte Bob, nahm das Bild entgegen und warf einen Blick darauf. Die Maske war wirklich gut gelungen, sie

sah der Zeichnung auf dem Cover des ›Dämonenfeuer‹-Heftes sehr ähnlich.
»Und noch etwas. Ich habe den Mann einen Beleg unterschreiben lassen. Erst wollte er nicht, doch ich behauptete, das für meine Buchführung dringend zu brauchen. Schließlich hat er es doch getan. In Wirklichkeit kann ich mit seiner Unterschrift gar nichts anfangen, aber ich wusste ja, dass ihr ihn sucht. Bitte sehr!« Sie überreichte ihnen eine Art Quittung.
»Das war großartig von Ihnen, Mrs Goldenberg!«, rief Peter. »Das hilft uns bestimmt weiter.«
»Freut mich.« Fröhlich lächelnd machte sie ein paar Schritte rückwärts. »Ich muss wieder in den Laden. Bis bald!«
»Das hätte sie aber auch gleich sagen können«, stöhnte der Zweite Detektiv, als sie wieder allein auf der Straße waren. »Was steht denn drauf?«
»Ich bin nicht hundertprozentig sicher«, antwortete Bob, als er das Schriftstück inspizierte. »Aber ich entziffere aus der Unterschrift ›E. Curb‹.«
»Curb? Warum sagt mir der Name was?«
»Weil es der Name des Mannes ist, der Blackstone kaufen wollte«, fiel Bob ein. »Erinnerst du dich? Mr Moore erwähnte einen hartnäckigen Interessenten.«
»Meine Güte!«, entfuhr es Peter. »Dann haben wir ja das Motiv! Und weil Mr Moore sich weigert, veranstaltet dieser Jemand ein höllisches Feuerwerk.«
»Nicht so voreilig«, warnte Bob. »Wir wissen, wie der Täter heißt – aber wir haben noch keine Ahnung, wer sich dahinter verbirgt und was er will. Geht es ihm um Blackstone selbst – oder vielleicht um etwas, das im Haus versteckt ist?«

»Wie finden wir das raus?«
»Indem wir diesen Curb ausfindig machen. Mr Moore hat Briefe von ihm bekommen. Auf denen muss ja der Absender stehen. Und schon haben wir den Übeltäter.«
»Also fahren wir nach Blackstone?«, fragte Peter nervös.
»Nein. Wir fahren ins Archiv wie geplant. Justus muss erst Mr Moore davon überzeugen, dass wir auf seiner Seite sind. Es reicht, wenn wir heute Abend hinfahren. Das vierte Zeichen wird sowieso erst erscheinen, wenn es dunkel ist.«

Alles war voller Blut. Moores Haare, sein ganzer Körper – rot. Justus wurde schwindlig. So etwas Schreckliches hatte er noch nie gesehen, er war kurz davor, ohnmächtig zu werden. Er holte einmal tief Luft – und atmete den Blutgestank ein. Dann schloss er die Augen, zählte langsam bis fünf und betrat schließlich mit zitternden Knien das Badezimmer. Die Luftfeuchtigkeit und die Hitze im Bad machten ihn ganz benommen, also ging er erst zur Dusche und drehte sie ab. Dann beugte er sich über Mr Moores reglosen Körper.
Er war tot! Er musste tot sein, wenn er so viel Blut verloren hatte. Justus wollte schon den Krankenwagen rufen, doch dann sah er, dass sich Moores Brustkorb bewegte. Er atmete! Und zwar ganz ruhig und gleichmäßig. »Mr Moore!«, rief Justus und drehte den Mann auf den Rücken. »Halten Sie durch! Ich hole sofort einen Arzt!« Er sprang auf und lief hinaus ins Arbeitszimmer, wo ein Telefon stand. Mit zitternden Fingern wählte er die Nummer des Notdienstes und berichtete, was geschehen war. Die Frau am anderen Ende versprach, dass in fünf Minuten ein Notarztwagen da sei.

Dann kehrte Justus zurück. Moore lag unverändert auf dem Boden. Himmel, woher kam nur das ganze Blut? Es floss nicht mehr, also war die Wunde offensichtlich schon verkrustet. Aber eine Wunde, aus der so viel ... Er griff nach einem Handtuch und wischte damit vorsichtig Moores Brust sauber. Dann die Arme und Beine. Er wusch das Handtuch aus und suchte weiter nach einer Verletzung. Es gab keine.

Als der nasse Frotteestoff Moores Gesicht streifte, flatterten seine Augenlider.

»Mr Moore? Wachen Sie auf!«

Der Autor stöhnte, drehte den Kopf zur Seite und öffnete die Augen. Als er Justus erkannte, erschrak er, doch dann beruhigte er sich schnell wieder. »Was ... wo bin ich?«

»In Ihrem Badezimmer. Sind Sie verletzt?«

»Kopfschmerzen«, murmelte Moore.

»Sonst nichts?«

Er schüttelte fast unmerklich den Kopf.

»Was ist passiert? Woran können Sie sich erinnern?«

»Dusche... Blut! Mein Gott, das Blut!« Entsetzt riss er die Augen auf und hob den Kopf, um an sich herunterzusehen. Justus hatte nicht alles Blut beseitigen können, er sah immer noch ziemlich schrecklich aus. Der Erste Detektiv selbst gab kein besseres Bild ab.

»Das ist nicht Ihr Blut, oder?«

Moore schloss stöhnend die Augen. Ob vor Schmerzen oder weil der Anblick des Blutes ihn anekelte, vermochte Justus nicht zu sagen. »Nein«, röchelte er. »Es kam aus der ... Dusche. Als ich eine Minute drunterstand, war ... war plötzlich alles rot. Oh, mein Gott!« Seine Gesichtsfarbe wurde

schlagartig weiß. Schnell kramte Justus ein paar Handtücher aus dem Schrank und legte Moores Beine hoch.
»Und dann sind Sie aus der Dusche gestürzt und ohnmächtig geworden?«, fragte Justus, damit Mr Moore bei Bewusstsein blieb.
Er nickte schwach.
»Und dabei haben Sie sich den Kopf gestoßen.«
Moore antwortete nicht mehr, er zitterte nur noch. Justus nahm einen weiteren Stapel Handtücher und deckte Moore damit zu. Da hörte er auch schon einen Wagen. »Einen Augenblick, ich komme sofort wieder.« Er lief hinunter und nahm die Sanitäter in Empfang. »Im ersten Stock. Nichts Dramatisches, auch wenn es zunächst so aussieht. Der Mann hat einen Schock und vermutlich eine Gehirnerschütterung.«
»Das solltest du uns beurteilen lassen«, gab einer der Männer zurück und lief die Treppe hinauf.
Es dauerte eine Weile, bis Justus ihnen versichern konnte, dass das Blut nicht von Mr Moore stammte. Wegen seines Kreislaufzusammenbruchs und der Kopfverletzung durch den Sturz nahmen sie ihn trotzdem mit.
»Bist du ein Verwandter?«
»Äh … ja, sein Bruder«, behauptete Justus.
»Willst du mitkommen ins Krankenhaus?«
»Nein, ich … komme später nach.«
»Wir fahren ihn ins St. John's Hospital.«
»In Ordnung.«
Zwei Minuten später war Justus allein auf Blackstone – allein mit einer riesigen Blutlache und einem noch viel größeren Geheimnis.

Der Eingang zur Unterwelt

»Justus wird staunen, wenn wir ihm erzählen, was wir herausgefunden haben!«, freute sich Peter und wedelte mit den Kopien, die sie im Zeitungsarchiv gemacht hatten.
»Erst mal wird er nicht sehr begeistert sein, wenn wir ihm erzählen, dass uns Mr X entwischt ist.«
»Aber das verzeiht er uns, wenn wir ihm den Namen präsentieren«, versicherte der Zweite Detektiv. Sie waren auf dem Weg in die Zentrale. Zwei Stunden hatten sie im Keller des Zeitungsgebäudes verbracht, bis sie gefunden hatten, was sie suchten. Nun war es früher Nachmittag, ihr Magen hing ihnen bis auf die Füße, aber sie wollten Justus unbedingt von den Neuigkeiten erzählen, bevor sie zum Mittagessen nach Hause fuhren. Hoffentlich war er schon zurück.
Die Zentrale war leer, doch auf dem Anrufbeantworter war eine Nachricht. »Hi, hier ist euer Chef. Ich hoffe, euer Vormittag ist erfolgreich verlaufen und ihr habt sämtliche Verbrecher der Stadt hinter Schloss und Riegel gebracht. Bei mir war es eher unerfreulich. Wenn ihr wissen wollt, warum ich heute blutüberströmt in Mr Moores Badezimmer saß, dann kommt nachher nach Blackstone. Bringt eure Schlafsachen mit – und meine auch. Es ist gut möglich, dass wir heute hier übernachten müssen. Und was noch wichtiger ist: Bringt was zu essen mit! Ich sterbe vor Hunger. Moores Schränke sind zwar voller Nudeln, aber ich kann beim besten Willen nichts auftreiben, woraus man eine Soße machen könnte. Also, bis später!«

»Blutüberströmt?«, wiederholte Peter. »Hat er das wirklich gesagt?«
»Das klingt mal wieder verdammt so, als hätte Justus etwas noch Spektakuläreres erlebt als wir. Immer muss er uns die Show stehlen.«
»Schlafsachen mitbringen«, murmelte der Zweite Detektiv. »Ich habe es geahnt. Wir werden Halloween im furchterregendsten Haus ganz Kaliforniens verbringen. Das kann ja heiter werden!«
Zwei Stunden später kamen sie auf Blackstone an – bepackt mit Schlafsäcken, Zahnbürsten und Zutaten für eine hervorragende Nudelsoße. Der Erste Detektiv erwartete sie bereits und öffnete die Tür.
»Was hast du denn gemacht?«, rief Peter entsetzt, als er Justus' rotfleckiges T-Shirt sah. »Hat Mr Moore etwa … ist er wieder ausgerastet? Hat er dich angegriffen? Oh, mein Gott!«
»Keine Panik, Zweiter. Es war nicht Moore. Er ist das Opfer.«
»Das Opfer? Was soll das heißen? War Mr X hier? Gab es einen Kampf? Meine Güte, Justus, nun sag schon was!«
»Kommt erst mal rein«, schlug Justus gelassen vor. »Dann erzähle ich euch alles in Ruhe. Habt ihr was zu essen mitgebracht?«
»Ja. Wo ist Mr Moore?«
»Im Krankenhaus.«
»Was?«
Doch der Erste Detektiv bestand darauf, dass erst ein vernünftiges Essen auf den Tisch musste, bevor er auch nur ein weiteres Wort sagte. Damit erreichte er, dass Bob und Peter in Windeseile die Nudeln kochten und eine Soße zubereiteten, ohne

dass er einen Finger krümmen musste. Sie zogen es vor, in der kleinen Küche zu essen statt im kalten und abweisenden Esszimmer. Dies war einer der wenigen Räume, in denen man nicht ständig das Gefühl hatte, beobachtet zu werden.

»So«, sagte Bob entschlossen, als der Tisch gedeckt war. »Jetzt rede endlich.«

»Na schön.« Während Justus die Nudeln in sich hineinschaufelte, berichtete er seinen Freunden von seinem turbulenten Vormittag.

Peter lief unwillkürlich ein Schauer über den Rücken. »Blut aus der Dusche! Vielleicht hättest du die Geschichte doch erst nach dem Essen erzählen sollen. Jetzt ist mir der Appetit gründlich vergangen.«

»Dabei war ich so fürsorglich und habe das Badezimmer bereits gesäubert, um euch den Anblick zu ersparen. Das war vielleicht eine Sauerei.«

»War es denn wirklich Blut?«

Justus nickte. »Schweineblut, nehme ich an. Oder von irgendeinem anderen Tier.«

»Und wie kam es, bitte schön, in die Dusche?«

»Das müssen wir noch herausfinden. Zeit genug haben wir. Ich habe nämlich eben mit Mr Moore im Krankenhaus telefoniert. Er hat tatsächlich eine Gehirnerschütterung, außerdem einen schweren Schock. Sein Kreislauf muss sich erst mal erholen, sie wollen ihn diese Nacht dort behalten. Er glaubt inzwischen nicht mehr, dass wir für das alles verantwortlich sind. War wohl gestern mal wieder eine seiner Kurzschlussreaktionen. Jedenfalls habe ich ihm versprochen, dass wir über Nacht hier bleiben, um das Haus zu bewachen.«

»Bist du verrückt?«, rief Peter entsetzt. »Heute ist Halloween! Du willst diese Nacht doch nicht ernsthaft in diesem Spukhaus verbringen! Was machen wir, wenn ... wenn tatsächlich der Feuerdämon auftaucht?«

»Peter!«, sagte Justus vorwurfsvoll. »Der Feuerteufel existiert nur in der Fantasie von Mr Moore.«

»Aber Mr X gibt es wirklich.«

»Ich glaube nicht, dass der für diese Nacht noch etwas plant, wenn er merkt, dass Blackstone Besucher hat. Außerdem hat er es nicht auf uns abgesehen, sondern auf Mr Moore. Aber nun erzählt ihr doch mal – was ist heute Mittag passiert? Habt ihr Mr X verfolgen können?«

Nun war Bob an der Reihe die Ereignisse des Tages zu schildern.

»Curb also«, murmelte Justus, als Bob fertig war, und vertiefte sich in die Unterschrift auf der Quittung. »Auch wenn Mrs Goldenberg ihn nicht genau beschreiben konnte, war sie vermutlich sicher, dass es ein Mann war?«

»Was soll denn die blöde Frage?«

»Ich habe heute beim Verlag angerufen. Moores Lektorin war wieder nicht zu sprechen. Doch nun scheidet sie wohl als Verdächtige aus. Trotzdem bleiben noch einige Fragen offen.«

»Wir haben noch mehr Antworten«, verkündete Peter stolz und zog ein paar Kopien aus seinem Rucksack. »Hier: Zeitungsartikel, in denen es unter anderem um Bruce Black und die Enigma-Gruppe geht. Mr Moore hat uns nämlich nur die Hälfte erzählt.«

»Pass auf«, begann Bob. »Vor zwei Jahren, einen Abend vor Halloween, wurde eine kleine Gruppe von Leuten von der

Polizei festgenommen, als sie gerade dabei war, in ein Museum einzubrechen.«

»Die Enigma-Gruppe?«

»Genau. Allen voran Bruce Black. Er war nämlich nicht nur ein Mitglied, sondern ihr Anführer. Black selbst konnte entkommen, alle anderen wurden verhaftet. Es stellte sich heraus, dass die Enigma-Leute schon eine ungeheure Anzahl von Kunstdiebstählen begangen hatten. Kleine Sachen, nicht in Museen, sondern bei privaten Sammlern. Erinnerst du dich daran, dass Moore uns erzählte, sie hätten alte, magische Schriften zusammengetragen? Nun, tatsächlich waren das vor allem wertvolle Bücher aus dem Mittelalter, in denen sie Zaubersprüche oder Beschreibungen magischer Rituale vermuteten. Und sie haben sie nicht einfach zusammengetragen, sondern geklaut. Alle Mitglieder der Enigma-Gruppe wanderten in den Knast. Da sitzen sie übrigens immer noch. Bei diesem Einbruch in das Museum hatten sie es jedoch ausnahmsweise nicht auf alte Handschriften abgesehen, sondern auf –«

»Eine Maske«, vermutete Justus.

»Richtig. Die Maske des Feuerteufels. Es gibt sie wirklich. Wir haben ein Foto von ihr gefunden.« Peter reichte es dem Ersten Detektiv.

»Sieht fast so aus wie unsere«, stellte er fest, als er es mit dem Bild von Mrs Goldenberg verglich.

»Das Original hängt immer noch im Museum. Die Enigma-Gruppe glaubte wohl tatsächlich, dass sie magische Kräfte hat und man mit ihrer Hilfe einen Dämon beschwören kann.«

»Verrückt«, sagte Justus kopfschüttelnd. »Und Bruce Black?«

»Die Polizei hat seinen Wohnort schnell ausfindig machen

können, doch als sie auf Blackstone ankamen, war es bereits zu spät: Black hatte Gift geschluckt. Er wurde auf seinen Wunsch hin hier begraben. Danach hat die Polizei Blackstone durchkämmt und viele der gestohlenen alten Bücher und Kunstgegenstände gefunden.«

»Nicht alle?«

Bob schüttelte den Kopf. »Viele Sachen sind nie wieder aufgetaucht. Die Mitglieder der Enigma-Gruppe schworen, nicht zu wissen, wo sie sich befinden.«

»Auf Blackstone jedenfalls nicht«, meinte Justus. »Sonst hätte die Polizei sie gefunden. Bruce Black muss die Gegenstände versteckt und das Geheimnis mit in den Tod genommen haben. Das ist ja wirklich eine haarsträubende Geschichte. Noch was?«

»Das reicht ja wohl.«

»Da habt ihr recht.« Justus schlug mit der flachen Hand auf den Tisch. »Ich würde gern wissen, ob unser geheimnisvoller Mr Curb etwas mit der Enigma-Gruppe zu tun hat. Kommt, Kollegen, gehen wir an die Arbeit!«

»Welche Arbeit?«, wollte Peter wissen.

»Wir haben die einmalige Gelegenheit, Blackstone ungestört unter die Lupe zu nehmen. Und die sollten wir nutzen. Peter, du machst dich auf die Suche nach den Briefen von Mr Curb. Schließlich brauchen wir seine Adresse, um ihn zu schnappen. Bob, du wirst nach Hinweisen auf eine Verbindung zwischen Moore und Black suchen. Ich will wissen, ob Moore tatsächlich so ahnungslos ist, wie er tut. Oder ob er in Wahrheit die ganze Geschichte kennt und uns die pikanten Details verschwiegen hat. Und wenn ja, warum. Ich werde derweil versuchen herauszufinden, auf welche Weise das Blut in die Wasserleitung gekommen ist.«

»Ich weiß nicht«, warf Peter zögernd ein. »Ich habe ein ungutes Gefühl dabei, in Mr Moores Papieren herumzuschnüffeln. Meinst du nicht, es wäre klüger zu warten, bis er aus dem Krankenhaus entlassen wird? Dann können wir ihn ganz einfach fragen.«

»Und du glaubst, er wird uns diesmal die Wahrheit sagen? Nein, Peter. Moore hat uns von Anfang an belogen und ich will herausfinden, warum.«

»Aber wir haben kein Recht sein Haus zu durchwühlen«, beharrte der Zweite Detektiv.

»Wer spricht denn von Durchwühlen? Mr Moore wird sicher nichts dagegen haben, wenn wir uns auf die Spur von Mr Curb begeben. Dafür brauchen wir nun einmal seine Adresse. Und wir haben keine Zeit zu verlieren, schließlich ist morgen Halloween. Wenn wir bei der Suche nach Curbs Briefen auch auf etwas anderes stoßen, dann ist das eben ein dummer Zufall.« Er grinste breit.

»Es wäre aber kein Zufall, sondern Absicht!«, widersprach Peter.

»Wollen wir den Fall lösen oder nicht?«, fragte Justus zornig.

»Schon. Aber –«

»Dann müssen wir auch handeln.«

»Und wenn wir Mr Moore damit Unrecht tun? Wenn er gar nichts zu verbergen hat?«

»Dann schämen wir uns«, gab Justus trocken zurück. »Aber glaub mir: Er hat was zu verbergen!«

»Wohl ist mir dabei nicht«, wiederholte Peter, als er zusammen mit Bob das Arbeitszimmer betrat. Während der dritte Detektiv zielstrebig auf das riesige Regal zuging, dessen Böden sich unter der Last zahlloser Aktenordner bogen, blieb Peter unschlüssig in der Tür stehen. »Wo soll man denn da anfangen? Ich werde doch jetzt nicht jeden einzelnen Ordner herausnehmen und durchsehen!«

Bob schnaubte ungeduldig. »Sie sind beschriftet. Ich werde mir also bestimmt nicht die Finanzamt-Akten vornehmen. Manchmal gehst du einem wirklich auf die Nerven, Peter.«

Während Bob die Ordner nacheinander begutachtete, wagte Peter sich weiter in den Raum hinein. Er ging zum Schreibtisch, strich über die Computertastatur, hob lustlos einen kleinen Stapel Notizblätter hoch und ließ ihn wieder fallen. »Das gefällt mir nicht.«

»Das sagtest du bereits«, sagte Bob über die Schulter hinweg. Seine Aufmerksamkeit wurde von einem Aktenordner mit der Aufschrift ›Blackstone‹ abgelenkt. »Was haben wir denn da? Das sieht doch interessant aus«, murmelte er, zog den Ordner heraus und begann zu blättern.

Peter öffnete eine Box mit Disketten und las die Aufschriften: allesamt Titel alter ›Dämonenfeuer‹-Hefte. Hier würde er nichts Aufregendes finden. Dann fiel sein Blick auf den Kopf eines fremdartigen Wesens, das ihn aus großen Augen anblickte. Der Kopf war aus Ton und diente als Briefbeschwerer. Darunter lag ein großer Stapel Post. Peter nahm die Briefe zur Hand und ging sie durch. »Das ging ja schneller, als ich dachte«, sagte er überrascht, als er einen Umschlag entdeckte, auf dem der Absender ›E. Curb‹ geschrieben stand. »Ich habe gefunden, was wir suchen.« Er zog den Brief aus dem

Kuvert und überflog kurz dessen Inhalt. »Ein Kaufangebot, wie Mr Moore gesagt hatte. Mit einer stolzen Summe!«

»Der Preis interessiert uns nicht«, erwiderte Bob. »Nur die Adresse von Curb.«

»Tja«, seufzte Peter und hielt Bob das Papier hin. »Fehlanzeige.«

»Ein Postfach in Poughkeepsie, im Staat New York?«, stellte der dritte Detektiv mit einem Blick auf den Briefkopf fest. »So ein Mist.«

»Hätten wir uns aber auch denken können«, behauptete Peter. »Es wäre viel zu einfach gewesen.«

»Na schön. Sieh die anderen Briefe durch, vielleicht hast du Glück und findest noch einen von Curb, in dem seine richtige Adresse steht.«

Während Peter weitersuchte, beschäftigte sich Bob wieder mit dem ›Blackstone‹-Ordner. Doch statt der erhofften Geheimnisse enthüllten sich ihm nur Stromabrechnungen und Quittungen über das Haus betreffende Kosten. Enttäuscht blätterte er weiter, doch dann entdeckte er etwas, das ihn nach Luft schnappen ließ. »Peter!«, rief er.

»Was ist denn?«

»Du wirst nicht glauben, was ich hier gerade entdeckt habe!«

»Was denn?«

»Briefe und Urkunden von einem Notar.«

Peter verzog enttäuscht das Gesicht. »Und? Was steht darin?«

»Das errätst du nie!«

Unschlüssig stand der Erste Detektiv im Badezimmer, das noch vor wenigen Stunden dem Ort eines grausamen Verbrechens geglichen hatte. Nun waren alle Blutspuren beseitigt, doch das Bild, das sich ihm geboten hatte, war Justus noch sehr lebhaft in Erinnerung. Schaudernd zwang er sich zur Konzentration. Er wollte herausfinden, woher das Blut gekommen war. Irgendwie musste es Curb – wenn er tatsächlich der Täter war – in die Wasserleitung gebracht haben. Doch wie sollte Justus den genauen Ursprung ausfindig machen? »Der Keller«, murmelte er, kehrte dem Badezimmer den Rücken zu und begab sich nach unten.

Unter der Treppe, die ins Obergeschoss führte, gab es eine kleine Holztür, in die eine Teufelsfratze geschnitzt war. Der Eingang zur Unterwelt, dachte Justus. Er nahm eine Kerze aus einem Leuchter an der Wand, entzündete sie und öffnete die Tür. Die Treppe war steil, die Stufen krumm und schief, so als wollten sie jeden warnen, der den Mut aufbrachte nach unten zu steigen. »Es ist nur ein Keller«, versuchte Justus sich selbst zu beruhigen und betrat die erste Stufe.

Die Tür fiel hinter ihm ins Schloss. Justus öffnete sie wieder, doch es hatte keinen Sinn: Sie war so in den Rahmen gehängt worden, dass sie sich immer wieder von selbst schloss. Wahrscheinlich war auch das ein beabsichtigtes Detail der ausgeklügelten Architektur von Blackstone. Er stieg die Treppe hinab. Es war eine Wendeltreppe, die weitaus tiefer führte, als Justus geahnt hatte. Als er schließlich unten ankam, musste er feststellen, dass der Boden nicht aus Stein oder Beton war, sondern lediglich aus festgetretener Erde, aus der die schwarzen Wände herausragten. Blackstone war nicht wie andere Häuser ein Stückchen in den Berg hineingesetzt worden – es wuchs praktisch daraus hervor.

Der Treppe schloss sich ein geschlängelter Gang an, dem Justus nur widerwillig folgte, da er das Gefühl hatte schon wieder einem bösen Scherz des Architekten ausgeliefert zu sein. Doch nirgendwo sprang ein Skelett hervor. Links und rechts gab es mehrere Türen. Justus öffnete sie nacheinander: ein Weinkeller, ein Vorratskeller – und schließlich der Heizungskeller, in dem das Wasser erhitzt wurde. Große Rohre führten aus der Wand in die Heizung und von dort aus wieder in die Wand, um durch die dicken Mauern alle Wasseranschlüsse im Haus zu versorgen. Justus untersuchte das System, doch er sah keine Möglichkeit den Zufluss zu öffnen oder irgendwie zu manipulieren. Wo immer das Blut in die Rohre gelangt war, hier war es nicht gewesen. Er wollte sehen, ob er das Zuflussrohr weiterverfolgen konnte, und verließ den Raum. Im Keller nebenan standen ein paar alte verstaubte Möbel. Die Wasserleitung lief unter der Decke entlang. Doch seltsamerweise schien sie an einer anderen Stelle aus der Wand zu kommen, als sie im Heizungskeller hineinführte. Irritiert runzelte Justus die Stirn. Diese verrückten schiefen Räume störten seinen Orientierungssinn ganz erheblich! Er ging zurück in den Heizungskeller. Doch es lag nicht am Grundriss der Kellerräume: Das Wasserrohr war um ein gutes Stück verschoben. Überhaupt schien ein Meter des Raumes zu fehlen. Entweder war die Wand unglaublich dick und die Rohrleitung machte in ihrem Inneren einen Knick oder aber ...

Justus betrachtete die Wand genauer. Auch hier im Keller waren alle Mauern aus dem gleichen tiefschwarzen Stein wie die Fassade des Hauses. Selbst die Fugen waren schwarz. Der Erste Detektiv tastete über die Zwischenräume der einzelnen

Steine – und spürte plötzlich eine Vertiefung, wo keine hätte sein dürfen. Er sah genauer hin. Da war ein Spalt zwischen den Steinen, der durch das Schwarz der Umgebung so gut wie unsichtbar gewesen war. Dieser Spalt umrahmte ein etwa mannsgroßes Rechteck. Justus kam ein Verdacht. Er stellte die Kerze ab und stemmte sich gegen die Mauer. Ächzend schwang sie nach innen auf und gab eine finstere Öffnung frei.
Ein zweiter Eingang zur Unterwelt.

Zwischen schwarzem Stein

»Ob Justus inzwischen auch etwas gefunden hat?«, fragte sich Peter, nachdem sie eine halbe Stunde im Arbeitszimmer von Mr Moore verbracht hatten. Sie waren alle Papiere im Blackstone-Ordner durchgegangen. Es gab keinen Zweifel mehr an Bobs Entdeckung.

»Dann hätte er uns schon Bescheid gegeben. Komm, wir gehen zu ihm!«, schlug Bob vor. »Wir müssen ihm unbedingt diese unglaubliche Neuigkeit erzählen! Der wird Augen machen!«

»Aber wir machen's ganz dramatisch, okay?«, freute sich der Zweite Detektiv. »Wir spannen ihn so richtig schön auf die Folter. Damit er mal sieht, wie das ist.«

Sie machten sich auf die Suche nach Justus.

»Hier ist er nicht«, stellte Peter fest, als sie das Badezimmer betraten.

»Wahrscheinlich sucht er im Keller nach dem Wasseranschluss«, mutmaßte Bob und sie gingen die Treppe hinunter ins Erdgeschoss.

»Gruselige Tür«, fand Peter, als sie vor dem Kellereingang standen. Er öffnete sie und sah die Treppe hinunter, die schon nach wenigen Stufen in die absolute Finsternis führte. »Justus?«

Keine Antwort.

»Bestimmt einer von seinen Scherzen«, brummte der Zweite Detektiv unwillig.

»Wer weiß, wie groß der Keller ist. Vielleicht hat er uns nicht gehört.« Bob löste eine Kerze aus dem Wandhalter, zündete sie an und ging die ersten Stufen hinunter. »Kommst du nicht mit?«

»Ich weiß nicht«, antwortete Peter zögernd.

»Es ist nur ein Keller«, sagte Bob und wiederholte damit, ohne es zu wissen, Justus' Beruhigungsformel. »Der wird auch nicht unheimlicher sein als der Rest des Hauses.«

»Na schön.« Gemeinsam stiegen sie die Treppe hinab und betraten nacheinander jeden einzelnen Raum. Doch Justus war nirgendwo zu finden. »Du, Bob, mir kommt gerade ein Gedanke.«

»Hm?«

»Mr X könnte sich im Keller versteckt haben, nachdem er die Maden und Würmer im Schrank untergebracht hatte. Vielleicht war er auch schon vorher da. Er könnte ...« Peter schluckte. »Er könnte sich sogar immer noch hier versteckt halten.«

»Mach mir keine Angst, Peter.«

»Aber es stimmt doch, oder? An den Keller haben wir nämlich gar nicht gedacht.«

»Richtig. Aber du irrst dich, siehst du – hier ist niemand.« Bob öffnete die letzte Tür und wie erwartet war der Raum dahinter leer.

Peter atmete auf. »Dem Himmel sei Dank. Aber wo zum Teufel steckt Justus? Komm, wir suchen oben noch mal. Mir ist dieser Keller unheimlich. Ich möchte hier nicht länger als nötig bleiben.« Sie kehrten zur Treppe zurück und betraten danach jeden einzelnen Raum im Erdgeschoss. Der Erste Detektiv blieb unauffindbar.

»Das gibt es doch nicht!«
»Wie war das mit dem Auf-die-Folter-spannen? Dazu müssen wir Just erst mal finden. Vielleicht ist er draußen«, überlegte Bob. »Warte hier, ich sehe nach!« Er verschwand. Peter wanderte im Haus umher. In einer Stunde würde es dunkel sein und dann begann eine lange Nacht im Geisterhaus. Er war sicher, dass er nicht eine Sekunde schlafen würde.
Er war gerade in der Bibliothek, als Bob zurückkehrte. »Nichts«, sagte er kopfschüttelnd. »Justus ist weg. Aber sein Fahrrad steht noch da. Er muss also in der Nähe sein.«
»Meinst du, er ist in den Wald gegangen?«
Bob wollte gerade etwas erwidern, als ganz in der Nähe etwas knarrte. Es klang, als würde Holz über Stein scharren.
»Bob!«, rief Peter und wies auf das vom Boden bis zur Decke reichende Bücherregal. »Die Wand! Sie bewegt sich!«
Tatsächlich schwang ein Teil des Regals langsam auf und gab eine dunkle Öffnung frei. Panisch blickte Peter sich um und griff nach einer kleinen Bronzestatue, die er fest umklammerte und damit auf die Geheimtür zuging.
»Überraschung!« Der Erste Detektiv trat mit einer brennenden Kerze in der Hand hervor – und zuckte zusammen, als er Peter sah, der ihm um ein Haar eins über den Schädel gezogen hätte.
»Justus!«, rief der Zweite Detektiv und ließ die Statue erleichtert sinken. »Wo ... wo kommst du auf einmal her? Was ist das für eine Geheimtür?«
»Eine von vielen!«, antwortete Justus aufgeregt. »Ihr glaubt nicht, was ich entdeckt habe! Das müsst ihr euch unbedingt ansehen!«

»Wir haben dich schon gesucht!«, sagte Bob. »Hast du die ganze Zeit hinter diesem Regal gesteckt?«

Justus schüttelte den Kopf. »Ich war überall. Im Arbeitszimmer habe ich euch sogar belauscht.«

»Belauscht?«

»Ja, Blackstone ist durchzogen von Geheimgängen!« Der Erste Detektiv berichtete den beiden von seiner Entdeckung im Heizungskeller. »Ich folgte einem schmalen Gang und kam an eine Leiter. War ganz schön schwierig mit der Kerze in der Hand da hochzukommen. Schließlich fand ich mich in einem ganzen Netz von schmalen Tunneln wieder. An verschiedenen Stellen gibt es Türen, die wohl in die einzelnen Räume des Hauses führen. Ich habe sie nicht alle ausprobiert.«

»Das ist ja unglaublich!«, rief Bob fasziniert.

»Los, kommt, ich habe längst nicht alles gesehen. Man kann sich leicht verirren und das wollte ich nicht riskieren.«

»Warte, ich sorge nur schnell für ein bisschen mehr Licht!« Bob griff nach dem nächsten Leuchter. »Es kann losgehen!«

»Und wenn wir da nicht wieder rauskommen?«, fragte Peter.

»So ein Quatsch. Ich bin auch rausgekommen.«

»Na ja ...« Der Zweite Detektiv suchte verzweifelt nach Argumenten, doch ihm fiel nichts ein. »Also schön.«

Peter nahm eine Kerze, dann folgten sie Justus in den dunklen Gang und schlossen die Geheimtür von innen. Der Tunnel war so schmal, dass sie hintereinander gehen mussten. Ihre Schritte hallten unheimlich von den steinernen Wänden wider. Alle paar Meter machte der Gang einen scharfen Knick oder führte sie zu einer Abzweigung, so dass sie schon nach kürzester Zeit nicht mehr genau wussten, wo sie sich befanden.

Peter befürchtete hinter jeder Biegung eine böse Überraschung. Jeden Augenblick konnten sie Curb in die Arme laufen. Oder dem Feuerteufel. Oder eine Falltür tat sich auf und ließ sie in die Tiefe stürzen. Er dachte an das Skelett im Flur. Vielleicht gab es in diesen Gängen einen ähnlichen Mechanismus, einen, der vergiftete Pfeile aus der Wand schießen ließ wie in einem Indiana-Jones-Film. »Hier ist es unheimlich«, flüsterte er. »Sei bloß vorsichtig da vorn, Justus!«

»Ich glaube, wir haben gerade ein weiteres Geheimnis gelöst«, raunte Bob. »Ich kenne jetzt den wahren Grund, warum Blackstone so schiefe Räume hat – und warum man sich in ihnen kaum zurechtfindet: Bruce Black hat das innere des Hauses so entworfen, um die Geheimgänge zu verbergen. Da es keine rechten Winkel gibt, fällt niemandem auf, dass die Wände über einen Meter dick sind.«

»Und somit kommt auch niemand auf den Gedanken, dass sie hohl sein könnten«, fügte Justus hinzu. Dann blieb er abrupt stehen. »Vorsicht, hier geht es abwärts!«

Der Erste Detektiv leuchtete nach unten. Vor ihnen befand sich ein schmales Loch im Boden. Eine Leiter aus Metall war fest in der Wand verankert und führte sowohl hinunter als auch durch eine Öffnung in der Decke nach oben. »Da geht es in den ersten Stock«, sagte der Erste Detektiv. »Wir wollen aber nach unten.« Er kletterte auf die Leiter und war kurz darauf in der Tiefe verschwunden. Bob und Peter folgten ihm in das Kellergeschoss.

»Hier habe ich mich noch nicht so genau umgesehen«, erzählte Justus. »Als ich die Leiter entdeckte, bin ich sofort hochgestiegen.«

»Die Tunnel sind viel breiter«, stellte Peter fest. »Kein Wunder, jetzt müssen sie auch nicht mehr in den Wänden verborgen sein. Ob Mr Moore davon weiß?«
»Immerhin hat er nichts davon erwähnt, als wir überlegten, wie Mr X ungesehen das Haus betreten konnte«, erinnerte Justus. »Vielleicht weiß er tatsächlich nichts davon.«
»Warum hat Black diese Tunnel überhaupt angelegt?«
»Um den Geistern einen eigenen Wohnraum zu bieten«, witzelte Bob. »Oder einfach aus Spaß an der Sache. Wenn ich das Geld hätte mir ein eigenes Haus zu bauen, würde ich auch ein paar Geheimgänge anlegen. Ist doch witzig!«
»Stimmt schon, Bob«, gab Justus ihm Recht. »Wenn man sich Blackstone so ansieht, wäre es eigentlich ein Wunder, wenn das Haus keine Geheimgänge hätte. Wir hätten wirklich eher darauf kommen können.« Er wies nach links. »Dahinten liegt der Heizungskeller. An einer Stelle ist in das Wasserrohr eine Zuleitung eingelassen. Daneben steht ein riesiger Kanister, in dem noch Reste des Schweinebluts kleben. Damit wäre bewiesen, dass Mr X diese Gänge kennt. Habt ihr eigentlich seine Adresse herausgefunden?«
»Auf dem Absender seiner Briefe ist nur ein Postfach angegeben«, antwortete Peter. »Sagt mal, meint ihr nicht, dass wir besser umkehren sollten? Immerhin könnte Curb jeden Moment hier auftauchen. Er kennt diese Gänge. Und es ist Halloween. Er hat bestimmt etwas vor. Möglicherweise …« Er schluckte. »Möglicherweise ist er sogar schon hier.«
»Ich will erst wissen, wo dieser Gang hinführt. Irgendwie muss Curb hier reinkommen. Es muss einen Eingang von außerhalb des Hauses geben. Und den will ich finden. Draußen ist es

noch hell. Ich glaube nicht, dass Curb sich schon hier herumtreibt.« Der Erste Detektiv hob die Kerze und ging nach rechts in den Tunnel, den er noch nicht kannte.
»Ich weiß nicht, Justus«, versuchte Peter ihn zurückzuhalten. »Und wenn er doch hier ist? Oder wenn wir uns verirren?«
»So groß wird die Anlage schon nicht sein«, sagte Justus beruhigend und ging langsam weiter. Die Wände waren aus dem gleichen schwarzen Gestein erbaut wie der Rest des Hauses und schimmerten an einigen Stellen im Schein der Kerzen. Nach etwa zwanzig Metern machte der Gang einen Knick nach links. Zwanzig Meter weiter erneut. Nach der dritten Biegung kamen sie an der Öffnung vorbei, die zum Heizungskeller führte. Und schließlich erreichten sie die Leiter, von der aus sie gestartet waren. Ratlos blieben sie stehen.
»Da will uns jemand auf den Arm nehmen«, vermutete Justus.
»Auf den Arm nehmen? Warum?«
»Kein Mensch baut einen Gang, der im Kreis herum führt.«
»Bruce Black schon«, widersprach Peter. »Ich finde, dieser Tunnel passt zu Blackstone. Er ist genauso unlogisch wie das ganze Haus. – He!« Der Zweite Detektiv legte den Zeigefinger an die Lippen und zischte: »Ich habe was gehört!«
Justus und Bob lauschten. »Du hörst die Flöhe husten«, meinte Bob nach einer Weile.
»Nein! Da war wirklich was! Eine ... eine Stimme. Sie klang irgendwie ... geisterhaft.«
Justus runzelte die Stirn und setzte zu einer Erwiderung an. Doch dann hörte er es auch. Aus weiter Ferne drang eine leise Stimme zu ihnen, hell und körperlos. Ein flehendes Rufen. Ein Wehklagen. Wie von einem Geist.

Der verschollene Schatz

»Wer ist das?«, fragte Peter ängstlich.

»Curb?«, flüsterte Bob.

»Mit dieser Stimme?«, zweifelte Peter. »Vielleicht ... ist es ein Gespenst! Jemand, der von Bruce Black vor vielen Jahren ermordet wurde und nun hier herumspukt. Auf Blackstone geht es nicht mit rechten Dingen zu, das wusste ich von Anfang an! Heute ist Halloween!«

»Nun reg dich nicht auf, Peter! Wir werden der Sache auf den Grund gehen.« Justus setzte sich in Bewegung und kletterte zurück ins Erdgeschoss. Das Rufen wurde lauter. Doch was die Stimme sagte, war nicht zu verstehen. »Es kommt aus dem Haus«, raunte der Erste Detektiv und schlich durch die schmalen Gänge zurück zur Geheimtür, die ins Maskenzimmer führte. Als sie vor der Rückseite des Bücherregals standen, war das Rufen verstummt.

»Was jetzt?«, flüsterte Peter.

»Wir sehen nach!« Justus drückte gegen die Wand. Lautlos schwang sie auf. Sie hatten mehr Zeit in den Geheimgängen verbracht, als sie gedacht hatten. Die Sonne war schon untergegangen. Im Maskenraum war es fast dunkel. Sie bliesen die Kerzen aus und gingen zur Tür, um zu lauschen.

»Da schleicht jemand über den Flur!«, zischte Bob.

»Den schnappen wir uns!« Justus holte tief Luft, zählte leise bis drei und riss die Tür auf.

Auf dem Gang stand ein Dämon. Eine blutrote Teufelsfratze grinste sie an. Peter schrie auf und sprang zurück. Der Dämon schrie ebenfalls. Dann lachte er. Ein erleichtertes Lachen. »Da seid ihr ja!«

Verblüfft sahen die drei ??? ihn an. »Roxanne?«

»Wer denn sonst?«, gab das unheimliche Wesen zurück. »Ach so, die Maske!« Roxanne riss das Teufelsgesicht herunter.

Peter atmete erleichtert auf. »Hast du mich erschreckt! Bist du von allen guten Geistern verlassen? Was treibst du hier? Wolltest du heute nicht um jeden Preis zu Hause bleiben?«

»Ich habe es nicht mehr ausgehalten. Heute ist Halloween, ich musste einfach wissen, was in dieser Nacht auf Blackstone passiert. Also habe ich meiner Mutter gesagt, dass ich bei einer Freundin übernachte, und bin hierher gefahren. Mit der Maske wollte ich euch nur ein bisschen schocken. Aber auf mein Klopfen hat niemand reagiert, da bin ich durchs Fenster geklettert und habe nach euch gerufen. Wo wart ihr denn? Im Maskenzimmer habe ich doch gerade nachgesehen!«

»Du warst das also«, stöhnte Peter. »Justus hat eine unglaubliche Entdeckung gemacht.« Er erzählte ihr die ganze Geschichte.

»Ein Geheimgang!«, staunte Roxanne.

»Wir waren gerade dabei, ihn zu untersuchen«, fügte Justus hinzu.

»Ich bin dabei!«, rief sie begeistert.

Gemeinsam kehrten sie zurück in das unterirdische Gangsystem. »Ganz schön unheimlich hier«, bemerkte Roxanne. Ihr Enthusiasmus war schlagartig verschwunden, als die Geheimtür hinter ihnen zugefallen war.

»Allerdings«, stimmte Peter ihr zu. »Sag mal, woher kommt

eigentlich dein plötzlicher Sinneswandel? Hattest du nicht geschworen Blackstone nie wieder zu betreten – erst recht nicht heute?«

»Schon«, gestand Roxanne. »Aber ... ich weiß auch nicht. Heute ist die Nacht der Nächte. Ich habe zwar furchtbare Angst, aber trotzdem kann ich mir das nicht entgehen lassen. Wenn der Feuerteufel wirklich auftaucht, dann will ich ihn sehen!«

»Obwohl du Angst vor ihm hast?«

»Ja. Wenn ich jemals die Gelegenheit haben werde einen echten Geist zu sehen, dann hier und heute.«

Nach der Kletterpartie in den Keller standen sie wieder in dem Tunnel, der im Kreis verlief. »Ich bin davon überzeugt, dass es hier noch einen versteckten Eingang gibt«, meinte Justus. »Sonst macht dieser Gang überhaupt keinen Sinn. Los, Leute, klopft die Wände auf der linken Seite ab! Innerhalb dieses Rechtecks muss noch ein Raum verborgen sein!« Zu viert pochten sie gegen den Stein und arbeiteten sich so Meter für Meter weiter.

Nach der zweiten Biegung hatte Bob schließlich Erfolg. »Hier!«, flüsterte er. »Hier klingt es anders!«

Bald hatten sie durch Klopfen die genauen Abmessungen der Geheimtür herausgefunden. Als Bob ganz nahe heranging, entdeckte er den schmalen Spalt, der sie umschloss. »Und wie kriegen wir die nun auf?«

»Wie die andere auch«, schlug Justus vor und stemmte sich gegen die Wand. Nichts rührte sich. »Helft mir mal!«

Sie versuchten es zu viert, doch selbst mit vereinten Kräften erreichten sie nichts: Die Mauer bewegte sich keinen Zentimeter.

»So ein Mist!«, fluchte Bob leise. »Das Ding muss doch zu öffnen sein!«
»Vielleicht gibt es einen versteckten Mechanismus«, überlegte Peter und stützte sich erschöpft an der gegenüberliegenden Wand ab. Er stieß einen entsetzten Schrei aus und sprang zur Seite, als der Stein, den seine Hand berührt hatte, plötzlich nachgab. Der schwarze Fels war ungefähr fünf Zentimeter tief in die Mauer gerutscht. Ein dumpfes Grollen ertönte. »Was habe ich getan?«, fragte er erschrocken.
Die Geheimtür wurde nach außen geschoben und klappte schließlich langsam auf. Dahinter lag ein schwarzes Loch.
»Peter!«, rief Justus. »Du hast gerade den verborgenen Mechanismus entdeckt!«
»Gute Arbeit, Peter!«, sagte Bob anerkennend und klopfte ihm auf die Schulter.
»Was? Ich …«
Bob lachte. »Ein blindes Huhn findet auch mal ein Korn.«
»Wow!«, hauchte Roxanne ergriffen, als sie mit ihrer Kerze die Öffnung ausleuchtete. »Eine Treppe! Es geht noch tiefer in die Unterwelt!«
»Da lauern bestimmt Kobolde«, spottete Bob. »Sie warten schon seit Jahrhunderten darauf, dass du ihnen in die Falle läufst.«
Roxanne warf ihm einen giftigen Blick zu, erwiderte aber nichts.
»Keine Kobolde, Bob«, widersprach der Erste Detektiv. »Etwas viel Besseres. Ich glaube, ich weiß, was uns da unten erwartet.«
»Etwa der Feuerteufel?«, fragte Peter ängstlich.

Justus grinste. »Mit etwas Glück auch der. Kommt!« Er stieg die Stufen hinab. Die anderen folgten ihm.
Nach wenigen Schritten schrie Roxanne plötzlich auf.
Der Zweite Detektiv erstarrte vor Schreck. »Was ist? Was ist?«
»Nichts«, antwortete sie mit zitternder Stimme. »Da war nur eine Spinne direkt vor meiner Nase.«
Bob und Justus warfen sich viel sagende Blicke zu, seufzten gleichzeitig und setzten ihren Weg fort. Nach ungefähr zwanzig Stufen endete die Treppe und führte in einen kleinen, niedrigen Raum. Hier gab es keine Steinwände mehr. Die Kammer war direkt ins Erdreich gegraben worden. Es roch modrig und an den Wänden glitzerte die Feuchtigkeit. Im Schein der Kerzenflammen schimmerten Dutzende von Metallkoffern, die überall verstreut herumlagen. Einige hatten die Größe von Aktenkoffern, andere hingegen waren so groß wie richtige Truhen.
Justus stieß einen erstaunten Pfiff aus. »Was immer hier aufbewahrt wird, es ist demjenigen so wichtig, dass er es vor Hitze, Kälte, Wasser, Insekten und Ratten schützen will.«
»Was mag das sein?«, überlegte Bob laut.
»Ich glaube, ich weiß es«, antwortete Justus. »Wenn mich nicht alles täuscht, befindet sich hier die verschollene Beute aus den Raubzügen der Enigma-Gruppe!« Er ging auf einen der Koffer zu, ließ die Verschlüsse aufschnappen und öffnete ihn. Zum Vorschein kam ein altes, ledergebundenes Buch mit einem goldenen Scharnier.
»Wow! Was ist das denn für ein Prachtschinken!« Peter ging näher heran und wollte das Buch öffnen, doch Justus hielt ihn zurück.

»Besser nicht!«, warnte er. »Wer weiß, wie alt das Ding ist. Womöglich beschädigen wir es.«
»Was, glaubst du, ist das?«
»Vermutlich ein europäisches Buch aus dem Mittelalter, das die Enigma-Gruppe irgendwo entwendet hat, weil sie glaubte, es stünden finstere Beschwörungsformeln darin. Oder Rezepte für Zaubertränke, wer weiß.«
»Ein echtes Zauberbuch!«, rief Roxanne begeistert. Die drei sahen ihr an, dass sie sich nur schwer beherrschen konnte es nicht sofort aufzuschlagen.
»Vielleicht von einem Alchimisten, der herausgefunden hat, wie man Blei in Gold verwandelt!«, machte Bob sich lustig.
»Wohl kaum«, erwiderte Justus. »Aber Black und seine Leute glaubten wahrscheinlich mit Hilfe des Buches einige schwarzmagische Geheimnisse ergründen zu können. Sehen wir nach, was in den anderen Kisten ist!«
Sie fanden noch mehr Bücher und alte Schriftrollen, alle einzeln und geschützt verpackt. Als Bob einen weiteren Koffer öffnete, fuhr er überrascht zurück: Eine grimmige Fratze mit gefletschten Zähnen und flammenden Haaren blickte ihn an.
»Die Maske des Feuerteufels! Ich denke, die ist im Museum geblieben!«
Roxanne betrachtete das Stück genauer und lachte plötzlich. »Es ist die Kopie von Mrs Goldenberg!«
»Curb muss sie hier deponiert haben, damit er sie an Halloween griffbereit hat«, sagte Justus. »Das hier ist wirklich eine richtige Schatzkammer. Die rechtmäßigen Besitzer werden sich freuen, wenn sie ihre wertvollen Güter nach Jahren endlich wiederbekommen. Aber vorerst sollten wir das Zeug hier

lassen, damit Curb keinen Verdacht schöpft.« Justus schloss die Koffer und sie verließen den Raum. Die Geheimtür ließ sich ohne Problem schließen. Niemand würde merken, dass sie hier gewesen waren.

Diesmal verließen sie den unterirdischen Tunnel durch den Eingang, den Justus im Heizungskeller entdeckt hatte, und stiegen die Treppe hinauf. Als sie im Flur standen und sich die Kellertür hinter ihnen von alleine schloss, atmete Peter erleichtert auf. »Bin ich froh da wieder raus zu sein.«

»Es war doch ungeheuer spannend!«, fand Bob.

»Das schon. Aber auch verdammt gruselig.«

»Los, wir setzen uns ins Maskenzimmer!«, schlug Justus vor, der es gar nicht erwarten konnte, alle Einzelheiten ihrer Entdeckung zu besprechen.

»Moment noch!«, sagte Roxanne und ging den Flur in die entgegengesetzte Richtung hinunter. Sie öffnete die Haustür und entzündete mit ihrer Kerze die Kürbiskopflaternen, die das äußere Treppengeländer säumten. Als sie zurückkehrte, lächelte sie verlegen. »Sicher ist sicher.«

Sie gingen ins Maskenzimmer und setzten sich im Schein des Deckenleuchters um den Tisch herum. »Immer musst du uns einen Schritt voraus sein, Justus«, maulte Peter. »Wir haben die erstaunlichste Entdeckung aller Zeiten gemacht, aber dir fällt natürlich nichts Besseres ein, als sie zu toppen und einen verschollenen Schatz zu finden.«

»Was denn für eine Entdeckung?«, fragten Justus und Roxanne gleichzeitig.

Nun grinste der Zweite Detektiv. »Bob hat etwas in Moores Arbeitszimmer gefunden, das euch umhauen wird.«

»Eine Enthüllung, die die Angelegenheit in ganz neuem Licht erscheinen lässt«, bestätigte Bob.

»Sozusagen eine Wahrheit, die den ganzen Fall neu aufrollt.«

»Etwas Spektakuläres.«

»Worauf ihr nie kommen werdet.«

»Die Lösung eines Rätsels, von dem wir gar nicht wussten, dass es existierte.«

Der Erste Detektiv verdrehte die Augen. »Nun sagt schon!«

Bob und Peter grinsten sich an. »Es ist deine Entdeckung, Bob, sag du es ihm.«

»Möchtest du nicht lieber, Peter?«

»Nein, nein, das ist zu viel der Ehre.«

»Also schön«, begann Bob. »In einem der Aktenordner habe ich Briefe von einem Notar gefunden. Diese Briefe belegen eindeutig, dass Mr Moore uns angelogen hat: Er hat dieses Haus nicht gekauft.«

Justus runzelte die Stirn. »Was soll das heißen? Blackstone gehört gar nicht ihm?«

»Doch. Aber er hat keinen Cent dafür bezahlt.«

»Sondern?«

»Er hat es geerbt.«

»Wie –«

»Aaron Moore«, unterbrach ihn Bob, »ist Bruce Blacks Sohn.«

Das Reich der Toten

Justus erwachte schweißgebadet. Es war dunkel. Sein Rücken schmerzte. Für einen Moment wusste er nicht, wo er sich befand. Dann kam die Erinnerung zurück: Er war auf Blackstone. Im Maskenzimmer. Den ganzen Abend hatten die drei ??? und Roxanne über den Fall gesprochen, ihn von allen Seiten beleuchtet und die wildesten Vermutungen angestellt.

Justus musste sich eingestehen, dass die angeregte Diskussion auch dazu gedient hatte, sie abzulenken. Alle waren nervös. Es war Halloween und sie ahnten, dass etwas passieren würde. Doch es war ruhig geblieben. Stunde um Stunde hatte sich auf Blackstone nichts gerührt. Irgendwann waren sie nach und nach eingeschlafen. Justus erinnerte sich, dass er als Letzter wach gewesen war und vom Sofa aus auf den Friedhof geblickt hatte. Dann musste auch er eingenickt sein.

Der Erste Detektiv lauschte. Er hörte die tiefen, ruhigen Atemzüge von Bob, Peter und Roxanne neben sich. Wovon war er aufgewacht? Die verblassenden Bilder eines Albtraums schwirrten ihm durch den Kopf. Eine Maske. Ein Grab. Flammen. Nach solchen Träumen konnte er meistens nicht wieder einschlafen. Seufzend stemmte er sich hoch und ging ans Fenster. Der Mond verwandelte die Wiese in eine graue Fläche, von der sich die Grabsteine dunkel und bedrohlich abhoben.

Hatte ihn tatsächlich ein Traum aus dem Schlaf gerissen? Oder war da vielleicht ein Schatten gewesen? Oder ein Geräusch? Die Plastikfolie vor dem Fenster raschelte leise. Sonst war nichts zu hören.

Da knarrte etwas über ihm. Justus hob den Kopf. Es blieb still. Das Holz? Oder eine Maus? Wenn er sich nicht täuschte, lag über ihm das Arbeitszimmer. Auf Zehenspitzen, um die anderen nicht zu wecken, schlich er aus dem Raum in den Flur und blieb am Fuß der Treppe stehen. Kein Laut war zu hören. Trotzdem fühlte Justus sich unbehaglich. Er hatte den Eindruck beobachtet zu werden. Stufe für Stufe ertastete er im Dunkel seinen Weg nach oben. Schließlich stand er vor der Tür zum Arbeitszimmer. Er wartete ein halbe Minute, doch es herrschte immer noch Stille. Mit Schwung riss er die Tür auf. Das Zimmer war leer. Justus atmetete auf. Wahrscheinlich hatte er sich getäuscht. Blackstone machte ihn nervös, erst recht in der Halloween-Nacht. Der Erste Detektiv hätte es vor den anderen nie zugegeben, doch auch ihm kam es manchmal so vor, als wäre das Haus auf seltsame Weise lebendig. Als gingen hier tatsächlich Dinge vor, die nicht einmal die unfehlbare Logik eines Justus Jonas erklären konnte.
Langsam betrat er den Raum. Die Masken an der Wand warfen ihm kalte Blicke zu. Im fahlen Mondschein, der durch das Fenster fiel, schienen sich die hölzernen Gesichter zu bewegen. Justus verdrängte den Gedanken und ging zum Aktenregal hinüber. Er suchte den Blackstone-Ordner heraus und setzte sich an den Schreibtisch. Das Mondlicht fiel direkt auf die Tischplatte, so dass er keine Kerze anzünden musste. Justus suchte die Unterlagen, die Bob entdeckt hatte, und überprüfte sie. Es bestand kein Zweifel: Bruce Black war tatsächlich Moores Vater.
Warum hatte Mr Moore ihnen das verschwiegen und behauptet, er hätte das Haus gekauft? Er musste von der kriminellen

Vergangenheit seines Vaters wissen. Wusste er auch, dass seit über zwei Jahren ein Schatz unter seinem Haus versteckt lag? Hatte er deshalb so viel vor den drei ??? geheim gehalten? Und wer verbarg sich hinter dem Namen Curb? Woher wusste er von dem Geheimgang? Warum wollte er Blackstone unbedingt haben? Um die versteckte Beute konnte es ihm nicht gehen, sonst hätte er sie schon längst verschwinden lassen.
Justus griff nach einem Notizzettel. Er musste sich Stichworte machen. Vielleicht half das seinem eingerosteten Gehirn auf die Sprünge. Wer spielte in diesem Rätsel eine Rolle? Justus schrieb:

Aaron Moore
Enigma
Bruce Black
E. Curb

Er nahm den Zettel in die Hand, ging ans Fenster und blickte hinaus. Auch von hier aus konnte er den Friedhof sehen. Nur eines dieser Gräber war echt. Das von Bruce Black. Justus sah wieder auf seinen Zettel. Plötzlich zuckte er zusammen.

Bruce – E. Curb.

Er stürzte aus dem Raum und lief die Treppe hinunter. Auf seinem Weg durch den dunklen Flur vergaß er vor Aufregung den versteckten Mechanismus unter dem Teppich. Bruce sprang heraus und schwang angriffslustig seine Sense.
»Bruce«, freute sich Justus. »Du bist des Rätsels Lösung!« Er

verstaute das Skelett wieder im Sarg, lief weiter zum Maskenzimmer und riss die Tür auf. »He, ihr! Aufwachen!«
Bob reagierte nicht. Peter hingegen fuhr sofort hoch und blickte sich verwirrt um. »Was? Was ist los? Können Sie die Frage noch einmal wiederholen?«
»Nenn mir die binomischen Formeln«, witzelte Justus. »Hey, Peter, aufwachen! Du bist nicht in der Schule.«
»Was?«
»Justus? Ist er da? Der Feuerteufel?« Roxanne war nun ebenfalls wach.
Justus kramte nach seinem Feuerzeug und entzündete eine Kerze. Jetzt regte sich auch Bob.
»Aufwachen, Leute! Ich habe Neuigkeiten!«
»Neuigkeiten?«, stöhnte Bob. »Justus! Hat das nicht Zeit bis morgen früh?«
»Nein, hat es nicht.«
»Warum bist du wach? Ist etwas passiert?«, fragte Peter. Er kämpfte noch immer gegen den Schlaf an.
»In der Tat. Ich habe nachgedacht.«
»Das tust du doch dauernd«, gab Bob zurück. »Ich warne dich, Justus Jonas. Wenn es nichts wirklich Wichtiges ist, bringe ich dich um!«
»Es ist wichtig. Wir müssen Bruce Blacks Grab ausheben.«
Peter und Bob warfen sich einen verwirrten Blick zu, dann fragte Peter: »Sag mal, spinnst du jetzt völlig? Bist du von Blackstones bösen Geistern besessen, oder was?«
»Nein. Ich habe den begründeten Verdacht, dass Bruce Black noch lebt.«
»Was sagst du da?«, rief Roxanne.

»Passt auf«, begann Justus und ließ sich aufs Sofa plumpsen. »Ich habe mich die ganze Zeit gefragt, wer Mr Curb wirklich ist. Er will dieses Haus unbedingt haben. Und was noch wichtiger ist: Er kennt die Geheimnisse von Blackstone. Ich glaube nicht, dass er die Gänge zufällig entdeckt hat. Und das engt den Kreis der Verdächtigen ungemein ein. Eigentlich kommen nur die ehemaligen Mitglieder der Enigma-Gruppe in Frage. Sie sind die Einzigen, die von den Tunneln wissen können. Aber wie wir aus der Zeitung erfahren haben, sitzen sie alle noch im Gefängnis. Also bleibt nur einer übrig, den wir bisher ignoriert haben, da wir glaubten, er sei tot.«

»Aber Bruce Black ist tot!«, widersprach Roxanne. »Direkt vor der Tür kannst du sein Grab besichtigen.«

»Und wenn er seinen Tod nur vorgetäuscht hat, um der Polizei zu entgehen, die ihn festnehmen wollte?«

»Wie soll denn das funktionieren?«, wollte Bob wissen. »Man kann höchstens spurlos verschwinden. Wenn man tot ist, wird die Todesursache festgestellt. Das kann niemand vortäuschen.«

»Wie er das bewerkstelligt hat, ist mir noch nicht klar. Aber da draußen auf dem Friedhof liegt der Beweis. Ich wette mit euch, dass das Grab von Bruce Black leer ist.«

»Hinter Curb könnte sich auch jemand anderes verbergen«, meinte Bob. »Beispielsweise einer der Maurer, die Blackstone damals errichtet haben. Black wird das Haus kaum ganz allein gebaut haben. Wie kommst du darauf, dass ausgerechnet er Curb ist?«

»Weil ich das hier nicht für Zufall halte«, antwortete Justus und hielt Bob den Notizzettel unter die Nase.

»Was soll kein Zufall sein?«, fragte Bob ungehalten.
»Die Namen! Wenn man Bruce rückwärts liest, erhält man E. Curb!«
Peter und Roxanne rutschten herüber und warfen ebenfalls einen Blick auf den Zettel. »Tatsächlich«, sagte sie verblüfft.
»Bruce Black ist nicht tot. Und um das zu beweisen, werden wir dieses Grab öffnen«, sagte Justus in einem Tonfall, der keinen Widerspruch duldete.
»Jetzt?«, rief Peter entsetzt. »Mitten in der Nacht?«
»Ob nun Tag oder Nacht, das ändert nicht viel am Inhalt des Grabes«, gab Justus gelassen zurück.
»Aber ... es ist Halloween!«, rief Roxanne.
»Na und?«
»Du kannst unmöglich in dieser Nacht ein Grab ausheben! Damit beschwörst du die bösen Mächte herauf!«
»Liebe Roxanne«, begann der Erste Detektiv ruhig. »Ich weiß, dass du die Welt mit anderen Augen siehst. Aber ich glaube nun einmal nicht an Geister. Für mich spielt es keine Rolle, ob Halloween ist oder nicht oder ob draußen die Sonne scheint oder der Mond. Wir brauchen einen Beweis. Und ich weiß, wie wir ihn bekommen!«

»Ich kann nicht glauben, dass wir das tun«, flüsterte Peter immer wieder, während er unruhig auf der taunassen Wiese zwischen den Grabsteinen auf und ab ging. Ständig blickte er zum Waldrand hinüber und befürchtete jede Sekunde von einer Horde Zombies angegriffen zu werden.
Bob und Justus hoben mit zwei Spaten, die sie im Keller aufgetrieben hatten, ein Loch aus. Sie standen bereits bis über die

Knie in der Vertiefung. Zum Glück war der Mond so hell, dass sie genug sehen konnten.

»Ihr seid wahnsinnig!«, zischte Roxanne zum wiederholten Male. Sie stand neben dem Grab und redete auf die beiden ein, seit sie mit der Arbeit begonnen hatten. »Ich weiß, dass ihr mir nicht glaubt, aber die Wand zwischen den Welten verschwindet!« Sie blickte auf die Uhr. »In zehn Minuten ist es zwölf! Das ist der magischste Moment des ganzen Jahres! Dieses Grab gehört zum Reich der Toten, da haben die Lebenden nichts zu suchen, erst recht nicht in dieser Nacht! Ihr zieht den ewigen Zorn der Geister auf euch, wenn ihr weitermacht!«

»Nicht nur den«, murmelte Peter nervös. »Wenn Mr Moore herausfindet, dass wir seinen Vater ausbuddeln, wird er uns umbringen! Verständlicherweise. Was wir hier machen, ist Grabschändung – ist das nicht sogar strafbar?«

»Nur, wenn es ein echtes Grab ist«, gab Justus keuchend zurück.

»Und deine Geister, Roxanne, können mir gestohlen bleiben«, fügte Bob verärgert hinzu.

»Mir ist übrigens gerade noch ein Gedanke gekommen, der meine Theorie untermauert«, sagte Justus. »Dieses Grab ist völlig verwahrlost. Der Stein steht schief, es gibt keine Blumen, kein Grablicht, nichts. Würdest du so die letzte Ruhestätte deines Vaters behandeln?« Er wartete die Antwort des Zweiten Detektivs nicht ab. »Höchstens, wenn du wüsstest, dass er gar nicht da unten liegt.«

»Aber Moment mal!«, rief Peter. »Das macht doch alles gar keinen Sinn! Wenn Bruce Black der Vater von Moore ist und in Wirklichkeit noch lebt – warum sollte er dann den Feuerteufel spielen und seinem Sohn einen solchen Schrecken einjagen?«

»Keine Ahnung«, gestand Justus. »Wer weiß, was sich da für ein Familiendrama abspielt. Ich bin auch nicht sicher, ob Moore weiß, dass sein Vater noch lebt. Aber das finden wir hoffentlich alles noch heraus.«

Roxanne schien gar nicht zugehört zu haben. Sie stampfte wütend mit dem Fuß auf und rief hysterisch: »Warum zieht ihr mich da mit rein?«

Bob stützte sich auf seinen Spaten und funkelte Roxanne herausfordernd an. »Wir haben dich in gar nichts reingezogen! Du hast uns auf diesen Fall angesetzt! Und du bist hier aufgetaucht, damit dir nichts entgeht! Du kannst ja wieder verschwinden, wenn es dir nicht passt.«

»Bist du wahnsinnig?«, fuhr sie ihn an. »Du glaubst doch nicht, dass ich jetzt alleine nach Hause fahre!«

»Dann geh rein!«, schnauzte Bob zurück.

»In dieses Spukhaus? Ganz allein? Um Mitternacht?«

»Kannst ja Peter mitnehmen.« Wutschnaubend nahm Bob die Arbeit wieder auf.

»Ich bleib hier«, sagte der Zweite Detektiv schnell, obwohl er in diesem Moment am liebsten in seinem Bett gewesen wäre. Aber das wollte er vor den anderen nicht eingestehen.

»Moment mal, Leute. Ich glaube, ich hab da was!«, sagte Justus, als sein Spaten auf etwas Hartes stieß. Vorsichtig grub er weiter und legte nach und nach eine große Holzfläche frei: den Deckel des Sarges. »Schon ziemlich vermodert das Teil«, stellte er fest.

»Ich will gar nicht wissen, wie es drinnen aussieht. Aber was machen wir, wenn du dich geirrt hast, Just? Wenn da jetzt doch Bruce Black drinliegt? Völlig verwest, als halbes Gerippe und –«

»Nun hör schon auf, Peter!«, fuhr Justus ihn an. »Du machst mich ganz wahnsinnig!«

»Und mit weißen Maden, die überall herumkriechen«, beendete Peter leise seinen Satz.

»Ihr dürft den Sarg nicht öffnen!«, versuchte Roxanne es noch einmal. »Auf gar keinen Fall! Die Geister –«

»Du hast doch die Kürbislaternen angezündet«, unterbrach Bob sie. »Ich denke, die verjagen sämtliche Geister!«

Es dauerte zehn Minuten, bis sie den Sarg so weit freigelegt hatten, dass er zu öffnen war. »Dann also los«, sagte Justus.

»Ich glaube, mir wird schlecht«, kündigte Peter an.

»Du musst ja nicht hinsehen.«

»Tu ich auch nicht.« Der Zweite Detektiv drehte sich demonstrativ um.

»Ich krieg den Deckel nicht auf«, stöhnte Bob angestrengt.

»Das ist ein Zeichen«, war Roxanne sicher. »Die letzte Warnung! Lasst den Sarg zu und buddelt ihn wieder ein!«

Bob ignorierte sie. »Er ist wahrscheinlich draufgenagelt. Moment, ich benutze den Spaten als Brecheisen.« Holz splitterte, dann hörte Peter, wie der Sarg geöffnet wurde.

Roxanne kreischte aus Leibeskräften.

Der Zweite Detektiv zuckte zusammen. »Was ist? Ist er drin? Ist er drin?« Er hielt es nicht mehr aus, wirbelte herum und blickte in den Sarg. Er war voller Steine. »Keine Leiche«, stellte er erleichtert fest. »Um Himmels willen, Roxanne, warum hast du denn so geschrien?«

Sie stand stocksteif da und blickte in eine ganz andere Richtung. Zitternd wies sie zum Waldrand und flüsterte panisch: »Da! Er kommt! Der Feuerteufel! Er kommt hierher!«

Feuriges Finale

Die drei ??? drehten sich um. Die Silhouette des Waldes hob sich tiefschwarz vom sternenübersäten Nachthimmel ab. Doch aus dieser schwarzen Wand hatte sich ein Schatten gelöst. Er schwebte wie ein Phantom in einer wehenden Wolke auf den Friedhof zu.

»Mein Gott!«, keuchte Peter. »Lasst uns abhauen!«

Niemand rührte sich, jeder aus unterschiedlichen Gründen: Roxanne war starr vor Schreck, Justus wartete neugierig, Bob war unschlüssig und Peter wollte nicht allein wegrennen.

Die Gestalt kam näher. Aus der wehenden Wolke wurde ein sich bauschender Mantel. Und schließlich schälte sich im Mondschein ein Gesicht aus dem Schatten heraus.

»Mr Moore!«, rief Justus überrascht.

»Was macht ihr da?«, fragte er aufgebracht. »Was hat das zu bedeuten?« Entsetzt blickte er auf den offenen Sag. »Seid ihr von allen guten Geistern verlassen?«

»Ich habe nichts damit zu tun!«, beteuerte Roxanne. »Ich wollte sie davon abhalten, aber sie haben nicht auf mich gehört!«

»Wir haben Bruce Blacks Grab geöffnet, um einen Verdacht zu bestätigen«, erklärte Justus ruhig.

»Einen Verdacht? Ihr seid wohl wahnsinnig geworden! Bruce Black ist –«

»Nicht tot«, unterbrach ihn der Erste Detektiv, bevor Moore wieder in Hysterie verfallen konnte. »Er hat seinen Tod vorgetäuscht, um der Polizei zu entkommen.« Er wies auf den mit Steinen gefüllten Sarg. »Das ist der Beweis.«

»Was tun Sie überhaupt hier?«, fragte Bob. »Sie sollten doch erst morgen aus dem Krankenhaus entlassen werden.«
»Ich kann mich nicht länger verstecken«, antwortete Moore tonlos, während er in das leere Grab starrte. »Ich habe den Zorn des Feuerteufels heraufbeschworen und werde ihm nicht entkommen. Niemand begeht ungestraft ein Verbrechen gegen die Geister. Ich muss mich meinem Schicksal stellen. Deshalb bin ich zurückgekehrt. Und nun ...« Er stockte. Seine Augen, noch immer auf den Sarg gerichtet, weiteten sich. Heiser flüsternd fuhr er fort: »... nun hat Bruce Black sein Grab verlassen.«
»Er hat es nicht verlassen«, widersprach Justus ungehalten. »Er hat nie dringelegen. Haben Sie mir denn gar nicht zugehört? Bruce Black ist –«
»Er wandelt als Untoter über die Erde. Ihr habt seine Ruhe gestört. Nun wird die Rache der Geister auch euch treffen.«
»So ein Quatsch«, brummte Bob.
Der Erste Detektiv räusperte sich. »Mr Moore, kehren wir bitte auf den Boden der Tatsachen zurück: Es gibt noch einen schlagenden Beweis dafür, dass dieses Grab von Anfang an leer war.« Er machte eine bedeutungsschwere Pause. »Niemand würde das Grab seines eigenen Vaters so verkommen lassen.«
Nun sah Moore endlich auf. Er runzelte die Stirn. »Seines Vaters?«
»Sie sind Bruce Blacks Sohn!«, schleuderte Justus ihm entgegen. Dann wagte er einen Schuss ins Blaue: »Sie wussten von Anfang an, dass er noch lebt, nicht wahr? Was hat dieser ganze Feuerteufel-Zauber wirklich zu bedeuten?«
Moore starrte ihn fassungslos an. »Wovon redest du da?«

»Schluss mit den Spielchen, Mr Moore!«, forderte Justus. »Sagen Sie uns endlich –«

Roxannes spitzer Schrei unterbrach ihn. »Der Feuerteufel! Da!«

Sie wirbelten herum. Im flackernden Schein der Kürbisköpfe, die Blackstones Eingang erhellten, stand eine schwarze Gestalt und blickte regungslos zu ihnen herüber. Das Licht der Laternen wurde vom dunklen, formlosen Körper geschluckt. Nur das von erstarrten Flammen umgebene Gesicht schimmerte hölzern – die Maske des Feuerteufels!

»Das ist er!«, keuchte Mr Moore. »Die Stunde der Vergeltung ist gekommen!«

»Unsinn!«, behauptete Justus, doch auch ihm war gar nicht mehr wohl beim Anblick der unheimlichen Gestalt. »Das ist nur eine Maskerade. Dieser vermeintliche Dämon ist niemand anderes als Bruce Black! Er könnte niemals wirklich Feuer –«

Das Brüllen von Flammen schnitt ihm das Wort ab. Der Dämon hatte den linken Arm gehoben. Ein Feuerstrahl schoss aus seiner Hand und steckte einen der Kürbisse in Brand.

Peter und Roxanne schrien auf. »Weg hier!«

Bob und Justus kletterten aus dem Grab, um für den Notfall fluchtbereit zu sein, und starrten zum Haus hinüber. Eine zweite Stichflamme schoss hervor und entzündete einen weiteren Kürbiskopf. Dann setzte sich der Feuerteufel in Bewegung. Sein Körper schien zu fließen. Mit jeder Treppenstufe, die er abwärts glitt, gab es einen neuen Feuerstoß, bis schließlich alle Kürbisse lichterloh brannten.

»Er kommt auf uns zu!«, rief Peter. »Weg hier!«

»Ich muss mich ihm stellen«, sagte Moore und ging langsam auf den Feuerteufel zu.
»Bleiben Sie hier!«, schrie Peter. »Er wird Sie verbrennen!«
»Es ist meine Bestimmung«, behauptete Moore und setzte seinen Weg fort.
»Kommt, Kollegen, wir müssen ihm helfen!«, beschloss Justus und folgte dem Schriftsteller. Bob schloss sich ihm an, während Peter noch einen Moment zögerte. Doch schließlich lief auch er hinterher.
Auf halbem Weg zwischen Friedhof und Haus blieb der Dämon stehen. »Aaron Moore!« Die Stimme klang dunkel verzerrt, wie ein Echo aus einer anderen Welt. »Du hast die Geister von Blackstone geweckt und erzürnt!«
»Ja! Ja!«, wimmerte Moore.
»Du hast den Feuerteufel geweckt! Du wirst diesen Ort verlassen und nie wieder zurückkehren oder auf ewig in meinem Feuer brennen!« Erneut schlugen fauchende Flammen aus seinen Händen. »Blackstone gehört jetzt den Geistern. Kein Mensch, der das Haus nach dieser Nacht betritt, wird es je wieder lebend verlassen.«
»Nun hören Sie schon auf mit dieser albernen Vorstellung, Mr Black!«, unterbrach Justus ihn. »Niemand glaubt an Ihren Feuerteufel!«
Die starre Maske wandte sich dem Ersten Detektiv zu und knurrte: »Du zweifelst an der Macht der Geister?« Die Gestalt hob die Arme und schickte zwei Feuerstöße in den Himmel. Im selben Moment schossen brüllende Flammen von Blackstones Zinnen hoch. Das Haus brannte. Hinter den beiden Türmen und auf dem Dach loderte es so grell und heiß,

dass die drei Detektive und Mr Moore abwehrend die Hände hoben und zurückwichen.
»Mein Haus!«, keuchte Moore.
»Mein Haus!«, brüllte der Feuerteufel und trat einen Schritt auf sie zu. »Geht! Und kehrt nie wieder zurück!« Die Flammen über dem Dach schlugen noch höher und die Hitzewelle trieb sie immer weiter zurück. Erneut schoss Feuer aus der schwarzen Gestalt, diesmal waren die Stöße direkt auf sie gerichtet, kamen jedoch nicht weit genug, um sie zu verletzen. »Das ist meine letzte Warnung!«
Schritt für Schritt gingen sie rückwärts auf den Waldrand zu. Plötzlich sah Justus einen Schatten, der hinter dem Dämon aufgetaucht war und sich ihm geduckt näherte. Er hielt etwas Langes in den Händen. Das Feuerwesen hob noch einmal die Arme und lachte teuflisch, als der Schatten plötzlich vorsprang, ausholte und den Dämon mit einem gezielten Schlag niederstreckte. Ächzend brach er zusammen und blieb regungslos im Gras liegen. Im selben Moment erloschen die Flammen auf Blackstone.
Schlagartig war alles still. Nur die Kürbisköpfe knackten und knisterten leise, während sie langsam zu Asche zerfielen.
»Roxanne!«, rief Peter und lief auf das Mädchen zu. »Woher ... wie hast du das gemacht?«
»Schnell, helft mir, bevor er wieder aufsteht!«, rief sie und ließ, erschrocken über ihre eigene Tat, den Holzknüppel fallen. Die drei ??? stürzten sich auf die reglose Gestalt. Justus riss ihr die Maske vom Kopf. Zum Vorschein kam ein fast kahlköpfiges, rundes Gesicht. Sein Körper, der wie wabernder Rauch ausgesehen hatte, war nichts weiter als ein schwarzer

Umhang aus leichtem Stoff, der im Wind flatterte. Peter und Bob opferten ihre Gürtel, um den Mann an Armen und Beinen zu fesseln.

»Wow«, sagte Bob anerkennend. »Das war eine reife Leistung, Roxanne. Wieso warst du plötzlich hinter ihm?«

»Ich bin sofort weggerannt, als er auftauchte«, lachte sie nervös. »Und dann habe ich mich durch den Wald von hinten angeschlichen.«

»Aber … aber woher hattest du nur den Mut einen waschechten Dämonen zur Strecke zu bringen?«, staunte Peter.

»Es war ja keiner«, gab sie zurück.

»Das sagst du? Ich dachte, du glaubst an –«

»Ich habe seine Schuhe gesehen«, unterbrach sie Bob. »Als er auf euch zuging, schauten sie unter seinem Umhang hervor. Echte Dämonen tragen keine Schuhe.«

Justus lachte. »Und ich dachte, du hättest noch nie einen gesehen.«

Eine Viertelstunde später saßen sie im Maskenzimmer. Peter und Bob hockten auf dem roten Sofa, Roxanne brachte Mr Moore einen Beruhigungstee und Justus lief vor dem Stuhl, an den sie den ohnmächtigen Mann gefesselt hatte, auf und ab. Unter seinem Umhang war einiges zum Vorschein gekommen: zwei selbst gebastelte Flammenwerfer, die von einem Benzinkanister auf dem Rücken gespeist wurden, und eine kleine Fernsteuerung, mit der er die Feuerstöße auf dem Dach von Blackstone reguliert hatte.

»Es ist wirklich Bruce Black«, stammelte Moore immer wieder, während er seinen Tee kalt werden ließ. »Er lebt!«

Diesmal glaubte Justus ihm seine Fassungslosigkeit. Und er bemerkte sehr wohl, dass Moore ›Bruce Black‹ sagte.
Roxanne schlug vor, sofort die Polizei zu rufen. Doch der Erste Detektiv war dagegen. Bevor Black abgeführt wurde, wollte Justus die letzten Geheimnisse lüften.
Schließlich rührte sich der Mann. Stöhnend öffnete er die Augen und wollte sich bewegen – doch die Fesseln hinderten ihn daran.
»Schön, dass Sie endlich wach sind, Mr Black«, sagte Justus gelassen. Es dauerte eine Weile, bis sein Gegenüber wirklich ganz bei Sinnen war. Doch dann kniff er wütend die Augen zusammen und musterte sie. »Wer von euch hat mich –«
»Ich!«, rief Roxanne stolz. »Tut mir Leid wegen der Beule, aber mir blieb keine andere Wahl.«
Blacks Blick fiel auf Mr Moore. »Nicht mich solltet ihr unschädlich machen, sondern ihn!«, rief er wütend. »Diesen Betrüger!«
»Betrüger?«, echote Moore ungläubig. »Ich?«
»Lasst euch von ihm nichts vormachen! Er hat alle belogen! Oder steckt ihr etwa mit ihm unter einer Decke?«
»Immer langsam«, sagte Justus und hob beruhigend die Hand. »Und schön der Reihe nach. Bevor wir klären, wer wann wen belogen hat und warum, will ich erst einige Antworten haben. Sehen wir mal, ob ich die ganze Geschichte zusammenkriege. Vor zwei Jahren wurde die Enigma-Gruppe, deren Anführer Sie waren, bei dem Versuch gefasst, die Maske des Feuerteufels zu stehlen. Sie konnten entkommen und täuschten Ihren Tod vor. Wie haben Sie das gemacht?«
Erst schien es, als wollte Black nicht antworten. Doch schließ-

lich knurrte er: »Ein Arzt hat mir geholfen. Er schuldete mir noch einen Gefallen. Er diagnostizierte meinen Tod durch Gift, stellte einen Totenschein aus und organisierte die Beerdigung. So war es kein Problem, den Sarg mit Steinen füllen zu lassen. Zu der Zeit war ich längst weg.«

Der Erste Detektiv nickte. »Sie tauchten also unter und legten sich einen neuen Namen zu: Mr E. Curb.«

»Und als genug Gras über die Sache gewachsen war, kehrten Sie zurück, um unter diesem Namen Ihr altes Haus zu kaufen«, fuhr Bob fort. »Aber warum? War das nicht viel zu riskant?«

»Das Risiko war mir egal«, antwortete Black. »Blackstone ist mein Haus! Ich habe es gebaut, niemand sonst darf hier leben!«

»Es ging Ihnen wirklich nur um Ihr Haus, nicht um den Schatz, der im Keller verborgen ist?«, hakte Peter nach.

»Schatz?«, fragte Moore überrascht. »Was für einen Schatz?«

Peter winkte ab. »Das erklären wir Ihnen später.«

»Ihr habt die Geheimgänge also gefunden«, stellte Black fest. »Nein, um den Schatz ging es mir nie. Früher oder später hätte ich ihn sicher geborgen. Aber Blackstone war wichtiger. Dieses Haus ist ein magischer Ort. Niemand anders hätte je hier einziehen dürfen.«

»Noch so ein Spinner.« Bob verdrehte die Augen.

»Aber dann kam dieser Betrüger und hat sich das Haus unter den Nagel gerissen! Hat behauptet mein Sohn zu sein!«

»Es stimmt also nicht?«, fragte Peter verblüfft.

»Natürlich nicht!« Black funkelte Moore wütend an.

Alle wandten sich dem Schriftsteller zu, der betroffen zu Boden blickte und unruhig die Teetasse zwischen den Handflächen drehte.

»Mr Moore?«, fragte Justus auffordernd. »Wie können Sie uns das erklären?«

Moore antwortete nur widerwillig: »Seit ich das erste Mal von Bruce Black und seinem Haus gehört hatte, war ich fasziniert davon. Ich las alles über ihn, verfolgte ihn, versuchte sogar in die Enigma-Gruppe zu kommen – doch ohne Erfolg. Ich schrieb Black Briefe, dass ich sein Haus kaufen wollte, doch er lehnte stets ab. Diese magische Aura … Ich wollte Blackstone um jeden Preis haben. Dann erfuhr ich von Blacks Tod und sah meine Chance. Für viel Geld ließ ich Unterlagen fälschen, die mich als seinen Sohn ausgaben. Schließlich erbte ich das Haus mit allem, was ihm gehörte.«

»Warum haben Sie uns nie von den Raubzügen der Enigma-Gruppe erzählt?«, hakte Peter nach.

»Ich wollte vermeiden, dass ihr zu neugierig werdet und am Ende mein Geheimnis lüftet. Ich hatte ja keine Ahnung, dass Black noch lebt. Und von einem Geheimgang habe ich ebenfalls nichts gewusst.«

»Den benutzten Sie, um Ihre Halloween-Show vorzubereiten, nachdem Moore Ihnen das Haus nicht verkaufen wollte, nicht wahr?«, fragte Justus. »Aber wie haben Sie das gemacht? Die Tunnel unter dem Haus haben keinen Ausgang.«

»Doch«, widersprach Black. »Es gibt eine zweite verborgene Tür im Keller. Dahinter liegt ein Gang, der mitten in den Wald führt. Von dort aus konnte ich ungesehen ins Haus gelangen. Auf der Suche nach einem Druckmittel entdeckte ich eines Nachts Moores gerade vollendetes Manuskript. ›Der Feuerteufel‹, das er ganz offensichtlich nach der Lektüre meiner Tagebücher geschrieben hatte.«

»Und dann haben Sie einen Plan entwickelt, wie Sie ihn aus dem Haus vertreiben konnten«, spann Justus die Geschichte weiter. »Sie beobachteten ihn, studierten sein Leben und wussten schließlich, dass Mr Moore nichts so sehr fürchtete wie die Dinge, über die er in seinen Büchern schrieb. Als er für ein paar Tage nicht da war, bereiteten Sie alles vor: Sie präparierten die Fenster und errichteten auf dem Dach Flammenwerfer, die Sie per Fernsteuerung zünden konnten. Die Würmer im Schrank zu verstecken, war dank der Geheimgänge das geringste Problem.«
Black nickte.
Justus wandte sich zufrieden um. »Bob, würdest du die Polizei rufen?«
»Mit Vergnügen!«
»Was wird aus mir?«, fragte Moore ängstlich. »Ihr wollt der Polizei doch nicht etwa die ganze Geschichte erzählen?«
»Selbstverständlich wollen wir das, Mr Moore!«, erwiderte Peter empört. »Sie haben Urkunden gefälscht und sich Blackstone auf hinterhältige Weise erschlichen. Glauben Sie, Sie kommen ungeschoren davon?«
»Außerdem sagten Sie selbst, Sie wollten sich ihrem Schicksal stellen«, fügte Bob hinzu und verließ den Raum, um vom Arbeitszimmer aus zu telefonieren. Nach kurzer Zeit kehrte er zufrieden lächelnd zurück. »Die Polizei wird jeden Moment hier sein.« Er wandte sich an Roxanne: »Das ist dann wohl das Ende deiner Lieblingsheftchenserie.«
Roxanne nickte enttäuscht. Doch dann stahl sich ein Lächeln auf ihr Gesicht. »Es sei denn …«
»Was?«

»Ich habe es nie jemandem erzählt, aber ich habe selbst mal ein ›Dämonenfeuer‹-Buch geschrieben. Da Mr Moore als Autor nun für eine Weile ausfällt, wird der Verlag bestimmt begeistert sein, wenn er sofort Ersatz findet!«
Bob lachte. »Da wäre ich nicht so sicher.«
»Aber klar! Ideen habe ich genug. Und wenn sie mir mal ausgehen sollten, wende ich mich an euch. Ihr habt schon so viel erlebt, davon kann man bestimmt einiges verwenden. Und dann erscheinen die Abenteuer der drei ??? als Bücher. Was haltet ihr davon?«

Die drei ???
und der Feuergeist

erzählt von Marco Sonnleitner

Die drei ???
und der Feuergeist

Ouvertüre (mit Paukenschlag)

Die drei ??? bahnten sich ihren Weg durch die Menschenmenge. Justus wie ein Flaggschiff voraus, Peter und Bob in seinem Kielwasser hinterher.

»Mann! Von dem Typen mit dem Löwengebiss und den Spitzohren träume ich sicher heute Nacht.« Peter schnitt eine furchterregende Grimasse.

»Ich fand den Krötenkerl am widerlichsten«, sagte Bob. »Möchte gar nicht wissen, was der sich da immer in seinen Schlund gestopft hat.«

»Das waren doch alles nur Artefakte aus Science-Fiction-Filmen«, wandte Justus ein. »Aber der Film über das Roswell-Alien hat mir wirklich einen Schauer über den Rücken gejagt.«

Bob nickte. »Weil man bis heute nicht sicher weiß, was an der Sache dran ist.«

»Genau. Keiner kann mit letzter Sicherheit sagen, was sich im Juni 1947 in New Mexico ereignet hat. Das ist nach wie vor ein Mysterium.«

Peter sah Justus verschmitzt von der Seite an. »Wobei es für mich ja schon längst klar ist, dass Außerirdische unter uns leben.«

»Tatsächlich?«

»Klar doch. Man erkennt sie daran, dass sie Wörter wie Arsefakt oder Misterion benutzen.« Der Zweite Detektiv tippte sich an die Schläfe. »Muss ich zu Hause unbedingt in meinem Wörterbuch nachschlagen.«

Bob lachte.

»Dann merke dir bitte richtigerweise Artefakt und Mysterium«, korrigierte Justus. »Aber für mich ist ja schon längst klar, dass deine latente Xenoglossophobie des Öfteren zu einer galoppierenden Pseudolalie führt. Daran wird auch dein neues Wörterbuch nichts ändern, wie ich befürchte.«
Peter stutzte kurz, nickte dann einsichtig und klopfte Justus beruhigend auf die Schulter. »Ich weiß, ich weiß, du kannst nicht anders. Und ich verspreche dir, dass ich dich nicht an den meistbietenden Wissenschaftler verscherbeln werde. Du bist mein Freund, Justus vom Planeten Superhirnus.«
Lachend steuerten die drei Detektive auf den Ausgang zu.
Die Abteilung für amerikanische Geschichte im Natural History Museum in Los Angeles war für die nächsten sechs Wochen Ort einer mit Spannung erwarteten Ausstellung des SETI-Instituts aus Mountain View. Zahllose Bilder, Filme, Texte und Gegenstände kreisten alle um ein Thema: Außerirdisches Leben.
Die drei ??? wollten sich diese einmalige Gelegenheit natürlich nicht entgehen lassen und waren bereits am zweiten Tag der Ausstellung ins NHM gefahren. Und obwohl der Andrang enorm war, hatten sich die Jungen über vier Stunden von Alien-Nachbildungen erschrecken lassen, hatten verwackelte Amateurfilme angesehen und geheimnisvollen Radio-Signalen gelauscht, gruselige Originaldokumente hinter Glas betrachtet und durch zahlreiche Bücher geblättert. Aber einen echten, unwiderlegbaren Beweis für außerirdisches Leben hatte auch diese Ausstellung nicht vorzuweisen. Die Wahrscheinlichkeit jedoch, dass es extraterrestrische Lebensformen geben könnte, war nicht ganz von der Hand zu weisen. Das sah

inzwischen sogar Justus so, der normalerweise allem Unerklärlichen sehr skeptisch gegenüberstand. Doch für diese Ausstellung gab es einen besonderen Grund.
»So, Kollegen, jetzt gilt es.« Der Erste Detektiv zeigte auf die große Lostrommel, die am Ausgang der Abteilung aufgebaut war. Ein Museumsangestellter saß an einem Tisch daneben.
»Ich ziehe als Erster, okay?«, fragte Peter. Justus und Bob nickten. Die drei stellten sich vor die Lostrommel und der Museumsangestellte, auf dessen Namensschild ›Brian‹ stand, nahm die Abdeckung von der durchsichtigen Loskugel.
»Viel Glück!« Brian lächelte Peter zu.
Der Zweite Detektiv griff in die Trommel und fischte ein Loskärtchen heraus. Hastig entfaltete er das Papier.
»Eine Niete.« Peters Mundwinkel sanken herab.
»Tut mir leid.« Brian zuckte die Schultern.
»Und der Andrang für den Vortrag ist wirklich so groß, dass Sie die Eintrittskarten verlosen müssen?«, fragte Justus, während Bob in der Lostrommel wühlte.
»Jeder will zu Abakulow«, erklärte Brian. »Was nach seiner Ankündigung ja kein Wunder ist.«
Justus nickte. Natürlich. Seit Vladas Abakulow, der umstrittene litauische Alien-Forscher, verkündet hatte, dass er den Beweis für außerirdisches Leben auf der Erde habe, stand die Öffentlichkeit kopf. Und am übernächsten Sonntagabend, am 22. Oktober, wie sich Justus schon vor Wochen rot in seinem Kalender angestrichen hatte, wollte Abakulow seinen Beweis hier im NHM der Welt präsentieren. Der Run auf die Karten für den Vortrag war so groß gewesen, dass sich das NHM gezwungen gesehen hatte, die Karten zu verlosen.

Bob zog ebenfalls eine Niete. LEIDER NEIN, stand auf dem Kärtchen.
Jetzt konnte nur noch Justus auf sein Glück hoffen.
»Wie stehen denn die Chancen?«, fragte der Erste Detektiv.
»Etwa eins zu fünfhundert«, antwortete Brian. »Unser großer Saal fasst tausend Menschen und wir rechnen mit einer halben Million Besuchern in den nächsten zehn Tagen. Wenn es mehr werden, hat der Rest eben Pech gehabt.«
»Eins zu fünfhundert!« Justus zog die Augenbrauen hoch. Dann griff er in die Lostrommel. Er arbeitete sich bis zum Boden durch und holte ein Kärtchen heraus. Im letzten Moment ließ er es aber noch einmal fallen und nahm eines, das ganz obenauf lag. Langsam löste er den Falz ab, entfaltete das Papier und sah zunächst mit geschlossenen Augen drauf. Dann öffnete er die Augen.
Schweigend starrte er auf die Karte.
»Was ist? Mach es nicht so spannend!«, sagte Bob ungeduldig.
»Hast du eine?« Peter drängte sich neben seinen Freund.
Justus hielt die Karte hoch und strahlte. »Dritte Reihe, Platz dreiundzwanzig!«

Als sie vor dem Museum ins Freie traten, blickte Peter skeptisch in den Himmel. Dicke, graue Wolken schoben sich vom Pazifik her ins Landesinnere. »Die haben den Regen doch erst für heute Nacht angesagt. Wir hätten besser mit dem Auto fahren sollen.«
»Sieht tatsächlich so aus, als würde das gleich losgehen«, stimmte ihm Bob zu. »Und wenn man dem Wetterbericht

glauben kann, wird es die nächsten Tage schütten wie aus Eimern. Da habe ich ja gar keine Lust drauf.«
»Und ich erst«, knurrte Peter. »Ich wollte eigentlich mein neues Surfbrett einweihen, das ich zum Geburtstag bekommen habe.«
»Ach, ein bisschen Regen. Das ist doch auch mal schön«, sagte Justus leichthin und lief lächelnd auf die Bushaltestelle zu.
Peter sah ihm stirnrunzelnd hinterher. »Gleich wachsen ihm Flügel.«
Die drei Jungen waren bis Venice Beach mit den Rädern gefahren und von da aus mit dem Bus in die Stadt. Auf der Fahrt zum Strand hielt das Wetter noch, aber als sie aus dem Bus stiegen, fielen die ersten Tropfen vom Himmel.
»Na super! Das nenn ich Timing.« Peter schlug den Kragen seiner Jacke hoch.
Bis hinter Pacific Palisades blieb es bei einigen wenigen Tropfen. Aber kurz vor Rocky Beach nahm der Wind zu und die Tropfen wurden größer. Der Regen würde nicht mehr lange auf sich warten lassen.
»Leute, lasst uns in die Pedale treten!«, rief Peter. »Ich habe keine Lust, bis auf die Haut nass zu werden. Wenn wir uns beeilen, schaffen wir es vielleicht, noch einigermaßen trocken anzukommen.«
»In Ordnung.« Bob hob sich aus dem Sattel und beschleunigte.
Auch Justus hatte nichts dagegen einzuwenden, obwohl er ansonsten jede Art von körperlicher Anstrengung vermied. Doch heute konnte nichts seine Stimmung trüben.

Kurz vor dem Schrottplatz begann es richtig zu regnen. Die Straßen wurden schmierig und die Sicht zunehmend schlechter, da die schwarzen Wolken das Licht schluckten. Justus und Bob gaben den Kampf auf und achteten lieber darauf, nicht auch noch zu stürzen. Peter hingegen wollte den Wettlauf gegen die Nässe unbedingt gewinnen. Das Wasser spritzte zu beiden Seiten seiner Reifen, während er auf die letzte Kurve zujagte.
»Zweiter, pass auf!«, brüllte Justus gegen den Regen, aber sein Freund war schon außer Hörweite.
»Dieser Irre!« Bob schüttelte den Kopf.
Im nächsten Moment passierte es. Justus und Bob hörten einen Aufschrei, gefolgt von einem zweiten Schrei, danach ein lautes Hupen. Und dann krachte es fürchterlich.

Vorhang auf!

»Peter! Nein!«

»Zweiter!«

Justus und Bob gefror das Blut in den Adern. Den Geräuschen nach zu urteilen, musste etwas Schreckliches passiert sein. Sie rasten um die Ecke, Bob knapp vor Justus.

»Hey!« Eine junge Frau stand wie aus dem Erdboden gestampft direkt vor Bob. Der dritte Detektiv konnte gerade noch rechtzeitig den Lenker herumreißen und legte eine Vollbremsung hin. Justus wich geistesgegenwärtig aus.

»Seid ihr verrückt?« Die Frau hob die Arme und schüttelte den Kopf.

Aber Justus und Bob hörten sie gar nicht. Sie starrten zu Peter. Er lag vor dem riesigen Kühlergrill eines Dodge RAM und schnaufte heftig. Die linke Seite seines Gesichts war aufgeschürft und er hielt sich den rechten Ellbogen. Sein Fahrrad lag verbeult zwischen drei Mülltonnen am Straßenrand.

»Zweiter? Alles okay?«

»Peter! Ist dir was passiert?«

»Weiß nicht«, stöhnte der Zweite Detektiv.

Der Fahrer des Dodge stieg aus, ein Mann mit Cowboyhut und Lederjacke. »Meine Güte, Junge, hast du keine Augen im Kopf?« Der Mann wirkte ebenso erschrocken wie Justus und Bob.

»Tut mir leid«, sagte Peter mit schmerzverzerrtem Gesicht.

»Hast du dich verletzt?«

»N-nein, ich glaube nicht. Es tut nur höllisch weh.«

»Du siehst aber schlimm aus.« Bob deutete auf Peters Gesicht.
»Wir bringen ihn zu einem Arzt«, entschied Justus.
»Wartet, langsam.« Peter rappelte sich vorsichtig hoch. »Ich denke, ganz so schlimm ist es nicht. Ein paar Pflaster und ich bin wieder einsatzfähig.« Er griff sich ans Knie und sah zu der Frau hinüber. »Ist Ihnen etwas passiert, Miss?«
Die junge Frau schüttelte ihren roten Lockenkopf. »Nein, aber das war knapp.«
»Entschuldigung. Das war echt blöd von mir. Ich wollte noch einigermaßen trocken zu Hause ankommen und habe einfach nicht mehr aufgepasst. Tut mir leid.«
»Mann, Peter. Mir ist fast das Herz stehen geblieben.« Bob atmete tief durch.
Der Mann meldete sich zu Wort. »Also, wenn bei euch alles klar ist, mache ich mich wieder auf den Weg. Ich hab's eilig.«
»Wir kommen zurecht, vielen Dank.« Peter humpelte probehalber ein paar Schritte hin und her. Sein Knie hatte offensichtlich auch gehörig etwas abbekommen. »Alles halbwegs im grünen Bereich. Und noch mal Entschuldigung.«
»Pass das nächste Mal besser auf. Kein trockenes Hemd ist einen Unfall wert.« Der Mann tippte sich an die Hutkrempe, stieg in seinen Wagen und fuhr los.
Bob wandte sich zu der Frau um. »Und ich hätte Sie auch noch beinahe über den Haufen gefahren.«
»Ist schon gut. Verarztet jetzt mal lieber euren Freund.«
»Das ist eine hervorragende Idee.« Justus wollte endlich ins Trockene. »Können wir noch etwas für Sie tun?«
Die Frau zögerte. »Das kommt darauf an. Du sagtest vorhin«,

sie schaute Peter an, »du wolltest schnell ins Trockene, und hast auf den Schrottplatz da gedeutet. Und du heißt Peter.«

»Ja, das ist richtig.« Der Zweite Detektiv sah sie fragend an.

»Könnte es vielleicht sein, dass ihr die drei ??? seid?«

»Das ist korrekt«, erwiderte Justus erstaunt.

»Dann könnt ihr tatsächlich etwas für mich tun. Ich wollte nämlich zu euch.«

Einige Minuten später betraten die drei Detektive und Michelle Lannigan, wie sich die junge Frau vorgestellt hatte, die Küche der Familie Jonas. Tante Mathilda und Onkel Titus waren beim Einkaufen. Justus holte den Verbandskasten und die Hausapotheke aus dem Schrank und Peter wusch sich an der Spüle den Schmutz ab.

»Du musst die Wunden unbedingt desinfizieren«, sagte Michelle. »Sonst entzündet sich das.«

»Damit geht's.« Justus hielt ein braunes Fläschchen hoch.

»Brennt bestimmt wie der Teufel, oder?« Peter verzog das Gesicht.

»Dein Sturz war schmerzhafter.« Michelle nahm Justus das Fläschchen ab, holte sterile Tupfer aus dem Verbandskasten und ging zu Peter. »Stillhalten!«

Vorsichtig säuberte und desinfizierte sie Peters Wunden. Der Zweite Detektiv gab keinen Laut von sich, aber seinem Gesicht war anzusehen, dass es ziemlich wehtun musste.

»Das wird einige Zeit dauern, bis es verheilt ist.« Michelle deutete auf die Schürfwunden im Gesicht. »Aber Narben bleiben wohl keine zurück.«

»Der Schönheitswettbewerb war schon.« Peter lächelte verkniffen und hoffte, dass die Tortur bald vorbei war.

»Was machen dein Arm und dein Bein?«, fragte Bob.
»Noch dran. Spür ich ganz deutlich.«
»Aber gebrochen ist nichts?«
»Ich glaube nicht.« Peter bewegte den Ellbogen und das Knie.
»Scheint in Ordnung zu sein«, befand Justus. »Mit einem Bruch wäre dir das nicht möglich. Es handelt sich wahrscheinlich um eine schwere Prellung.«
»Zwei«, jammerte Peter. »Zwei schwere Prellungen.«
Michelle ließ die Arme sinken. »So, fertig. Noch ein Pflaster auf die Stirn und eines auf die Wange und dann solltest du dein Gesicht ein wenig kühlen, damit die Schwellung nicht zu stark wird.« Sie sah Justus an. »Habt ihr Kühlpads im Haus?«
»Diese mit Gel gefüllten Beutel?«
»Genau.«
Während Michelle Peter mit Pflastern versorgte, sah Justus im Eisfach des Kühlschranks nach. »Da ist eines.« Er holte einen länglichen Beutel heraus, der mit einer bläulichen, gallertartigen Masse gefüllt war.
»Prima.« Michelle nahm ihn entgegen, wickelte ihn in ein Küchentuch und legte ihn Peter auf die Wange. »Und das jetzt schön eine Weile drauflassen!«
Peter nickte. »Danke. Vielen Dank. Du scheinst das nicht zum ersten Mal zu machen.«
»Ich habe zwei jüngere Brüder, die dauernd mit aufgeschlagenen Knien oder anderen Schrammen nach Hause kamen. Ich habe tatsächlich Übung in so was.«
Justus bat Michelle, Platz zu nehmen, und Bob holte Limonade aus dem Kühlschrank. Peter legte den Kopf in den Nacken und humpelte ebenfalls an den Tisch.

»So«, begann der Erste Detektiv und sah Michelle an. »Was führt dich denn nun zu uns?«
Michelle lächelte unsicher. »Also …« Sie wich den Blicken der drei ??? aus. »Das ist alles … ungewohnt und auch ein bisschen peinlich für mich.« Sie sah auf ihre Hände. »Dass ihr mir vielleicht helfen könnt, weiß ich von Adam. Adam Campbell. Er ist ein guter Freund von mir.«
»Die Sache mit dem Schloss«, erinnerte sich Bob an einen ihrer zurückliegenden Fälle.
»Und wobei können wir dir helfen?«, ermunterte Justus Michelle.
Sie zögerte wieder. »Ich bin Bühnenbildnerin an der *Opera Califia*.«
»*Opera Califia*? Dieses private Opernhaus am östlichen Rand der Innenstadt?«, fragte Justus nach und Peter und Bob nickten. Die drei Detektive kannten das kleine Festspielhaus natürlich, auch wenn noch keiner von ihnen dort eine Aufführung besucht hatte.
»Das wurde doch vor ungefähr zehn Jahren von Jason McDourmit, diesem reichen Verleger, gegründet. Er hat die Oper nach der legendären Amazonenkönigin Califia benannt, einer möglichen Namenspatronin Kaliforniens.«
»Du kennst dich aber gut aus«, staunte Michelle.
»Gut auskennen ist Justus' Geburtsfehler«, witzelte Peter, der manchmal einfach nicht begreifen konnte, was da alles im Kopf des Ersten Detektivs Platz fand.
Michelle lächelte und fuhr fort: »Jason McDourmit ist allerdings vor drei Jahren gestorben. Jetzt leitet Ronald Pounder das Haus.« Wieder hielt sie inne.

»Und dass du hier bist, hat irgendetwas mit dieser Oper zu tun?«, ermutigte sie diesmal Bob.
»Ja. Richtig.« Sie brach wieder ab, holte dann aber Luft und straffte sich, als hätte sie eine Entscheidung getroffen. Mit festem Blick sah sie von einem zum anderen. »An unserer Oper stimmt etwas nicht. Ich weiß, es hört sich reichlich abstrus an, doch – da ist irgendein … Wesen. Irgendeine Kreatur treibt sich dort herum.«
Die drei ??? sahen sie aufmerksam an. Insbesondere der Erste Detektiv war hellwach. Eine merkwürdige Kreatur? Das war genau nach seinem Geschmack.
»Was meinst du mit Kreatur?«, fragte Bob.
»So genau kann ich es gar nicht beschreiben. Ich habe es nur einmal flüchtig gesehen, gestern Abend. Auf jeden Fall waren da sehr viele Haare. Ein Fell vielleicht. Es war groß und ging gebückt.«
»Ein Hund? Ein großer Hund, der sich in die Oper verirrt hat?«, überlegte Bob.
Michelle zuckte mit den Schultern. »Ich habe das Ding im Keller gesehen. Zuerst dachte ich, irgendjemand mit einem Arm voll haariger Requisiten läuft da herum. Aber Requisiten sind das Reich von Isabella und die war zu dem Zeitpunkt hinter der Bühne. Ich habe sie gefragt.«
»Hat außer dir noch jemand diese … Kreatur gesehen?«, wollte Justus wissen.
»Nein, nur ich.«
Peter schielte unter seinem Kühlpad hervor. »Und was sagen deine Leute von der Oper dazu?«
Michelle schüttelte den Kopf. »Ich habe es niemandem er-

zählt. Ich kam mir so albern vor. Außerdem …« Sie machte ein Gesicht, als wollte sie sich für etwas entschuldigen. »Ihr müsst wissen, dass ich noch nicht lange an der Oper bin. Ich will nicht als die Neue dastehen, die offenbar etwas merkwürdig drauf ist.« Michelle zog eine Grimasse und Peter lachte. »Auch deswegen habe ich den Mund gehalten.«

»Verstehe«, sagte Justus.

Die junge Frau blickte die drei ??? ernst an. »Aber da war was, ganz sicher. Irgendetwas hält sich dort unten auf. Und ich könnte meiner Arbeit sehr viel beruhigter nachgehen, wenn ich wüsste, was es ist!«

Hinter den Kulissen

Michelle stand vor der Oper und winkte ihnen zu. Die drei ??? hatten sich mit ihr für den nächsten Nachmittag verabredet. Dann wollten sie einen Blick hinter die Kulissen der *Opera Califia* werfen. Bobs Idee war es gewesen, dies im Rahmen eines Referats zu tun, das sie angeblich für den Musikunterricht anfertigen sollten.

Die drei ??? liefen rasch über die Straße, Peter ein wenig langsamer als sonst, da ihm sein Knie immer noch Beschwerden bereitete. Die Schmerzen waren seit gestern sogar noch schlimmer geworden und das Knie war angeschwollen, aber das behielt der Zweite Detektiv für sich. Er hatte keine Lust, seine Freizeit in irgendwelchen Arztpraxen zu verbringen.

Sich ihre Kapuzen über die Köpfe ziehend, steuerten sie auf Michelle zu. Der sintflutartige Regen, der nachts heruntergeprasselt war, hatte zwar etwas nachgelassen, aber für kalifornische Verhältnisse goss es immer noch in Strömen. Und laut Wetterbericht war das erst der Anfang.

»Hallo«, begrüßte sie Michelle, die oben auf der Freitreppe unter dem überdachten Eingangsportal gewartet hatte. »Kommt schnell ins Trockene. Was für ein Hundewetter!«

»Das kannst du laut sagen«, stimmte Bob ihr zu.

»Du humpelst ja noch ganz schön, Peter.«

»Ach, halb so wild.«

Die *Opera Califia* war ursprünglich eine alte, einstöckige Markthalle mit riesengroßen Bogenfenstern und gewaltigen Säulen gewesen. Irgendwann hatte man ein zweites Stockwerk ergänzt und so präsentierte sie sich noch heute. Jason McDourmit hatte nämlich ihr Äußeres unangetastet gelassen, die Halle jedoch innen weitgehend entkernt und zu einer schmucken, kleinen Oper mit allem modernen Zubehör umgebaut. Als die drei ??? durch die massive, zweiflügelige Stahltür aus alten Marktzeiten den Eingangsbereich betraten, staunten sie über die vornehme, beinahe klassische Atmosphäre: marmorne Säulen, eine eingezogene Stuckdecke, glitzernde Kronleuchter. Den Blick nach oben gerichtet, griff Justus in die Innentasche seiner Jacke. »Hier, die wollte ich dir ja mitbringen, weil die anderen klatschnass waren.« Er hielt Michelle die Visitenkarte der drei ??? hin.

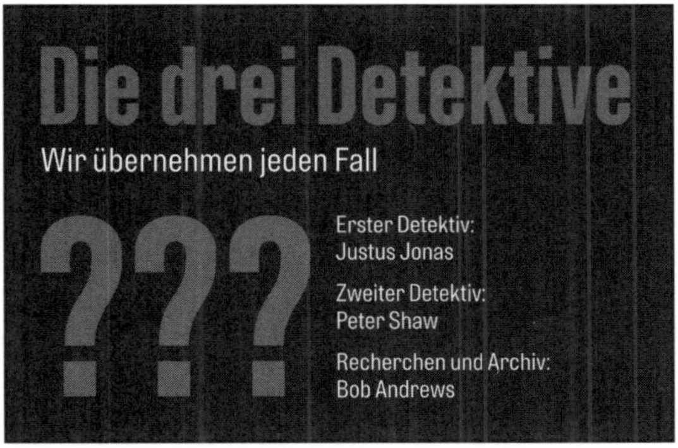

»Die drei ???«, las Michelle, »wir übernehmen jeden Fall. Justus Jonas, Peter Shaw, Bob Andrews. Wofür stehen eigentlich die drei Fragezeichen?«
»Für all die ungelösten Rätsel und Geheimnisse, die noch geknackt werden müssen«, antwortete Bob.
»Aha.« Michelle nickte. »Ich finde es sehr nett, dass ihr mir

helfen wollt. Adam hält große Stücke auf euch und ich hätte sonst wirklich nicht gewusst, an wen ich mich wenden soll.«

»Keine Ursache«, sagte Justus. »Fälle zu lösen ist unsere Berufung.«

Michelle steckte die Karte ein. »Soll ich euch erst einmal herumführen, damit ihr das Haus kennenlernt? Nachher ist Probe, da können wir nicht mehr überall hin.«

»Gerne«, erwiderte der Erste Detektiv.

Die drei ??? hängten ihre nassen Jacken in die Parkett-Garderobe und folgten Michelle zu einer Tür an der Seite des Foyers. Plötzlich rief jemand hinter ihnen: »Michelle!«

Die Bühnenbildnerin und die Jungen drehten sich um.

»Das ist Ronald Pounder, mein Chef«, flüsterte Michelle. »Bitte verplappert euch nicht, sonst bekomme ich Ärger.«

»Keine Sorge«, wisperte Bob.

Pounder kam auf sie zu. Wehendes, schwarzes Haar, eine silberne Brille mit roten Gläsern und in Schale geworfen wie für ein Gala-Essen.

»Du meine Güte!«, staunte Peter.

»Michelle! Gut, dass ich dich sehe! Katastrophe! Absolute Katastrophe!« Pounder gestikulierte wild mit den Armen in der Luft herum. »Stell dir vor, Pancake hat die Plastik-Kamelie gefressen! Und das nur, weil dieser Nichtsnutz von einem Bühnenarbeiter, dieser … wie hieß er noch mal? Blonde Stoppelhaare, groß, traniger Blick …«

»Dillon?«

»Ja, genau. Dieser Dillon hat sie neben seinem Hotdog liegen lassen! Kannst du dir das vorstellen?«

Michelle lächelte teilnahmsvoll.

»Wir brauchen unbedingt eine neue Kamelie!«
»Ich kümmere mich sofort darum, Ronald. Da sind übrigens die Jungen, von denen ich dir erzählt habe.«
Immer noch in Rage musterte Pounder die drei. Dann hellte sich sein Blick auf. »Sieh an, die wissbegierigen Schüler! Sehr schön, molto bene! Ihr seid der lebende Beweis dafür, dass sich auch die heutige Jugend für die Wonnen der Kunst begeistern lässt. Und das ist ja so wichtig. Denn Kunst«, er hob den Zeigefinger, »ist Leben, wie ich immer zu sagen pflege!« Pounder ergriff nacheinander die Hände der drei Jungen und schüttelte sie. Bei Peter verharrte er einen Moment.
»Was ist denn mit deinem Gesicht passiert?«
»Ein Fahrradunfall.«
»Sieht ja furchtbar aus.«
Peter verkniff sich ein Dankeschön.
»Sie geben *La Traviata*?«, fragte Justus, als er seine Hand wiederhatte.
»Woher weißt du das?« Pounder zuckte förmlich zurück. »Das Programm ist noch gar nicht gedruckt. Hat etwa Jenna, diese –«
»Die Kamelie«, fiel ihm der Erste Detektiv ins Wort. »Meines Wissens gibt es nur eine Oper, in der diese Blume eine Rolle spielt, nämlich *La Traviata* von Verdi.«
»Mon Dieu! Da weiß aber einer Bescheid!«
»Geburtsfehler«, murmelte Peter und Michelle lächelte.
»Also, Michelle, Liebchen, du kümmerst dich darum, ja?«
»Tu ich.«
»Perfetto! Und ich knöpf mir jetzt, äh, Dillon vor. Der kann was erleben!« Pounder drehte sich um und eilte davon.

»Ist der immer so ...«

»Überkandidelt?«, vollendete Michelle Peters Frage. »Ja. Pounder ist Opernchef mit Leib und Seele. Er lebt für seine Kunst.«

»Und scheint sich ziemlich schnell aufzuregen«, ergänzte Justus.

»Im Moment läuft es nicht ganz rund an der Oper. Außerdem kann Pounder es nur schwer nachvollziehen, wenn Menschen nicht alles für die Kunst tun so wie er«, erwiderte Michelle und setzte nach einem Zögern hinzu: »Deswegen ist die Luft gerade etwas dick.«

»Verstehe.«

»Und wer ist Pancake?«, wollte Bob wissen.

»Der Köter unserer Primadonna Florence de Ville. Ein nerviges Ding.« Michelle stockte. »Also der Hund.« Alle lachten. Dann öffnete Michelle die Tür und ließ die drei Detektive vorgehen.

In der folgenden Stunde bekamen Justus, Peter und Bob eine Führung durch die wichtigsten Abteilungen des Opernhauses. Michelle begann mit der Bühne, wo bereits die Vorbereitungen für die anstehende Probe liefen. Einige Gehilfen platzierten Möbel und Requisiten, ein Sänger probte leise Tonleitern. Michelle erklärte ihren Besuchern die verschiedenen Teile der Bühne, führte ihnen vor, wie die Versenköffnung im Bühnenboden funktionierte, mit deren Hilfe man in die Unterbühne gelangte, und betätigte einige der Züge, über die die Kulissen und der Vorhang gesteuert wurden.

»Wer ist denn das?« Peter zeigte auf einen großen, auffallend gut aussehenden Mann in einem weißen Leinenanzug. Er stand

neben dem Lichtmeister an einem der Schaltpulte und schien nach irgendetwas zu suchen.
»Das ist Maurice Blight, unser Intendant.«
Justus bemerkte den verächtlichen Unterton in ihrer Stimme.
»Du scheinst ihn nicht sonderlich zu mögen?«
»Weil er alles mag, was irgendwie nach Frau aussieht.«
»Michelle!« Blight hatte sie entdeckt. Breit lächelnd rauschte er auf sie zu.
»Oh nein!«, murmelte Michelle.
»Michelle! Goldschatz!« Blight wirkte besorgt, als er sich mit einem rot umrandeten Taschentuch den Schweiß von der Stirn tupfte. »Sag mal, hast du meinen Füller hier irgendwo gesehen? Du weißt schon, den goldenen mit dem kleinen Brilli. Ich muss ihn hier irgendwo liegen gelassen haben.«
»Nein, tut mir leid.«
»Verdammt!« Ohne ein weiteres Wort lief er weiter. Die Jungen schien er gar nicht wahrgenommen zu haben.
»Tag auch!« Peter winkte dem Intendanten hinterher.
»Bei Maurice muss alles vom Feinsten sein«, erklärte Michelle. »Und er sorgt auch dafür, dass das jeder weiß.«
Die drei nickten. Dass Maurice Blight gerne im Mittelpunkt stand, war unübersehbar.
Über den Orchestergraben geleitete Michelle die drei ??? hinter die Bühne, wo sich die Künstlergarderoben, die Proberäume für die Musiker, die Schneiderei und einige Werkstatträume befanden.
Hier hinten herrschte eine rege Betriebsamkeit. Musiker und Sänger liefen auf den Gängen herum, redeten miteinander, lachten oder lasen in Partituren. Die drei Jungen lernten Eleo-

nora kennen, die verhärmte Schneiderin, Chelsy aus der Maske und Wan Ming, den chinesischen Hausmeister. Der kleine, schmächtige Mann schien kaum in der Lage, den unglaublich großen Schlüsselbund zu schleppen, der an seiner Hose hin und her baumelte.

»Und das ist mein Reich.« Michelle öffnete eine Tür und ließ die Jungen einen Blick hineinwerfen. Der Raum wirkte wie eine Mischung aus Schreinerei, Atelier und Architekturbüro.

»Hier habe ich mich auch vorgestern Abend während der Aufführung aufgehalten, weil ich noch mit einer Kulisse für *La Traviata* zu tun hatte. Ich brauchte ein paar Vierkanthölzer und ging deshalb runter ins Lager.« Sie winkte den Jungen, ihr zu folgen.

Über eine enge Metalltreppe ging es abwärts. Es zeigte sich, dass die ganze Oper unterkellert war. Weite Flure und riesige Kellersäle hatten früher als Lager für alle möglichen Waren gedient. Jetzt befanden sich hier unten vor allem die zahllosen Requisiten der Oper, alte Kulissen, Stellwände, Vorräte aller Art und natürlich die Räumlichkeiten der Unterbühne. Kein Mensch war zu sehen, und als sie einige Schritte zurückgelegt hatten, umgab sie eine fast beängstigende Stille.

»Wenn man sich nicht auskennt, kann man sich hier unten glatt verlaufen, oder?« Peter sah sich beklommen um.

»Das kann dir tatsächlich passieren«, erwiderte Michelle.

»Gibt es noch ein weiteres Untergeschoss oder ist hier Schluss?«, fragte Justus.

»Es geht noch weiter runter. Aber dort sind nur uralte Gewölbe, die man früher als Kühlräume genutzt hat.«

Eine Kreatur mit einem Fell und dazu ein uraltes Labyrinth, in

das sich kein Mensch hinabwagte. Peter versuchte die Gedanken nicht weiterzuspinnen, die ihm durch den Kopf gingen.
»Da vorne.« Michelle zeigte auf eine Stelle. »Da war es.«
Sie liefen zu einer verrosteten Tür, auf der in roten Buchstaben ›Baumaterial‹ stand. »Ich wollte gerade reingehen, als ich ein merkwürdiges Geräusch von dort hörte.« Sie wies auf eine Art Kaminschacht in der Wand. Eine gemauerte Nische, die von drei Seiten umschlossen war.
»Was ist das für ein Schacht?«, fragte Justus.
»Dort war früher mal ein Lastenaufzug drin, soweit ich weiß.«
»Und wo kommt man da oben raus?«
»Wenn der Schacht nicht zugemauert wurde, müsste man irgendwo im Bereich der Werkräume landen.«
»Sehen wir's uns an.«
Die drei ??? und Michelle gingen zu der Nische.
»Wie lief deine Begegnung mit diesem Wesen genau ab?«, fragte Justus. »Kannst du dich an Einzelheiten erinnern?«
Michelle überlegte. »Ich wollte gerade die Tür aufsperren, da hörte ich ein Geräusch. Als ob etwas heruntergefallen wäre. Ich drehte mich um und sah in der Nische diese Gestalt, die sich gerade bückte. Jedenfalls sah es so aus. Genaues konnte ich wegen des schwachen Lichts nicht erkennen, aber sie war etwa so groß wie ein Mensch, hatte ein Fell und knurrte.«
»Das mit dem Knurren hast du gestern aber nicht erwähnt.« Peters Stimme zitterte ganz leicht, als er das sagte.
»Bückte sich«, murmelte Justus unbeeindruckt und kniete sich vor der Nische auf den Boden. Bob lief ein paar Schritte den Gang hinab und betätigte einen Lichtschalter. Eine matte Neonröhre erwachte blinkend zum Leben.

»Ich erschrak natürlich fürchterlich«, fuhr Michelle fort, »und war wie erstarrt. Das Wesen verharrte noch ein paar Sekunden bewegungslos und verschwand dann nach oben.«
Peter betrat die Nische und sah hinauf. »Da ist eine Luke. Ich versuche mal hinaufzuklettern.«
»Geht das denn mit deinem Knie?«, fragte Michelle.
»Warte!« Der Erste Detektiv hielt ihn zurück. »Da! Seht!« Er deutete auf eine Stelle am Boden.
»Was ist das?« Bob kniete sich ebenfalls hin.
Justus berührte mit einem Finger vorsichtig den geleeartigen Klumpen. »Fühlt sich wie Schleim an. Fester Schleim.«
»Und da«, Peter stockte, »ist Blut! Grünes Blut! Kollegen, wisst ihr, an was mich das erinnert? Aliens!«
Bob musste schmunzeln. »Die Ausstellung scheint ja nachhaltigen Eindruck auf dich gemacht zu haben. Aliens, die sich in der *Opera Califia* eingenistet haben, weil sie klassische Musik über alles lieben. Mal was anderes.«
Peter ließ sich nicht provozieren. »Bis jetzt weiß keiner von uns, wo sich Außerirdische herumtreiben«, entgegnete er gelassen. »Aber in einigen Tagen werden wir und die ganze Welt um einiges schlauer sein, was das angeht!«

Zwischenspiel

Nach den Erkundigungen in der Oper trennten sich die drei Detektive. Bob musste Sax Sandler bei Vorbereitungen für ein Konzert helfen. In Sandlers Musikagentur verdiente sich der dritte Detektiv ab und zu etwas zu seinem Taschengeld hinzu. Und Peter hatte ein Date mit seiner Freundin Kelly.

Erst am nächsten Nachmittag nach der Schule hatten die drei Jungen daher wieder Zeit, sich in der Zentrale zu treffen, um über den Fall zu sprechen. Die Zentrale war ein ausgedienter Wohnanhänger, der unter einem riesigen Berg Altmetall auf dem Schrottplatz der Familie Jonas stand. Über viele Jahre hinweg hatten ihn die drei ??? zum Dreh- und Angelpunkt ihrer Ermittlungen ausgebaut und mit allem ausgestattet, was sie bei ihrer Arbeit benötigten. Ein Computer mit Internetzugang fand sich darin genauso wie ein Faxgerät, ein Telefon mit Lautsprecheranlage, ein kleiner Fernsehapparat und im hinteren Teil des Anhängers ein kleines Labor, das zur Dunkelkammer umfunktioniert werden konnte. Drei Sessel, ein paar Stühle, eine Küchenecke mit Minikühlschrank und weiteres Mobiliar komplettierten die Einrichtung, sorgten aber auch dafür, dass es in dem Wohnwagen reichlich eng war.

Hinein gelangte man über verschiedene, mehr oder weniger geheime Zugänge. Meistens benutzten die drei Freunde in letzter Zeit das Kalte Tor, einen riesigen Kühlschrank, dessen Rückwand sich zur Seite schieben ließ. Dahinter befand sich ein von einem rostigen Wellblech überdachter Gang, der zur Eingangstür der Zentrale führte. Oder Tunnel zwei, eine mit

alten Lumpen ausgelegte Röhre, die in Justus' Freiluftwerkstatt begann und unter einer Falltür im Fußboden der Zentrale endete.
Nach einem Mittagsimbiss in Tante Mathildas Küche hasteten die drei ??? über den Schrottplatz Richtung Kaltes Tor. Peters Knie ließ es noch nicht zu, dass sie einen anderen Eingang wählten. Nach wie vor regnete es, wenn auch nicht mehr ganz so heftig wie am Morgen. Dennoch stand mittlerweile das Wasser in zahllosen Pfützen auf dem Schrottplatz und hier und da war der Boden auch schon ziemlich aufgeweicht.
Justus nahm die Kapuze vom Kopf und zog an der Kühlschranktür. »Nanu?« Er zog noch einmal.
»Just, mach auf, mir wachsen Schwimmhäute«, drängte Peter.
»Sie klemmt.« Der Erste Detektiv zog mit aller Kraft. Die Tür gab minimal nach, dann tat sich nichts mehr.
»Da.« Bob zeigte nach unten. Es war deutlich zu sehen, dass sich die Kühlschranktür in den Boden gegraben hatte. »Das ist dieser verdammte Regen. Der ganze Kühlschrank ist eingesunken.«
»Du hast recht. Verflixt!« Justus schloss die Tür wieder. »Wir müssen durch Tunnel zwei. Geht das, Zweiter?«
»Es muss.«
Aber auch dieser Weg hatte unter den Regenmengen gelitten. An manchen Stellen der Röhre stand das Wasser, die Lumpen waren größtenteils durchnässt. Als die Detektive endlich in der Zentrale ankamen, waren ihre Hosenbeine von den Knien abwärts klatschnass.
»Das letzte Mal habe ich mich mit drei so gefühlt, als ich in

jede Pfütze gesprungen bin.« Peter zupfte mit spitzen Fingern seine Hose von den Beinen. »Aber damals fand ich das toll.«
»Wie geht's deinem Knie?«, fragte Justus.
»Beschwert sich lautstark.« Peter rieb sich über das schmerzende Gelenk.
Bob sah an sich hinab. »Eigentlich können wir gleich wieder zurück und uns umziehen.«
»Nachher.« Justus ließ sich auf den Schreibtischstuhl fallen. »Jetzt sprechen wir erst einmal den Fall durch. Vor der Aufführung heute Abend sollten wir uns einen genauen Überblick über die bestehende Situation verschafft haben.«
Michelle hatten ihnen Karten für *Aida* besorgt, die heute Abend in der *Opera Califia* gegeben wurde. Da das mysteriöse Wesen während einer Vorstellung aufgetaucht war, wollten sich die drei ??? auch zu dieser Zeit in der Oper umsehen.
»Lasst uns mal zusammenfassen, was wir bisher haben.« Der Erste Detektiv griff nach einem Block, schrieb *Opera Califia* auf das Blatt und unterstrich die Wörter.
»Ein Wesen, groß wie ein Mensch, mit Fell, das sich vorgestern Abend im Untergeschoss der Oper herumgetrieben hat.«
»Und knurrte«, ergänzte Peter Bobs Aussage.
Justus machte sich Notizen. »Es befand sich in einem ehemaligen Aufzugsschacht, der, wie wir jetzt wissen, sowohl ins Erdgeschoss als auch in den ersten Stock führt. Im Erdgeschoss kommt man in der kleinen Küche für die Angestellten heraus, im ersten Stock in einem Raum, der früher Teil der Kantine war und heute eine Abstellkammer ist.«
»Schleim und Blutspuren!« Peter zeigte auf den Block. »Schreib das auf!«

»Das waren grüne Tropfen, Zweiter.«
Peter schüttelte den Kopf. »Wer weiß? Michelle hat gehört, wie etwas heruntergefallen ist. Vielleicht ist das Ding in dem Schacht abgerutscht und hat sich verletzt. Der Schleim und das Blut könnten Beweise dafür sein.«
»Weil die Kreatur ein Außerirdischer ist?« Justus war deutlich anzuhören, wie er über Peters Theorie dachte.
»Seit Abakulows Ankündigung müssen wir auch so etwas in Betracht ziehen.« Der Zweite Detektiv hielt unbeirrt an seiner Vermutung fest.
»Und Abakulows Beweis rennt ausgerechnet in dieser Oper herum?«
»Warum nicht?«
Justus bohrte nicht weiter. Er kannte Peter gut genug, um zu wissen, dass er ihn im Moment nicht von seiner Meinung abbringen konnte. Er selbst hingegen hatte noch eine andere Theorie.
»Wenn wir mal für den Augenblick davon ausgehen, dass es wirklich Blut war, das wir da am Boden gefunden haben, gäbe es vielleicht noch eine andere Erklärung.«
»Nämlich?«, fragte Bob erstaunt.
»Ich habe mal gelesen, dass bei einer Überdosierung bestimmter Medikamente das Blut tatsächlich grün werden kann. Allerdings ist bisher nur ein Fall aus Kanada überliefert.«
»Echtes grünes Blut?«
»In der Tat. Wir müssten also nach einem Menschen Ausschau halten, der jene Medikamente in hoher Dosis zu sich nimmt.«
»Hm.« Peter wirkte skeptisch. Seine Alien-Theorie schien ihm plausibler. »Und der Schleim?«

Justus zuckte die Achseln. »Ich habe das Zeug gestern Abend noch in unserem Labor diversen Tests unterzogen, leider ohne Ergebnis. Bis jetzt tappe ich noch völlig im Dunkeln, was es ist.«

»Vielleicht kann uns Cotta weiterhelfen?«, schlug Bob vor. »Das Polizeilabor hat sicher andere Möglichkeiten als wir.«

Mit Inspektor Cotta vom Police Department in Rocky Beach hatten die drei ??? schon in vielen Fällen zusammengearbeitet. Von Cottas Vorgänger Samuel Reynolds hatten die Jungen sogar eine Bescheinigung bekommen, die sie als *Ehrenamtliche Junior-Assistenten der Polizei von Rocky Beach* auswies.

»Ich kann Cotta nicht irgendeinen Schleimbrocken in die Hand drücken und ihn bitten, dass er das im Labor untersuchen lässt«, widersprach Justus. »Nicht, solange wir nichts Handfestes haben.«

Bob nickte. Justus hatte recht.

Der Erste Detektiv tippte mit dem Finger auf die nächste Spalte. »Lasst uns mal überlegen, wer warum ein Interesse haben könnte, in der Oper in einer derartigen Aufmachung herumzuschleichen. Wobei wir hierbei die Schlüsselsituation im Auge behalten sollten.«

»Du meinst, dass nur Wan Ming und Pounder einen Schlüssel fürs Haus haben und alle anderen reingelassen werden müssen?«, erinnerte sich Bob an Michelles Information.

»Genau. Über den Künstlereingang kommen nur die Mitarbeiter rein. Vom Zuschauerraum aus wiederum gelangt man nach dem Ende der Vorstellung nicht hinter die Bühne. Und die Abstellkammer oben ist ohnehin zugesperrt. Ein Zuschauer kann also nicht in den Bereich vordringen, der für uns maß-

geblich ist. Wir sollten unsere Nachforschungen daher zunächst auf die Mitarbeiter der Oper konzentrieren.«
»Es sei denn, es gibt doch noch einen anderen Weg da runter«, gab Bob zu bedenken.
»Das würde die Sachlage natürlich ändern, Dritter.«
»Also wenn es ein Alien ist, dann will es sich dort unten vermutlich nur verstecken.« Peter bewegte die Zehen in seinen nassen Turnschuhen. Es schmatzte.
»Verstecken …« Justus überlegte. »Vielleicht will sich tatsächlich jemand dort unten verstecken. Bleibt die Frage, warum oder wovor – und aus welchem Grund er sich dazu verkleidet.«
»Weil er nicht erkannt werden will, falls man ihn doch mal zufällig entdeckt?«, erwog Bob.
»Das wäre eine Erklärung. Und würde wiederum dafür sprechen, dass er an der Oper kein Fremder ist. Dass es jemand ist, den man sofort identifizieren würde, wenn man ihn sähe.«
»Oder er ist so bekannt, dass ihn jeder gleich erkennen würde.« Justus zeichnete gedankenverloren Kreise aufs Papier. »Aber warum versteckt er sich? Oder wovor?«
»Vor der Polizei?« Peter war natürlich Detektiv genug, um auch andere Möglichkeiten ins Auge zu fassen als die, die ihm am wahrscheinlichsten vorkamen. »Ein Obdachloser? Der sich vielleicht in der Requisite bedient hat?«
»Aber dann klaut er doch auf keinen Fall ein Fellkostüm, sondern Sachen, die er auch auf der Straße anziehen kann«, wandte Bob ein.
Peter zuckte die Schultern. »Der nächste Winter kommt bestimmt.«

Justus deutete mit dem Stift auf den Zweiten Detektiv. »Requisite. Das ist eine gute Idee. Da müssen wir nachfragen.«
»Oder er versteckt sich gar nicht«, bemerkte Bob trocken.
Justus und Peter sahen ihn neugierig an.
»Na ja, vielleicht will er gesehen werden. Ab und zu. Vielleicht ist das nur ein Werbetrick? Michelle meinte ja, dass sich die Oper nicht unbedingt über einen allzu großen Zuschauerandrang beschweren könnte.«
»Und Pounder lässt das Phantom der Oper wiederauferstehen?« Justus nickte nachdenklich. »Durchaus möglich.«
»Hey! Phantom der Oper! Das könnte doch auch ein Motiv sein!«, fiel Bob ein. »Ein Opernfanatiker, der diese alte Geschichte nachspielen oder an sie erinnern will?«
»Welche alte Geschichte?«, fragte Peter.
»Ein berühmter französischer Roman«, erklärte Justus. »Eine tragische Liebesgeschichte um das entstellte Musik-Genie Erik, der im Untergrund der Pariser Oper lebt.«
Bob dachte kurz nach. »Wenn es tatsächlich in diese Richtung geht, könnte es natürlich auch sein, dass jemand nur für Entsetzen und Panik sorgen will. Um der Oper zu schaden.«
»Du vergisst, dass er offenbar nicht gesehen werden will«, gab Peter zu bedenken.
»Das kommt vielleicht noch. Womöglich wartet er nur den richtigen Zeitpunkt ab.«
Justus seufzte. »Oder jemand sucht dort unten nach etwas; oder wir haben es mit einem Verrückten zu tun; oder Michelle unterlag einer Sinnestäuschung, sie hat nur irgendein Tier gesehen und will sich wichtigmachen; oder, oder, oder ...« Der Erste Detektiv machte einen dicken Strich unter seine Noti-

zen. »Wir stochern im Nebel, Kollegen. Wir brauchen mehr Informationen. Über die Oper, die Menschen darin, über alles. Nur so kommen wir weiter.«

»Ich könnte heute Nachmittag in die Bibliothek gehen und sehen, was ich über die Oper finde«, sagte Bob. »Vielleicht war da ja doch irgendetwas in der Vergangenheit, was uns bei unserem Fall weiterhilft.«

»In Ordnung. Und ich stelle von hier aus über das Internet Recherchen zu den Personen an, mit denen wir es bisher zu tun haben.«

Peter zeigte auf seine Beine. »Ich werde erst meine Füße von den Algen befreien und dann könnte ich zum Vermessungsamt humpeln und einen auf Mitleid machen. Vielleicht kann ich einen Plan bekommen, der uns einen Überblick über das Opernhaus und das Darunter gibt. Vor und nach dem Umbau.«

Justus nickte. »Wir sehen uns dann heute Abend in der Oper.«

Peter und Bob verließen die Zentrale über die Falltür. Der Regen draußen war wieder stärker geworden. Und der Himmel noch dunkler. Es war, als hätte irgendeine unheimliche Macht ihre kalten, nassen Klauen um Rocky Beach gelegt.

Wesen im Dunkeln

»Wie siehst du denn aus?« Justus ließ einen amüsierten Blick an Peter hinabgleiten.
»Hallo, Zweiter. Schickes Outfit.« Bob verkniff sich mühsam das Lachen.
»Jaja. Gebt's mir nur. Aber als meine Mutter hörte, dass ich in die Oper gehe, wollte sie mich nicht eher aus dem Haus lassen, bis ich dieses Zeug hier anhatte.« Peter machte einen wirklich unglücklichen Eindruck.
Michelle kam unter das Eingangsportal. Auch sie wirkte überrascht, als sie Peter erblickte. »Sehr elegant.«
Der Zweite Detektiv lächelte gequält. Er hatte seine Mutter angefleht! In diesem Anzug und mit der rot-weiß getupften Fliege würde er zum Gespött der Leute werden. Vor allem in Kombination mit seinem lädierten Gesicht. Er sah aus wie ein Clown. Alle würden sie über ihn lachen. Aber sie hatte auf den Aufzug bestanden. Mütter!
»Nach Ihnen, Monsieur.« Justus, der wie Bob in Jeans, Pulli und Regenjacke gekommen war, verbeugte sich übertrieben förmlich und ließ Peter den Vortritt.
»Banausen!« Der Zweite Detektiv trat würdevoll durch den Eingang.
Als sie im Foyer standen, verteilte Michelle die Eintrittskarten. »Balkon, hinterste Reihe, links. Stehplätze, wie gewünscht.«
Justus nickte. »Danke. So können wir die Vorstellung problemlos verlassen. Wir werden uns noch die Ouvertüre anhören, dann machen wir uns auf den Weg.«

»Ich treffe euch an der Treppe. Aber jetzt muss ich los.« Michelle verabschiedete sich.
Peter warf Justus einen missmutigen Blick zu. »Muss das sein?«
»Muss was sein?«
»Die Ouvertüre. Ich bin nicht so der Klassik-Fan.«
»Wir sehen uns ja auch nur kurz im Zuschauerraum um. Außerdem hat ein bisschen Bildung noch niemandem geschadet.«
Peter sah ihn scheinbar verblüfft an. »Dann bist du die Ausnahme, oder?«
Justus verdrehte die Augen und lief die Treppe hoch.
An der Garderobe war ein Paar vor ihnen. Ein älterer Herr und eine überschminkte, dickliche Dame. Beide in Anzug und Abendkleid, wie Peter erleichtert registrierte.
»… Katzenkaffee! Und der trinkt das Zeug sogar!«, hörten sie die Garderobiere noch sagen. Dann nahm sie den bräunlich schwarzen Pelzmantel der Frau, stülpte ihn nachlässig über einen Bügel und gab dem Herrn eine silberne Marke. »Viel Spaß!«
Die drei ??? traten nach vorne. Justus und Bob legten ihre Jacken auf den Tresen.
»Na, Jungs!« Die blondierte Frau kaute genüsslich auf einem Kaugummi herum. Von der Statur her hätte sie ein Model sein können, aber ihr Gesicht war grob und die Nase hatte einen kleinen Höcker. »'n bisschen Kultur heut Abend, was? Oje, was ist denn mit dir passiert?« Sie sah Peter mitleidig an. »Hast du auf dem Asphalt gebremst?«
»So ungefähr«, erwiderte Peter leicht genervt.
»Kühlpads! Ich schwör drauf! Hab ich immer dabei. Wegen geschwollener Augen und so. Frauenkram, du weißt schon.«

Peter wusste nicht, wollte aber auch nicht nachfragen. »Danke für den Tipp.«

Plötzlich stand Pounder hinter ihnen. »Betsy, du musst rüber zu den Logen. Hannah ist krank.«

»Zu den Logen?« Die Garderobiere hängte die beiden Jacken schlampig auf einen Bügel und schob Justus eine Marke zu. »Aber da kenn ich mich nicht aus.«

»Was gibt's da auszukennen? Ihr wechselt euch doch öfter mit den Garderoben ab.«

»Ja schon, aber da drüben war ich noch nie. Das sind immer so Schnösel. Soll doch Jenna das machen. Bei der hab ich noch was gut.«

Peter entdeckte Maurice Blight auf der Treppe. Er sah sich suchend um. Dann kam er auf sie zu.

»Betsy, das ist doch –«

»Außerdem hab ich einem Gast versprochen, dass ich auf seinen Schirm aufpasse. Persönlich! Ich kann hier nicht weg.« Sie sah trotzig auf ihre bunt lackierten Nägel.

»Nein, hör zu, mir reicht es –«

Blight tippte Pounder auf die Schulter und flüsterte ihm etwas ins Ohr.

»Was?« Pounder sah Blight entgeistert an. »Florence will was? Ein anderes Mineralwasser?«

»Ja, eines aus den Bergen Frankreichs. Alles andere würde ihre Stimmbänder ruinieren.« Blight war nicht anzusehen, was er davon hielt.

»Das lass ich mir nicht mehr länger bieten! Jetzt ist es endgültig genug!« Pounder schob Blight zur Seite und stürmte davon.

Maurice Blight sah seinem Chef amüsiert hinterher. »Tja, so eine Oper zu leiten, ist ein harter Job. Sehen wir uns nach der Vorstellung, Liebes?« Er schenkte Michelle ein Lächeln voll blendend weißer Zähne.

»Der Oper scheint es wirklich nicht so besonders zu gehen«, flüsterte Justus seinen beiden Freunden zu. »Wie Michelle gesagt hat.«

»Wie kommst du dadrauf?«, fragte Bob.

»Pounder hat dauernd Ärger mit seinem Personal. Aber offenbar muss er jeden nehmen, den er bekommen kann, weil für bessere Leute das Geld nicht reicht.«

Einen der Gründe für diesen Umstand erkannten die drei Detektive, als sie den Zuschauerraum betraten. Kaum die Hälfte der Plätze war besetzt, dabei hatte es bereits das zweite Mal geläutet. Viele würden nicht mehr kommen.

Justus, Peter und Bob stellten sich auf ihre Plätze und ließen die Blicke durch den ovalen Saal schweifen. Rotsamtene Sitze, mit Stoff bespannte Wände, vergoldete Schnörkel, wohin man blickte. Eine Unzahl an Wandleuchtern verströmte mattes, warmes Licht, aus dem Orchestergraben klang das Stimmen der Instrumente. Die Oper war ein kleines Schmuckkästchen. Und doch zog sie nicht allzu viele Zuschauer an.

Plötzlich stutzte Bob. »Kollegen! Da! In der Mittelloge!«

Justus und Peter drehten ihre Köpfe.

»Das ist doch –!«

»Moody! Moody Firthway!«

Natürlich kannten die drei ??? Moody Firthway. Wer in Rocky Beach tat das nicht? Obwohl in gewisser Weise auch das Gegenteil zutraf: Niemand kannte Moody Firthway. Niemand wusste genau, womit der hagere, kleine Mann sein Geld verdiente. Dass er viel davon zu haben schien, war unübersehbar: teure Autos, eine prächtige Villa am Stadtrand, Designerkleidung. Aber woher stammte der Reichtum? Er selbst bezeichnete sich als Unternehmer, doch welche Geschäfte er betrieb, wusste keiner. Er war äußerst lichtscheu, ließ sich in der Öffentlichkeit nur mit Bodyguards blicken, redete mit niemandem und war angeblich noch nie ohne Sonnenbrille gesehen worden. Moody Firthway war ein einziges Rätsel und Anlass für jede Menge Spekulationen. Und jetzt saß er in einer abgeteilten Loge der *Opera Califia*.

»Was macht der denn hier?«, wunderte sich Bob.

Der dritte Gong ertönte, die Saaldiener schlossen die Türen, das Licht ging langsam aus.

»Offenbar ist er ein Opernfan«, sagte Justus, konnte aber selbst kaum glauben, was er da von sich gab. Moody und die Oper! Das war, als würde ... ein Krokodil mit Messer und Gabel essen.

»Man sagt, er hat Tag und Nacht ein Büchlein bei sich, in dem die dunkelsten Geheimnisse der halben Stadt stehen«, raunte Peter.

»So etwas in der Art habe ich auch schon gehört«, erwiderte Justus. »Aber das ist sicher nur eines der vielen Schauermärchen, die sich um Moody ranken.«

»Ich trau dem alles zu.« Peter nickte nachdrücklich.

Die Musik setzte ein. Leise und melodiös begannen die Geigen. Peter verspürte schon nach wenigen Sekunden den unwiderstehlichen Drang zu gähnen. Dann fiel ihm jedoch etwas auf.

»Kollegen«, wisperte er. »Seht mal, da unten.« Er zeigte in den Orchestergraben. »Da fehlen ja ein paar Bandmitglieder. Der Drummer zum Beispiel.«

»Der Perkussionist«, korrigierte ihn Justus. »Aber gut beobachtet, Zweiter. Es gibt tatsächlich einige Musiker und Sänger, die nicht die ganze Zeit anwesend sein müssen. Das sollten wir auf jeden Fall berücksichtigen.«

»Ruhe!«, zischte eine Frau vor ihnen.

Der Erste Detektiv sah noch einmal zu Moody hin. Er war im Dunkel seiner Loge verschwunden. Nur die Silhouette eines seiner Leibwächter war zu sehen.

Justus gab das Zeichen zum Aufbruch und die drei ??? verließen leise den Saal. Michelle wartete wie vereinbart an der Treppe, die hinab ins Foyer führte. Außer den Garderobieren, die sich hinter ihren Tresen hingesetzt hatten und lasen oder dösten, war niemand zu sehen. Von innen klang gedämpfte Musik heraus.

»Kommt mit.« Michelle ging voraus. Der argwöhnischen Hauptgarderobiere unten im Foyer erklärte sie kurz, dass die drei die Jungen mit dem Referat waren. Dann schloss sie die Tür zum Personalbereich auf und ging mit ihnen zu ihrer Werkstatt.

»Also!«, verabschiedete sie die drei vor der Tür. »Gebt acht, wo ihr seid! Stolpert mir vor allem nicht zufällig auf die Bühne, das wäre der Horror! Wenn ihr wieder rauswollt, kommt hierher zurück.« Nach einer kurzen Pause setzte sie hinzu: »Ich sollte doch besser mitkommen.«

»Das ist wirklich nicht nötig, Michelle. Wir haben durchaus einige Erfahrung als Detektive«, versuchte Justus ihre Beden-

ken zu zerstreuen. »Außerdem werden wir uns ohnehin aufteilen.« Er zog sein Walkie-Talkie aus der Tasche.
»Na gut. Ich hoffe, ich mache keinen Fehler.« Sie öffnete die Tür, drehte sich aber noch mal um. »Und seid bitte vorsichtig!«
Die drei Detektive besprachen sich kurz und beschlossen dann, dass Bob oben bleiben sollte, während Justus und Peter hinab ins Untergeschoss gingen. Sie wollten so viele Bereiche wie möglich kontrollieren. Vielleicht fiel ihnen ja etwas auf.
»Aber ganz runter geh ich nicht!«, stellte Peter von vornherein klar. »Die Pläne, die ich gesehen habe, waren uralt und total chaotisch. Wenn wir uns da unten verlaufen, findet man uns in hundert Jahren nicht.«
»Du hättest Kopien machen sollen«, sagte Justus.
»Dazu hätte ich den Beamten im Vermessungsamt aber knebeln und fesseln müssen.«
Die drei ??? überprüften noch einmal die Funksprechgeräte, vereinbarten, sich in zwanzig Minuten genau hier wieder zu treffen, und gingen los.
Kaum dass Justus und Peter die Treppe hinabgestiegen waren, hörten sie etwas. Da sang jemand! Leise zwar, aber es war deutlich zu hören.
Es stellte sich allerdings schnell heraus, dass es die Requisiteurin war, die ebenso inbrünstig wie falsch eine Arie schmetterte. Isabella, wie sie sich vorstellte, war eine gut gelaunte Mexikanerin und Herrin über alle Requisiten. Justus und Peter nutzten die Begegnung und ließen sich von Isabella ihr Reich zeigen. Vielleicht fehlte ja irgendwo etwas. Ein Pelz, ein Fell, eine Maske.

Es fehlte nichts. Aber etwas anderes war merkwürdig. Vor einem Schrank entdeckten die beiden Jungen eine kleine, blau glänzende Schuppe. Und im Schrank lagen etliche Kostüme auf dem Boden oder hingen schief auf den Bügeln.
»Qué …!« Isabella schlug die Hände vor den Mund. »Wie soll man hier vernünftig arbeiten, wenn sich jeder nimmt, was er braucht? Man sollte diesem Pounder … Ach, was rege ich mich noch auf!« Sie winkte ab und machte sich ans Aufräumen.

Bob war skeptisch. Hier oben würde sich das Phantom sicher nicht zeigen. Viel zu viele Menschen tummelten sich dort: Musiker und Sänger, die Pause hatten oder sich umziehen mussten, Gehilfen, Bühnenarbeiter, andere Angestellte, Wan Ming. Es ging zu wie im Taubenschlag.
Florence de Ville und Maurice Blight entdeckte Bob ebenfalls. Sie standen in der Tür zum Maskenraum der Primadonna und schienen in ein sehr freundschaftliches Gespräch vertieft. Das heißt, eigentlich sprach Blight mehr mit Pancake, einem ausnehmend scheußlichen Nackthund mit funkelndem Halsband, der träge in Florence' Armbeuge kauerte.
Am Ende des langen Flurs gelangte der dritte Detektiv an eine Treppe, die ins Obergeschoss führte. Bob nahm an, dass sich dort die Verwaltungsräume und die Büros von Pounder und Blight befanden. Die jedenfalls hatte er hier unten noch nicht entdeckt. Als er sich sicher war, dass ihn keiner beobachtete, stieg er die Treppe hinauf und augenblicklich wurde es ruhiger. Dort oben war offenbar niemand.
Ein schwach beleuchteter Flur lag vor Bob. Er war kürzer als der im Erdgeschoss. Rechts und links gab es einige Türen. Der

dritte Detektiv beschloss, auch diesen Bereich zu kontrollieren.
Ein weicher Läufer schluckte seine Schritte, als er den Flur entlangging. Jetzt war es fast vollkommen still. Nur ab und zu drang ein Geräusch von unten herauf.
Plötzlich blieb Bob stehen. Eine der Türen stand einen Spalt weit auf. Und im Inneren brannte ein mattes Licht. Der dritte Detektiv kam langsam näher. Neben der Tür war ein Schild angebracht. ›R. Pounder, Direktor‹, stand darauf.
Bob spähte durch den Türspalt, konnte aber nichts sehen. Vorsichtig schob er die Tür weiter auf.
Im nächsten Moment erstarrte er. Ein riesiger Beulenkopf, um den sich blaue Tentakel wanden! Ein Wesen aus einer anderen Welt! Ein Alien!

Detektive in Not

Bob zuckte zurück und drückte sich draußen an die Wand. Sein Herz hämmerte wie verrückt. Aber er wusste, dass das nicht sein konnte. Es war nicht möglich. Aliens schlichen sich nicht in Büros von Operndirektoren. Und sie standen vor allem nicht vor Hängeregistern und blätterten in Akten.
Langsam beruhigte sich sein Puls. Der dritte Detektiv überlegte. War es Pounder selbst, der da stand? Wohl kaum. Warum sollte er in dieser Aufmachung herumlaufen? Also jemand anderes, der wahrscheinlich nichts in dem Büro verloren hatte. Ansonsten hätte auch er sich dieses Kostüm sparen oder zumindest die Kopfmaske abnehmen können. Überhaupt, warum dieses Kostüm? Auffälliger ging es kaum. Es sei denn ...
Bob erinnerte sich an Leute aus dem Chor, denen er unten im Flur begegnet war. Viele hatten hautenge Suits getragen, blau, grün, mit Pailletten und Glitzerzeug drauf. Erst jetzt wurde ihm bewusst, dass das sehr merkwürdige Gewänder waren für eine Oper, die im alten Ägypten spielte. Es gab nur eine logische Erklärung: Blight hatte Aida ultramodern inszeniert und ein spaciges Raumfahrerstück draus gemacht. Und die Person in Pounders Büro gehörte mitsamt ihren blauen Tentakeln und dem pockennarbigen Beulenschädel zum Ensemble.
Der dritte Detektiv drückte sich von der Wand ab und schlich sich leise davon, um unten Alarm zu schlagen. Aber nach einigen Schritten blieb er stehen. Wenn er mit Verstärkung zurückkam, könnte die Person längst wieder aus dem Büro verschwun-

den sein. Dann wüssten sie nicht, was sie dadrin gesucht hatte, und vielleicht würde Pounder ihm nicht einmal glauben. Schließlich hatten sie ihn angelogen, was den wahren Grund ihres Aufenthalts betraf. Bob kehrte um.
Die Gestalt stand noch immer vor dem Register. Sie hatte eine Akte herausgeholt und las darin. Bob konnte allerdings nichts Genaueres erkennen, da sie ihm die Sicht versperrte. Er musste irgendwie näher ran.
Das Büro war mit einem weichen Teppich ausgelegt. Gut. Das einzige Licht im Raum war die herabgebogene Schreibtischlampe. Auch gut. Kein Schatten, der ihn verraten könnte. Und wenn es darauf ankommen sollte, war Bob als Erster an der Tür und auf dem Gang.
Der dritte Detektiv nahm allen Mut zusammen und schob einen Fuß durch den Türspalt. Plötzlich zuckte er innerlich zusammen. Das Walkie-Talkie! Das Walkie-Talkie war noch an! Ein Knacken, ein Rauschen – und er konnte die Beine in die Hand nehmen. Bob zog den Fuß wieder zurück und schaltete das Gerät vor der Tür aus. Gerade noch mal gut gegangen! Dann startete er einen neuen Anlauf.
Zentimeter für Zentimeter schob er sich ins Zimmer. Die Gestalt war so vertieft in das, was da in der Akte stand, dass sie auf nichts anderes achtete. Bob konnte ein Foto ausmachen. Darunter Text, eine Art Formular. Aber immer noch war er viel zu weit entfernt, um etwas erkennen oder gar lesen zu können. Wenn er nur noch zwei Schritte näher rankönnte!
Dann blieb sein Herz stehen. Im selben Moment, in dem er es gehört hatte, wusste er, dass es zu spät war. Irgendetwas war unter seinem Fuß zerbrochen! Leise zwar, kaum wahrnehm-

bar. Aber in der Stille des Raumes hatte es geklungen, als wäre der Boden aufgerissen!

»Bob geht nicht ran!« Der Erste Detektiv schüttelte den Kopf und ließ das Walkie-Talkie sinken.
»Vielleicht ist es kaputt? Oder die Batterien sind leer?«
Justus sah Peter an, als hätte der etwas Unanständiges gesagt. »Ich überprüfe die Geräte immer, bevor sie zum Einsatz kommen! Immer!«
»Kein Empfang?«
»Kann sein. Das Gebäude ist recht alt und die Mauern beziehungsweise Böden und Decken dick.«
»Vielleicht sollten wir erst rauf und nach dem Rechten sehen?«
Das wäre Peter bedeutend lieber gewesen als das, was Justus vorhatte.
Aber der Erste Detektiv verneinte. »Was soll ihm da oben schon passiert sein? Da sind jede Menge Leute. Lass uns gehen.«
Im Untergeschoss hatten die beiden nichts Aufschlussreiches entdeckt. Keine weitere Spur, kein geisterhaftes Fellwesen, nichts. Aber als sie plötzlich vor einer uralten Tür gestanden hatten, hinter der eine Treppe noch weiter hinabführte, hatte Justus den Plan gefasst, sich auch dort unten umzusehen.
Peter hatte natürlich protestiert, aber gegen den Ersten Detektiv wie fast immer in solchen Situationen das Nachsehen gehabt. Das einzig Tröstliche für Peter war die Tatsache, dass sie zu zweit waren. Bob konnten sie zwar nicht mehr Bescheid sagen, aber der hatte es jetzt sicher um einiges besser als sie.

»Und die Taschenlampen hast du auch überprüft?« Während sie die steinernen Stufen hinabliefen, schaltete Peter seine Lampe zur Probe zweimal an und aus.
»Deine nicht, meine schon.«
»Was?«
»Ja, Peter, hab ich!«
Am Fuße der Treppe stand Gerümpel herum. Kaputte Kartons, Kabelreste, Baumaterial. Aber schon nach wenigen Metern fand sich nichts mehr, was irgendwie mit der Oper zu tun hatte. Offenbar war niemand weiter vorgedrungen.
Die Kegel ihrer Taschenlampen huschten über den gestampften Boden und die gemauerten Wände. Sie befanden sich tatsächlich in einem uralten, riesengroßen Kellergewölbe, dessen Decken halbrund waren und immer wieder durch massive Pfeiler gestützt wurden. Türen gab es keine. Vielmehr war es ein einziger großer Raum, der sich durch die Pfeiler, Mauern, Bretterwände und Haufen alten Schutts in verschiedene Bereiche aufteilte. Klamm war es hier unten und es roch nach Moder. Justus konnte sich sehr gut vorstellen, dass man hier Lebensmittel über Tage kühl lagern konnte, wie es Michelle angedeutet hatte.
Plötzlich blieb Peter stehen. »Hörst du das?«
Der Erste Detektiv lauschte. »Das Rauschen?«
»Ja.«
»Vermutlich irgendein Wasserrohr in einer Wand.«
Sie gingen weiter. Das letzte Dämmern aus dem Treppenschacht versickerte in der staubigen Dunkelheit und elektrisches Licht gab es nicht. Schließlich war es stockfinster. Und bis auf das Rauschen totenstill. Einmal trippelte eine große

Ratte in Peters Lichtkreis. Aber außer Ungeziefer schien sich hier unten niemand aufzuhalten.

»Wie weit willst du gehen?« Peters Stimme klang dünn und gleichzeitig unnatürlich laut.

»Noch ein Stück. Ich möchte wissen, wo diese Räume enden.«

Sie gelangten in einen Bereich mit vielen dicken Holzpfosten, an denen verrostete Ringe angebracht waren. Als Justus einen großen Knochen am Boden sah, wusste er, wofür dieser Teil früher verwendet worden war: hier hatte man Tiere untergebracht, bevor sie geschlachtet wurden.

Auf einmal knackte etwas. Ein Brett vielleicht. Links von ihnen, hinter einer halb zerfallenen Mauer!

»Licht aus!«, zischte Justus.

Peter drückte auf den Schalter und die Taschenlampe erlosch. Die beiden standen in tiefster Dunkelheit. Sie hielten den Atem an und horchten. Da waren Schritte. Leise, als würde jemand auf Zehenspitzen gehen – oder auf Pfoten. Atemgeräusche. Gleichmäßig und ruhig, aber unüberhörbar.

Justus versuchte sich zu orientieren. Die Geräusche kamen näher, waren weiter nach rechts gewandert. Er berührte Peter, der zusammenzuckte.

»Auf drei die Lampen auf zwei Uhr!«, wisperte Justus.

»Zwei Uhr. Okay.«

Der Erste Detektiv wartete noch eine Weile. Die Schritte wurden lauter.

»Eins, zwei, drei!«

Die beiden Strahlen flammten auf und rissen zwei Kegel aus der Dunkelheit. Ein Vorhang aus Staub rieselte wie feiner Schnee durch das Licht.

Peter schwenkte nach rechts. »Da ist –«

Ein Fellrücken! Für den Bruchteil einer Sekunde hatte der Zweite Detektiv etwas erfasst. Etwas, das sich sehr schnell bewegt hatte.

»Just! Der haut ab!« Peter leuchtete hektisch in dem Gewölbe herum. Mauern, Berge alter Säcke und Unrat, zerfressenes Holz, ein Labyrinth von Pfeilern. Keine Spur von dem Wesen.

»Wir teilen uns auf!«, entschied Justus. »Ich geh links rum und versuche, ihm den Weg abzuschneiden, du rennst ihm hinterher!«

»Ich kann nicht rennen!«

»Dann hinterherhumpeln! Los jetzt!«

Die beiden Detektive machten sich an die Verfolgung. Wild tanzten die Strahlen ihrer Taschenlampen durch die Dunkelheit. Manchmal erfassten sie für einen Moment die Gestalt, dann wieder mussten sich die Jungen an den Geräuschen orientieren.

»Er läuft nach hinten!«, rief Justus.

»Hab ihn gesehen!« Peter war mittlerweile hinter der Mauer verschwunden.

Justus musste einen Haufen alten Strohs umrunden und stolperte dann in eine Ablaufrinne. Der Länge nach fiel er auf den Boden, die Taschenlampe entglitt seinen Fingern.

»Wo bleibst du denn?« Peter war schon ein gutes Stück entfernt.

»Komme schon!« Justus rappelte sich wieder auf.

Die Gestalt war in eine Art Gang gelaufen, mit Wänden zu beiden Seiten. Dahinter öffnete sich ein weiterer Raum. Der

Zweite Detektiv konnte hören, dass er dem Wesen näher gekommen war. Aber sein Knie pochte vor Schmerzen.
Plötzlich verstummten die Geräusche und im nächsten Moment erfasste Peters Taschenlampe die Gestalt. Dem Zweiten Detektiv blieb vor Schreck fast das Herz stehen. Dort vorne stand sie! Er. Es. Blickte ihn über die Schultern an. Eine annähernd menschliche Gestalt, ein wildes, erdgeistartiges Wesen, über und über mit einem dichten, braunen Fell bedeckt. Mit langen, spitzen Ohren, unter denen zwei stechende Augen hervorblitzten.
»Wer sind Sie? Was wollen Sie?« Peter fiel nichts Besseres ein. Seine Stimme zitterte.
Aber der Geist kümmerte sich ohnehin nicht darum. Er sah sich kurz um, dann schoss er davon. Peter biss die Zähne zusammen und lief weiter. Als der Zweite Detektiv an der Stelle ankam, wo das Wesen stehen geblieben war, federte der Boden unter seinen Füßen. Holzbretter, Dielen!, schoss es Peter noch durch den Kopf. Uralte Dielen!
Dann knackte es laut und hässlich. Peter brach ein! Die Taschenlampe schlug gegen eine Kante und flog davon und Peter rauschte mit einem lauten Schrei durch die Dunkelheit, wo ihn eisiges, schwarzes Wasser verschlang.

Teepause

»Hier.« Michelle hielt Peter eine Tasse Tee hin. »Wärm dich erst mal auf. Brauchst du Eis für deinen Knöchel?«
»Danke.« Der Zweite Detektiv streckte die Hand unter der Decke hervor und griff nach der Tasse. »Nein, kein Eis, mir ist kalt genug. Oh Mann! Mum wird mich so was von zur Schnecke machen, weil ich den Sonntagsanzug ruiniert habe.«
»Du kannst froh sein, dass nur der Anzug hinüber ist«, sagte Justus ernst. »Bei dem Sturz hättest du dich noch viel übler verletzen können, als dir nur den Knöchel zu verstauchen.«
»Zumindest überdeckt der Knöchelschmerz jetzt die Schmerzen im Knie.« Peter lächelte gequält.
»Du Armer!« Michelle sah ihn voller Mitleid an. »Und ihr?«, wandte sie sich an Justus und Bob. »Wollt ihr wirklich nichts? Wasser? Kekse? Ich hab auch noch ein paar eingelegte Gurken.« Sie nickte zu dem kleinen Kühlschrank, der in einer Ecke ihrer Werkstatt stand.
»Nein danke.« Justus winkte ab.
»Danke.« Auch Bob schüttelte den Kopf.
»Na gut.« Michelle zog sich einen Hocker heran und setzte sich den drei Jungen gegenüber. »Verzeiht, ich muss einfach noch mal nachfragen, weil das ja alles völlig unglaublich klingt. Ihr wart also ganz unten in dem alten Keller. Und dann habt ihr diesen«, sie sah Peter an, »– wie hast du ihn gerade genannt? – Erdgeist gesehen.«
»Gehört. Wir haben ihn zuerst gehört«, berichtigte Peter

zwischen zwei Schlucken aus seiner Tasse. »Richtig gesehen habe nur ich ihn.«

»Und er sah ein bisschen so aus wie der Geist aus diesem Fantasy-Magazin.«

»Genau. Er war so groß wie ein Mensch, hatte viel Fell und merkwürdig glitzernde Augen«, erinnerte Peter sich schaudernd. »Hat mich ein bisschen an Chewbacca erinnert.«

»Chewbacca?«, echote Michelle.

»Der Wookiee aus Star Wars«, klärte Bob sie auf.

»Der Zottelkopf, ich erinnere mich an den Film. Und passt zu dem, was ich gesehen habe.« Sie nickte. »Okay. Das Ding ist vor euch weggerannt und ihr hinterher. Und danach ist es in diesen Gang gelaufen und du bist in die Kanalisation gestürzt?«

»Mitten hinein in die Pampe. Gut, dass es so dunkel war. Ich möchte gar nicht wissen, worin ich da geschwommen bin.« Peter schüttelte es bei dem Gedanken.

»Es ist wahrscheinlich nur Regenwasser, das in ein unterirdisches Reservoir läuft«, erläuterte Justus. »Ansonsten hätte uns dein lieblicher Geruch längst in die Flucht geschlagen.«

Peter roch an seinem Ärmel. »Sehr beruhigend. Aber der Anzug ist trotzdem hin.« Er zeigte auf sein zerrissenes Hosenbein.

»Und danach war der Geist verschwunden?« Michelle sah fragend zu Justus hin.

»Ja. Ich hätte dieses Wesen aber auch nicht weiterverfolgen können. Zum einen musste ich Peter aus dem Wasser ziehen, und zum anderen war das Loch im Boden so groß, dass ich nicht auf die andere Seite hätte springen können.«

»Das war ein Bretterboden, sagt ihr?«, schaltete sich Bob ein.
»Genau. Man hat einfach nur Bretter nebeneinandergelegt.«
»Dann war das also nicht irgendein notdürftig geflicktes Loch, sondern ein extra angelegter Abschnitt?«
Justus nickte. »Wahrscheinlich besitzt dieses Kellergewölbe einen Zugang zur Kanalisation. So hat man doch früher den Unrat entsorgt. Peter hat allerdings so gründlich gearbeitet, dass ich nicht mehr sehen konnte, ob da mal eine Luke oder etwas Ähnliches war.«
»Da war alles morsch und brüchig«, sagte der Zweite Detektiv leicht angesäuert. »Aber das nächste Mal achte ich gerne darauf, dass mir bei meinem Sturz möglichst auch noch ein Scharnier an die Birne knallt. Dann wissen wir, ob es eine Luke gab.«
Michelle zwinkerte ihm mitfühlend zu.
»Für uns heißt das aber noch etwas anderes.« Justus beugte sich vor und sah gespannt in die Runde.
»Nämlich?«, fragte Michelle, da er nicht weitersprach.
»Unser Geist kann jeder sein!« Bob hatte als Erster begriffen, was Justus meinte. »Über diesen Zugang kann sich jeder x-Beliebige in die Oper einschleichen. Was unsere Ermittlungen um einiges erschweren dürfte.«
»Na super.« Peter ließ Kopf und Tasse sinken.
»Verstehe.« Michelle nickte. »Und Isabella hat euch auch nicht weiterhelfen können?«
Justus antwortete nicht. Geistesabwesend starrte er auf die Wand.
»Justus?«
»Wie bitte? Oh, entschuldige. Mir war gerade, als wäre da

irgendetwas Wichtiges gewesen, irgendein Zusammenhang. Aber«, er runzelte seine Stirn, »jetzt ist es wieder weg. Was wolltest du wissen?«

Michelle wiederholte ihre Frage.

»Nein. In der Requisite fehlt nichts. Ein Schrank war in Unordnung und Isabella versicherte, dass das nicht ihr Werk sei.«

»Stimmt. Isabella ist sehr gewissenhaft.«

»Und wir haben das hier vor dem Schrank auf dem Boden gefunden.« Justus zeigte Michelle eine blaue Schuppe.

»Hm. Seltsam.« Michelle drehte den Splitter hin und her. »Was ist das?«

»Vielleicht ein Stück von einem Panzer. Alienhaut.« Peter sah Justus herausfordernd an.

»Unser Alien hatte ein Fell, wenn du dich erinnerst«, sagte Justus.

»Wir haben aber weder die Hand- oder Fußflächen gesehen, noch wissen wir, ob das Ding überall Fell hat.«

»Oder ob es das Fell nachts auszieht und über den Bügel hängt.« Justus sprach betont ernst, was Michelle und Bob umso mehr grinsen ließ.

Peter blieb gelassen. »Abakulow. Ich sage nur: Abakulow.«

»Oder«, meldete sich Bob zu Wort, »es stammt von einem Kostüm.«

Die anderen wussten sofort, was der dritte Detektiv meinte.

»Eine plausible Annahme«, sagte Justus nachdenklich. »Allerdings würde das heißen, dass die Person, der du da oben begegnet bist, schon einmal im Untergeschoss war. Und wenn es nicht ein und dieselbe ist, haben wir es mit zwei Personen zu tun, die beide eine ausgeprägte Vorliebe für Maskerade haben.«

Michelle gab Justus die Schuppe zurück und sah Bob an. »Was ich noch immer nicht verstehe: Warum hat dich der Typ laufen lassen? Warum ist er dir nicht hinterher?«

»Da ich sein Zögern sofort genutzt habe, um abzuhauen, konnte er mich nicht im Zimmer festhalten«, entgegnete Bob. »Und draußen wollte er es wohl nicht auf eine Verfolgungsjagd anlegen. Bis zur Treppe sind es ja keine zwanzig Meter und unten waren jede Menge Leute.«

»Und du sagst, es war der Schrank mit dem Hängeregister hinten an der Wand, gegenüber der Tür?«

»Ganz genau.«

Michelle sah die drei verblüfft an. »Die Personalakten. Was wollte er da?«

Doch auch die Jungen konnten sich darauf keinen Reim machen.

»Wir müssen Pounder informieren«, sagte Michelle nach einer Weile.

Justus sah sie zweifelnd an. »Hältst du das für eine gute Idee? Wir müssten Pounder erklären, was Bob da oben gemacht hat. Und selbst wenn wir das auf unsere Kappe nehmen, macht er dich dafür vielleicht verantwortlich. Außerdem: solange der Fall nicht gelöst ist, würde ich gerne so wenig Leute wie möglich einweihen.«

Michelle rieb sich über die Augen. »Schöner Schlamassel. Beides kann mich meinen Job kosten.« Sie überlegte kurz. »Okay. Behalten wir das noch für uns.«

Peter stellte seine leere Tasse ab. »Warum sind diese Typen –

oder der eine Typ – eigentlich immer nur während einer Aufführung unterwegs? Über die Kanalisation kommt man doch rein, wann immer man will.«

Der Erste Detektiv zeigte mit dem Finger auf Peter. »Eine hervorragende Beobachtung, Zweiter. Denn wenn dieser … Geist tatsächlich immer nur zu Vorstellungszeiten auftaucht, spricht einiges dafür, dass wir unseren Unbekannten doch nur unter dem Opernpersonal zu suchen hätten.«

»Weil er diesen Zugang über die Kanalisation nicht kennt? Oder es keinen gibt?«, schlussfolgerte Bob.

»Genau. Und deswegen ist er der Meinung, dass er nur über den Künstlereingang mit allen anderen zusammen reinkommt.«

»Aber dann könnte der Typ doch auch während der Proben sein Unwesen treiben«, überlegte Peter.

Michelle machte eine skeptische Miene. »Bei den Proben kann man nie so genau sagen, wer sich wo herumtreibt, wer wann dran ist, was geprobt wird, wie lange und so weiter. Während einer Aufführung dagegen ist ziemlich klar, wer sich wann wo wie lange aufhält.«

Justus nickte. »Das ist ein Argument.«

»Und die Stelle mit den Brettern?«, wandte Peter ein.

»Eine nachträglich unbrauchbar gemachte Verbindung.« Justus blickte ernst in die Runde. »Ich fürchte, wir müssen dem Gewölbe noch einmal einen Besuch abstatten. Wenn wir keinen offenen Zugang zur Kanalisation finden, wissen wir definitiv, dass es jemand aus der Oper ist.«

Peter schüttelte nachdrücklich den Kopf. »Keine zehn Pferde bringen mich da noch mal runter.«

»Keine Sorge, Zweiter. Du hast heute genug abbekommen. Das übernehmen Bob und ich. Aber du und Michelle, ihr könntet in der Zwischenzeit etwas anderes erledigen.«
»Trocken werden?«
»Das auch. Ihr sollt eine Liste aller Verdächtigen zusammenstellen. Michelle, du weißt doch, wer wann auf der Bühne stand?«
»So ungefähr. Aber dazu lässt sich vielleicht noch einiges in Erfahrung bringen.«
»Sehr gut. Dann kümmert ihr euch bitte um die Liste, während wir beide uns noch einmal in die Unterwelt begeben.«
Justus und Bob erhoben sich und wollten aufbrechen, als Bob noch etwas einfiel. »Michelle, noch eine Sache. Wir haben vorhin Moody Firthway in einer abgetrennten Loge gesehen.«
»Und?« Michelle schien das nicht zu verwundern.
»Moody ist schließlich durchaus der Typ Mensch, dem man die eine oder andere dunkle Machenschaft zutrauen könnte. Vielleicht hat er mit den seltsamen Vorgängen in eurem Haus zu tun.«
Michelle zuckte die Schultern. »Das kann ich mir nicht vorstellen.«
»Und warum nicht?«
»Mr Firthway ist ein absoluter Opernliebhaber und besucht fast jede unserer Vorstellungen. Die Loge hat er exklusiv für sich gemietet.«

Mistkerle

»Moody Firthway ein Opernfan?« Bob sah Justus erstaunt von der Seite an. »Glaubst du das?«

Der Erste Detektiv zuckte die Schultern. »Er hat eine Loge gemietet und ist oft hier. Und während einer Aufführung lässt sich in so einer Loge auch nicht sehr viel anderes machen als zuhören. Krumme Geschäfte wickelt man sicher woanders ab.«

»Der Mann ist wirklich ein Rätsel.« Bob schüttelte den Kopf.

Die beiden Detektive liefen durch den Personalbereich Richtung Treppe. Bevor sie hinab in den Keller stiegen, wollte sich Justus noch einmal den Raum ansehen, wo Bob seine unliebsame Begegnung gehabt hatte. Mittlerweile war auch die Pause vorbei und der Großteil des Ensembles wieder auf der Bühne, von der gerade die ersten Töne erklangen. Kaum jemand befand sich noch hier hinten. Doch als die beiden Jungen am Fuß der Treppe standen, hörten sie von oben Schritte.

»Lass mich das machen«, flüsterte Justus. »Ich denke mir was aus.«

Bob nickte. Aber zur Verwunderung der beiden war es weder Pounder noch Blight, der da herunterkam, und auch niemand aus der Verwaltung. Es war Betsy. Schluchzend stolperte sie die Stufen hinab. Als sie die Jungen bemerkte, blieb sie stehen, schniefte und sah sie erstaunt an.

»Was … was wollt ihr denn hier?«

»Ähm, wir wollten … zu Mr Blight, um ihm ein paar Fragen wegen unserem Referat zu stellen.«

»Das könnt ihr euch sparen. Der Mistkerl ist gerade nach

Hause gefahren.« Und schon wieder flossen die Tränen. Betsy machte eine fahrige Bewegung und lief heulend an den Jungen vorbei.

Bob wartete, bis die Garderobiere außer Hörweite war. »Denkst du, was ich denke?«

»Die beiden haben ein Verhältnis«, murmelte Justus. »Oder hatten. – Und jetzt weiter, Dritter!«

Auf dem oberen Flur befand sich niemand mehr. Und auch die Zimmer schienen verlassen zu sein. Die beiden Detektive klopften an jede Tür, aber niemand antwortete ihnen.

Die Musik war lauter hier oben. Offenbar führte der Gang wieder näher zur Bühne. Schließlich endete er in einer massiven Stahltür, die allerdings nicht verschlossen war. Als Justus sie öffnete, überschwemmte ihn förmlich die Musik, und der Erste Detektiv erschrak. Die Tür war eine Öffnung im Rundhorizont, der hintersten Wand der Bühne! Nur dank der Kulissen davor konnten die Zuschauer die Jungen jetzt nicht sehen. Über eine schmale Eisentreppe gelangte man von hier zum hinteren Teil der Bühne, wo im Augenblick eine Hausfront aus Pappmaschee auf ihren Einsatz wartete.

»Blight muss auf diesem Weg die Oper verlassen haben«, flüsterte Bob, während Justus die Tür wieder schloss. »Ansonsten hätten wir ihm ja begegnen müssen.«

Der Erste Detektiv nickte und wollte sich schon umdrehen, als ihm etwas ins Auge fiel. Auf dem Boden neben der Tür lag eine kleine Batterie.

»Wie kommt die denn hierher?« Justus hob die Batterie auf.

»Eine AA-Batterie«, erkannte Bob. »Braucht man für alles Mögliche.«

»Ich weiß.« Der Erste Detektiv steckte die Batterie ein.
Kurz darauf befanden sie sich im untersten Kellergeschoss. Vorsichtig und systematisch erkundeten sie die Räumlichkeiten. Als sie an einem Haufen altes Holz vorbeikamen, nahm sich Bob ein abgebrochenes Tischbein mit. Sicherheitshalber.
Aber diesmal trafen sie keinen Geist und kein Alien an. Und sie fanden auch nach über einer halben Stunde Suche keinen weiteren Zugang zur Kanalisation. Es gab zwar noch eine Stelle wie die, an der Peter eingebrochen war. Auch hier lag ein Bretterboden über einem rauschenden Abwasserschacht und die Bretter waren genauso morsch und knackten hörbar, wenn Justus vorsichtig drauftrat. Doch auch dieser Lattenrost hatte keine Luke. Einen begehbaren Einstieg zur Kanalisation gab es also allem Anschein nach nicht.
»Und du denkst, wir haben alles abgesucht?« Bob beschrieb mit dem Lichtstrahl seiner Taschenlampe einen weiten Halbkreis.
»Ich bin mir ziemlich sicher«, entgegnete Justus.
»Das heißt, es ist doch jemand aus der Oper?«
»Davon müssen wir ab jetzt ausgehen.«
Auf dem Weg nach oben stießen die beiden Detektive aber doch noch auf etwas Merkwürdiges. In einer Ecke lag ein halbes Dutzend Verpackungen von sehr ungewöhnlichen Schokoladenplättchen herum. Schokolade mit kandiertem Flieder, mit Chili und Ingwer, mit Bananenchips und sogar Schokolade mit Blattgold.
»Das stammt sicher nicht aus dem vorletzten Jahrhundert.« Justus sah sich den Hersteller an. »Eine Firma in der Schweiz.

Sieht ganz danach aus, als hätte hier jemand eine Weile warten müssen und sich die Zeit mit Schokolade vertrieben.«
»Das sehe ich genauso.« Bob nickte nachdrücklich. »Jemand, der viel Geld und einen ausgefallenen Geschmack besitzt.«

Peter und Michelle waren bereits fertig mit ihrer Liste, als Justus und Bob wieder die Werkstatt betraten. Der Kreis der potenziell Verdächtigen umfasste neunzehn Personen, die zu den fraglichen Zeiten die Möglichkeit gehabt hätten, sich an den betreffenden Stellen aufzuhalten. Vom Perkussionisten und dem Triangelspieler über Leute aus dem Chor bis hin zu den Platzanweisern war jeder vertreten.
»Und ich kann nicht garantieren, dass die Liste vollständig ist«, baute Michelle gleich vor. »An der Oper sind im Moment etwa hundert Leute beschäftigt. Es ist doch ziemlich schwer, herauszufinden, wer in den letzten Tagen während einer Vorstellung wann genau wo gewesen ist.«
Justus nickte. »Neunzehn. Das ist ein Anfang.« Er überlegte kurz und sah dann Michelle an. »Sind denn unter diesen neunzehn Personen welche, die im Moment, wie soll ich sagen, in Schwierigkeiten stecken?«
»Schwierigkeiten? Was meinst du damit?«
»Na ja, Personen, die gute Gründe hätten, der Oper zu schaden. Oder Pounder. Oder denen vielleicht daran gelegen ist, dass die Oper die Aufmerksamkeit der Stadt auf sich zieht.«
Michelles Miene signalisierte, dass es da jede Menge Kandidaten gab. »Pounder ist nicht sehr beliebt, das wisst ihr ja bereits. Auf der Liste steht zum Beispiel Dillon, der Bühnenarbeiter. Meines Erachtens ein ausgezeichneter Bariton. Aber Pounder

will ihm nicht einmal eine Chance geben, nur weil Dillon sich alles selbst beigebracht hat und an keinem anerkannten Institut studiert hat. Oder Eleonora.«

»Die Schneiderin?«, erinnerte sich Peter.

»Genau. Sie wartet seit Jahren auf eine Gehaltserhöhung und hat ein krankes Kind zu Hause. Und natürlich unsere Florence. Sobald Pounder eine jüngere, billigere und vor allem weniger schwierige Sopranistin findet, wird er Florence aufs Abstellgleis schieben.«

»Ich habe gesehen, wie sie und Blight sich unterhielten«, unterbrach Bob sie. »Und ich hatte den Eindruck, dass sie sich recht gut verstanden.«

Michelle nickte. »Maurice Blight.« Sie zeigte auf den Namen des Intendanten, der ebenfalls auf der Liste zu finden war. »Es ist ein offenes Geheimnis, dass er Pounder absägen und selbst Chef werden will. Und Wan Ming hasst Pounder, weil der seiner Frau gekündigt hat.« Michelle hob hilflos die Hände. »Es ist fast einfacher, jemanden zu finden, der gut auf Pounder zu sprechen ist, als umgekehrt.«

»Gibt es so jemand überhaupt?«, fragte Peter.

Michelle überlegte eine Weile und zwinkerte dann treuherzig. »Mich. Ich bin ihm sehr dankbar, dass er mir die Stelle hier gegeben hat. Und irgendwie mag ich ihn auch. Ich glaube, in seinem Inneren ist er ein guter Kerl, der einfach nur zu viel von seinen Angestellten erwartet. Aber außer mir fällt mir jetzt auf die Schnelle tatsächlich niemand ein.«

Bob nickte. »Sieht ganz so aus, als wartet da jede Menge Arbeit auf uns, bis wir die alle einzeln abgeklopft haben. Und wenn es dann keiner von denen war ...« Er zog eine Grimasse.

Peter schlang die Decke enger um sich. »Richtig. Deshalb jetzt mal zu euch. Was habt ihr?«
Justus und Bob berichteten von ihrem Ausflug. Als zuletzt das Thema auf Betsy und Blight kam, machte Michelle ein finsteres Gesicht.
»Dieser Mistkerl!«
Bob grinste. »Genau so hat ihn Betsy auch genannt.«
»Es gibt ja auch keine bessere Bezeichnung für Blight.«
Dann brachen die drei ??? auf. Es war schon spät und die Jungen waren erschöpft von den Ereignissen der letzten Stunden.
»Was wollt ihr jetzt unternehmen?« Michelle nahm die Decke entgegen, die sich Peter von den Schultern genommen hatte.
»Wir werden einiges recherchieren und weiter ermitteln«, sagte Justus. »Am besten natürlich vor Ort. Kannst du uns morgen wieder einschleusen?«
Michelle überlegte. »Morgen Nachmittag habe ich in Los Angeles zu tun. Aber am Abend ginge es. Da ist Premiere. *Die Zauberflöte.*«
»Prima. Dann bis morgen Abend.«
Michelle brachte die Jungen zum Hinterausgang. Dort verabschiedeten sie sich und die drei Freunde machten sich auf den Weg zu Bobs Käfer.
Zwischen der Rückseite des Operngebäudes und einer alten Fabrikhalle, in der sich mittlerweile Restaurants und Geschäfte befanden, führte eine schmale Gasse nach vorne zur Hauptstraße. Große Müllcontainer standen am Rand, hier und da lag etwas Unrat. Ein altes Rad, zwei Autoreifen, ein paar Kartons. Die drei Jungen sahen kaum, wo sie hintraten, weil die Be-

leuchtung der Hauptstraße die Gasse nur notdürftig erhellte. Zudem schluckte der Regen einen guten Teil des Lichts.

Plötzlich blieb Peter stehen. »Habt ihr das gehört?«

»Was denn?«

»Da hat doch einer gestöhnt!«

»Gestöhnt?«

»Ja, das müsst ihr doch – da!«

Jetzt vernahmen es auch Justus und Bob. Ein Mensch stöhnte. So als habe er große Schmerzen.

»Das kam von dort! Von dem Müllcontainer!«

Die drei ??? rannten zu dem riesigen Behälter, der ein paar Meter weiter neben einer Tür stand. Die Klappe stand etwas offen.

»Hallo?« Der dritte Detektiv stemmte die Klappe noch ein Stück weiter auf und sah hinein. »Sind Sie dadrin?«

Wieder ein Stöhnen. Aber es kam nicht aus dem Container.

»Dahinter! Er liegt dahinter!«

Justus eilte an dem Behälter vorbei zu dem Spalt zwischen Container und Hauswand. Peter und Bob folgten. Verzweifelt versuchten sie, in dem Dunkel etwas zu erkennen. Als ihre Augen sich an das Licht gewöhnt hatten und sie zu Boden blickten, stockte ihnen der Atem. Füße! Da waren Füße! Hinter dem Container lag ein Mensch!

»Da ist er!« Bob beugte sich hinunter. »Hallo? Können Sie mich verstehen?«

»Hilfe!«, röchelte eine schwache Stimme. »Helft mir!«

»Keine Sorge, wir ziehen Sie raus!« Bob winkte Justus zu sich. »Pack mal mit an, Erster! Aber ganz vorsichtig!«

Mit vereinter Kraft zogen die beiden die völlig durchnässte Person so behutsam wie möglich aus dem Spalt. Der Kleidung

nach zu urteilen war es ein Mann. Immer wieder stöhnte und ächzte er. Er schien große Schmerzen zu haben.
Endlich hatten sie ihn auf die Gasse bugsiert und zogen ihn zur Hauswand. Mit ihrer Hilfe gelang es ihm, sich an die Hauswand gelehnt aufzusetzen. Peter hatte zwischenzeitlich seine Taschenlampe hervorgeholt. Geschickt richtete er nun das Licht so, dass sie etwas erkennen konnten, der Mann aber nicht geblendet wurde.
»Sie sind verletzt?«, fragte Justus, während Peter den Strahl langsam nach oben wandern ließ.
»Diese Mistkerle«, keuchte der Mann und griff sich an den Kopf.
»Sollen wir einen Krankenwagen rufen?«
»Verdammte Mistkerle!« Der Mann sprach mit einem auffallenden Akzent. Kehlig, offen, mit rollendem R.
»Haben Sie sich etwas gebrochen?«
»Nein, nein, es geht schon.«
Dann beleuchtete der äußere Lichtkreis der Taschenlampe das Gesicht des Mannes. Justus schnappte vor Verblüffung nach Luft und jetzt erkannten ihn auch seine Freunde.
»Mr Abakulow!«, kam es fassungslos aus Peters Mund.

Inferno im Tempel

»Ich verstehe das immer noch nicht!« Bob schüttelte den Kopf, während Peter seinen MG abschloss. Die Tiefgarage der Oper war bereits überfüllt, deswegen hatten sie sich draußen einen Parkplatz suchen müssen. »Warum geht jemand, der so verprügelt wurde, nicht zum Arzt, geschweige denn zur Polizei? Steht einfach auf und läuft davon! Er hat sich gestern nicht mal bei uns bedankt.«

Justus spannte seinen Regenschirm auf. »Das kann mehrere Ursachen haben.«

»Angst?«, tippte Peter und stellte sich zu Justus unter den Schirm. »Dass ihm das noch mal passiert, wenn er die Typen anzeigt?«

»Ja, zum Beispiel. Oder er befürchtet Nachteile, wenn die Sache publik wird.«

»Weil er selbst etwas zu verbergen hat?«, überlegte Bob und zog sich seine Kapuze über den Kopf.

Der Erste Detektiv schaute nach links und rechts. Dann überquerten die Jungen die Straße. »Vielleicht möchte er auch ganz einfach nicht, dass die Öffentlichkeit davon erfährt. Denkt an den Vortrag nächste Woche.«

Die drei ??? liefen eine Weile schweigend über den nassen Asphalt. Der Regen prasselte auf sie hernieder. So laut, dass sein Rauschen beinahe den Straßenverkehr übertönte.

»Aber merkwürdig finde ich das trotzdem«, sagte Bob schließlich.

Justus nickte. »Ohne Zweifel.« Und wieder war da etwas, auf

das er im Moment nicht kam. Etwas, das Abakulow gesagt hatte und das ... Er kam einfach nicht drauf.
»Vor allem, weil Abakulow gerade dort überfallen wurde, wo sich dieses merkwürdige Wesen herumtreibt. Denkt ihr«, Peter machte einen großen Schritt über eine Pfütze, »dass es da einen Zusammenhang gibt?«
»Du meinst, einen Zusammenhang zwischen Abakulows Alien und unserem Geist?«, fragte Bob nach.
»Warum nicht?«
»Weil Abakulow seine Enthüllung vor langer Zeit angekündigt hat, diese Kreatur aber erst seit ein paar Tagen ihr Unwesen treibt«, wandte Justus ein.
»Das muss gar nichts heißen«, entgegnete Peter. »Der Geist kann sich schon wer weiß wie lange in der Oper verstecken.«
Der Erste Detektiv blieb skeptisch. Aber Peter war auch von Justus' Einwand nicht wirklich überzeugt. Zu viele Merkwürdigkeiten trafen hier aufeinander.
Wenige Minuten später hatten sie die *Opera Califia* erreicht. Heute Abend war der Andrang tatsächlich deutlich größer als gestern, wie sie schon vor der Tiefgarage vermutet hatten. Trotz des strömenden Regens hatten viele Menschen den Weg zur Premiere von Mozarts *Zauberflöte* gefunden.
Die drei ??? begrüßten Michelle und wurden wie tags zuvor von ihr mit Freikarten versorgt. »Ich habe leider nur noch drei Plätze im zweiten Rang ganz hinten bekommen. Der Rest ist ausverkauft.«
»Das ist in Ordnung«, versicherte Justus Michelle. »Wir werden ohnehin erst ab der Pause auf unseren Plätzen sein. Vorher wollen wir uns noch einmal ein wenig umsehen.«

»Macht das dein Knöchel schon wieder mit?« Michelle sah Peter an. »Und dein Knie?«
Peter lächelte. »Und mein Gesicht. Jaja, bin einigermaßen einsatzbereit. Schau her, schon ein Pflaster weniger.« Peter deutete auf seine Stirn.
»Toll! Dann bis nachher, ich hab alle Hände voll zu tun.« Michelle verschwand in der Menge.
Der Schlachtplan, den sich die drei Jungen am Nachmittag zurechtgelegt hatten, sah vor, ab der Pause die Vorstellung zu besuchen. Sie wollten dort nach »Unregelmäßigkeiten im Zuschauerraum Ausschau halten«, wie sich Justus ausgedrückt hatte. Dazu gehörte auch die Observation von Moody Firthway, der nach Auskunft von Michelle bereits in seiner Loge saß. Für diese Zwecke hatte der Erste Detektiv ein altes Nachtsichtgerät reaktiviert, das er in einer Kiste seiner Freiluftwerkstatt aufbewahrte. Davor wollten sie noch einmal die Orte aufsuchen, an denen sie und Michelle den Geist gesehen hatten, und dafür auch erneut in den Keller hinabsteigen. Diese Schokoladenverpackungen hatten die Jungen im Nachhinein doch argwöhnisch werden lassen. Vielleicht fand sich bei genauerer Suche dort unten noch etwas, das Licht in diesen Fall bringen konnte. Die drei ??? hatten extra ihre stärksten Taschenlampen mitgebracht. Außerdem blieben sie heute zusammen. Das hatte Peter durchgesetzt.
Aber diese erste Aktion verlief ergebnislos. Vom Geist keine Spur und außer ein paar Kabelresten und Klemmen fanden die Jungen nichts. Wahrscheinlich hatte irgendwann ein Elektriker hier unten seinen Müll entsorgt.
Nachdenklich und ein wenig ernüchtert machten sich die

drei ??? auf den Weg zu Michelles Werkstatt, wo sie die Pause abwarten wollten. Michelle selbst würde nicht da sein, sie blieb bei einer Premiere lieber hinter der Bühne in Reichweite ihrer Kulissen. Falls etwas schiefging.
Kurz vor der Werkstatt trafen sie auf Wan Ming. Er hantierte am Schloss einer Tür herum. Die Jungen grüßten freundlich und lächelten. Doch der chinesische Hausmeister maß sie nur mit einem verächtlichen Blick.
»Was hat der denn?«, wunderte sich Bob.
»Pounder ist freundlich zu uns, damit sind wir automatisch seine Feinde«, sagte Justus, der sich an das erinnerte, was ihnen Michelle über den Hausmeister gesagt hatte.
Beim ersten Gong machten sich die Jungen auf den Weg. Im Foyer kamen sie an Pounder vorbei, der lautstark mit Eleonora diskutierte. Die Schneiderin war den Tränen nahe. Sie liefen in den ersten Stock und gelangten innerhalb des Zuschauerraums über eine Wendeltreppe hoch zum zweiten Rang.
»Verflixt!«, flüsterte Justus, nachdem sie auf ihren Sitzen Platz genommen hatten. »Von hier sieht man gar nichts.«
»Die Bühne ist da unten«, witzelte Peter. »Hinter dem großen, roten Vorhang. Kannst du den erkennen?«
»Ich spreche von Zuschauern.« Der Erste Detektiv blickte durch sein Nachtsichtgerät. »Außer ein paar Hinterköpfen, dem Orchester und den Leuten in den allerersten Reihen sehe ich nichts. Von Moody ganz zu schweigen. Dessen Loge befindet sich links unter uns.«
Das Licht im Saal erlosch und der Vorhang tat sich auf. Die erste Szene nach der Pause spielte in einem Palmwald. Der Fürst Sarastro bereitete stimmgewaltig die Prüfungen für

Tamino und Papageno vor. Justus spähte noch eine Weile durch sein Gerät, ließ es dann aber enttäuscht sinken. Bob lauschte hingerissen der Musik und Peter gab sich alle Mühe, nicht einzuschlafen.
Dann wurde es Nacht auf der Bühne. Donner grollte von Ferne und der Wald verwandelte sich in einen antiken Tempel. Zwei Strahler erfassten Tamino und Papageno, die mit verbundenen Augen in der Mitte der Bühne standen. Die Musik setzte ein.
Plötzlich loderte im rechten Bühnenhintergrund eine Stichflamme auf. Und eine Sekunde später links noch eine.
»Wow!« Peter wachte wieder auf. »Cooler Effekt!«
Jemand schrie. Nicht im Zuschauerraum, sondern auf der Bühne.
Ein lauter Knall hallte durch den Saal und kurz darauf schossen Flammen aus der Obermaschinerie. Weitere Schreie waren zu hören. Im Zuschauerraum wurde es unruhig. Die Flammen auf der Bühne griffen auf die Tempelkulisse über. Im Inneren des Tempels fing eine Statue Feuer. Hatte das noch mit der *Zauberflöte* zu tun?
»Das ist kein Effekt!« Justus ließ die Bühne nicht aus den Augen und stand langsam auf.
»Du meinst …?« Bobs Augen weiteten sich.
»Feuer!«, schrie plötzlich einer der Sänger auf der Bühne und deutete nach oben. »Feuer! Es brennt!«
Seine weiteren Schreie gingen im Chaos unter, das jetzt ausbrach. Binnen Sekunden verwandelten sich der Zuschauerraum und die Bühne in ein Tollhaus aus Schreien, flüchtenden Menschen und Flammen. Immer weiter griff das Feuer auf der

Bühne um sich. Von der Bühnendecke stürzten erste Gegenstände in die Tiefe, blaue Zungen leckten am Vorhang hinauf. Die Sänger rannten hinter die Bühne, die Musiker flohen aus dem Orchestergraben, die Menschen im Saal stiegen über die Sitze hinweg, quetschen sich aus den Reihen, fielen übereinander, blieben stecken, schrien, fluchten und rannten um ihr Leben.

»Raus!«, rief Peter. »Wir müssen sofort raus hier!«

»Verdammt!« Bob zeigte zur Wendeltreppe. Dort stauten sich die Menschen bereits. Und sie waren die Letzten!

»Dort drüben. Die Säule!« Justus zeigte auf eine der Rundsäulen, die sich über alle Stockwerke erstreckten. »Wir müssen an denen hinunterklettern!«

Peter sandte ein Stoßgebet zum Himmel. Klettern! Mit dem Knie und dem Knöchel! Dann hastete er Justus und Bob hinterher.

Endlich setzte die Sprinkleranlage ein. Ein kalter Regen ging auf den Saal hernieder. Unten auf der Bühne tauchten Leute mit Feuerlöschern auf. Aber der Vorhang und die Kulissen standen bereits lichterloh in Flammen. Das Feuer prasselte so laut, dass es sogar den Löschregen übertönte.

Immer noch herrschte Aufruhr im Saal. Immer noch gellten Schreie durch den Raum, waren nicht alle Leute draußen. Aber die Reihen lichteten sich.

Bob war über die Brüstung geklettert und hatte sich an der Säule in den ersten Stock hinabgleiten lassen. Justus folgte ihm und dann Peter, dem sein jahrelanges Training zugutekam. Trotz seiner Verletzungen klappte es ganz gut.

»Da! Die Tür!« Bob lief voraus. Der erste Rang war fast leer.

Die drei ??? rannten durch die Reihen, passierten eine der Türen und liefen hinaus auf den Gang.
»Der Feuergeist!« Eine blonde Frau mit geflochtenem Stirnband und lila Batikkleid flog an ihnen vorbei. »Wir werden alle umkommen!«
»Zur Treppe!« Justus übernahm die Führung. Hinter ihnen im Saal krachte etwas mit einem irrsinnigen Getöse in die Tiefe.
Die Menschen drängten sich wie eine Flutwelle die Treppe hinab ins Erdgeschoss. Alle wollten ins Foyer, zum Hauptausgang.
Plötzlich wieder Schreie. Nicht aus dem Saal, sondern aus dem Foyer. Brannte es auch da? Die Jungen rannten zum ersten Treppenabsatz, von wo sie in die Vorhalle blicken konnten.
»Oh nein!« Peter spürte, wie sein Herz aussetzte.
»Die Türen!«, hauchte Bob. »Die Türen sind ... verschlossen!«
Die Türen waren zu! Die riesigen Stahltüren aus alten Marktzeiten! Und nur mit einem Schlüssel würde man sie aufbekommen! Keine noch so rohe Gewalt half da weiter.
»Seht! Pounder!« Justus hatte den Direktor in der Menge entdeckt. Er zwängte sich zum Eingang durch, steckte den Schüssel ins Schloss und schien dann in sich zusammenzusacken! Hilflos rüttelte er an der Türklinke.
»Jemand hat das Schloss kaputt gemacht!«, brüllte Justus, während unten die Menschen verzweifelt schrien und sich gegen die Türen warfen. »Keiner soll hier rauskommen!«
Pounder winkte aufgeregt. Er versuchte die Menge umzuleiten. Wohin? Wohin sollten sie laufen?

»In die Tiefgarage!«, erkannte Bob aus Pounders Gesten. »Er will, dass alle in die Tiefgarage fliehen!«
Justus blickte zur Treppe auf der gegenüberliegenden Seite. »Das dauert zu lange! Wir versuchen es über den Künstlerzugang.« Der Erste Detektiv hatte sich erinnert, dass es hinter den Kulissen eine Tür mit der Aufschrift ›Garage‹ gab.
Die drei ??? liefen hinab ins überfüllte Foyer und arbeiteten sich zu der Tür vor, durch die Michelle sie jetzt schon einige Male reingelassen hatte. Justus rief den Leuten zu: »Hier geht's zur Tiefgarage!«, und so zogen sie bald eine Traube Menschen hinter sich her.
Doch die Tür war abgesperrt! Justus und Bob zögerten keine Sekunde und warfen sich mit der Schulter voran dagegen. Beim zweiten Versuch zersplitterte das Schloss.
Die Jungen hasteten durch den mittlerweile leeren Gang, alle Künstler hatten sich offenbar schon in Sicherheit bringen können. Justus musste sich kurz orientieren, wusste aber dann wieder, dass ziemlich am Ende des Gangs die Tür zur Garage war. Er rannte voraus, Peter, Bob und alle anderen hinterher.
Kurz bevor sie den Ausgang erreichten, passierten sie einen Raum, dessen Tür einen Spalt offen stand. Im Vorbeirennen las Bob ›Büro‹ auf dem Schild neben der Tür und sah Lichtblitze, die durch den Türspalt drangen. Offensichtlich brannte es auch in diesem Zimmer.
Der Künstlerzugang zur Tiefgarage! Endlich! Justus stieß die Tür auf und ließ einen nach dem anderen auf die Treppe. Er selbst hetzte als Letzter hinterher.
Die Tiefgarage war groß genug, sodass sich die Menschen

nicht so drängen mussten wie oben. Auch hier hatte die Sprinkleranlage eingesetzt, obwohl es nicht brannte.
»Da lang!« Bob zeigte in Richtung Ausfahrt, wohin sich alle bewegten. Manche ließen bereits ihre Autos an.
Doch als die drei ??? auf das metallene Rolltor zuliefen, sahen sie, wie einige verzweifelt auf das Tor einhämmerten. Auch dieser Weg nach draußen war versperrt!

Rote Wut

»Meine Herrschaften! Verehrte Herrschaften, bitte beruhigen Sie sich doch!« Ronald Pounder fuchtelte aufgeregt mit den Armen herum und versuchte, sich Gehör zu verschaffen. »Bitte! Sie sind in Sicherheit! Hier unten kann Ihnen nichts geschehen!«

»Wieso sind die Türen und Tore zu?«, brüllte ein aufgebrachter Mann im dunkelblauen Anzug. »Das sind Fluchtwege! Die müssen immer offen sein!«

»Ja, richtig!«, pflichtete ihm ein anderer bei.

»Der Feuergeist!« Die blonde Frau von vorhin war auch wieder da. Ihre Hand umklammerte ein riesiges Amulett. »Ich spüre ihn! Er ist nah! Wir werden sterben!«

»Nein! Niemand stirbt hier«, beeilte sich Pounder zu versichern. »Das Feuer kann nicht bis hierher vordringen. Außerdem haben wir den Brand oben bereits im Griff, wie mir mitgeteilt wurde.«

»Wann kommt denn endlich die Feuerwehr?«, wollte ein älterer Herr wissen.

»Öffnen Sie die Tore!«, forderte die blonde Frau und hielt dabei ihr Amulett wie einen Schutzschild vor sich.

»Das kann ich leider nicht«, erwiderte Pounder zerknirscht. »Sie wurden manipuliert. Aber Polizei und Feuerwehr sind alarmiert und müssten jeden Moment eintreffen. Bitte bewahren Sie Ruhe! Gleich ist alles überstanden.«

»Nichts ist überstanden!«

»Eine bodenlose Unverschämtheit ist das!«

»Lassen Sie uns endlich raus!«

Die Menschen waren nicht zu beruhigen, wollten das auch gar nicht. Sie riefen durcheinander, gestikulierten und versuchten sinnloserweise immer wieder, das Tor aufzubekommen. Andere standen eindeutig unter Schock und starrten nur vor sich hin.

»Manipuliert«, wiederholte Justus.

Die drei ??? hielten sich etwas abseits und beobachteten das Spektakel an der Ausfahrt. Peter hatte sich auf eine Kühlerhaube gesetzt und massierte sein Knie.

»Das war von vorne bis hinten geplant«, sagte Bob. »Jemand wollte eine Katastrophe herbeiführen.«

Michelle hatte sie entdeckt, sie winkte und kam auf sie zugelaufen. »Hallo, Jungs! Ist euch was passiert? Geht's euch gut?«

Die drei Freunde nickten.

»Wir hatten Glück, das ist gerade noch mal gut gegangen!« Michelle war bleich im Gesicht und hatte etwas Ruß an den Armen. »Um ein Haar und ... ich will gar nicht daran denken.«

»Wie sieht's oben aus?«, fragte Justus.

»Hier und da gibt es noch kleinere Brandherde, aber wir haben das Feuer unter Kontrolle. Der Schaden ist allerdings beträchtlich, so wie es aussieht.«

»Weiß man schon, was die Ursache für den Brand ist?«, erkundigte sich Bob.

Michelle schüttelte den Kopf. »Niemand kann sich das Ganze erklären. Urplötzlich fing es im hinteren Teil der Bühne an mehreren Stellen an zu brennen. Und dann brach das Feuer auch noch nahe am Rundhorizont in der Obermaschinerie aus. Es war wie verhext.«

Justus stöhnte auf. »Schande über uns! Wie konnten wir nur so blind sein!«
»Was meinst du, Just?«
»Wieso blind?«, fragte Peter irritiert.
»Kabelreste, Klemmen, die Batterie.« Der Erste Detektiv raufte sich die Haare.
»Verdammt!«, entfuhr es Peter.
»Wovon sprichst du?«, fragte Michelle.
»Wir haben das Zeug im Keller gefunden und die Batterie oben neben der Tür, die auf den Rundhorizont führt«, informierte sie Bob. Wie Peter war ihm sofort klar gewesen, was Justus meinte.
»Ja und?«
»Man braucht diese Dinge unter anderem für Zeitzünder.«
Michelle riss die Augen auf. »Ihr meint …?«
Peter nickte. »Brandstiftung. Das Feuer brach nicht zufällig aus.«
»Aber das ist ja furchtbar!« Michelle war fassungslos. »Wer kann denn so etwas wollen? Wir hätten alle umkommen können!«
Justus schüttelte den Kopf. »Das war wohl nicht beabsichtigt. Ansonsten hätte der Brandstifter auch den Zugang zur Tiefgarage blockiert. Und dafür gesorgt, dass das Feuer nicht derart leicht unter Kontrolle zu bekommen ist.«
Michelle konnte dem Ersten Detektiv kaum folgen, so durcheinander war sie. »Aber wenn wir nicht alle … Was sollte dann … Ich verstehe das nicht!«
»Ja«, pflichtete ihr Peter bei. »Was sollte dann das Ganze?«
Der Erste Detektiv blickte starr in die Menge. »Im Moment

ist mir das auch noch völlig schleierhaft. Allerdings könnte ich mir vorstellen, wer darauf eine Antwort weiß.«

Bob nickte. »Unser Geist.«

»Richtig. Dieses geheimnisvolle Treiben unseres großen Unbekannten in den letzten Tagen könnte durchaus den Zweck gehabt haben, an verschiedenen Orten der Bühne Brandsätze zu installieren, die dann im richtigen Augenblick per Zeitzünder ausgelöst wurden.«

Michelle ließ sich ebenfalls auf eine Kühlerhaube sinken und hob verzweifelt die Hände. »Aber wieso?«

Die drei ??? erwiderten nichts. Doch die Geschehnisse hatten eine unerwartete Wendung genommen und erschienen nun in einem gänzlich neuen Licht. So viel stand fest.

»Habt ihr eigentlich auch das Feuer im Personalbereich unter Kontrolle?«, brach Bob nach einer Weile das Schweigen.

Michelle sah ihn verwundert an. »Welches Feuer?«

»Na, das in diesem Kopierraum neben der Treppe zur Garage.«

»Da brannte es ja gar nicht. Der Raum ist auch viel zu weit von der Bühne entfernt.«

»Aber ich habe doch genau gesehen, wie es dadrin –«

»Dritter!«, fiel Justus seinem Freund ins Wort und deutete nach vorne zu den Leuten.

Unter den Zuschauern war ein Tumult ausgebrochen. Ein bulliger, baumlanger Typ bahnte sich den Weg durch die Menge und stellte sich vor die Ausfahrt. Und vor ihm baute sich Moody Firthway auf.

»Was ist da los?« Peter drückte sich von der Kühlerhaube ab.

»Lasst uns näher rangehen«, befahl Justus.

»Ruhe!«, hörten sie Moody in diesem Moment brüllen. Der Mann war krebsrot im Gesicht und schäumte vor Wut. »Ruhe habe ich gesagt!« Sein Leibwächter ließ den Blick kreisen. Die Menge verstummte.

»Hört zu, hört mir gut zu!« Moody sah sich drohend um. »Mir ist etwas abhandengekommen. Etwas sehr Wertvolles. Und da ich es vor dem ganzen Feuerzauber noch hatte, muss das während des Durcheinanders danach passiert sein.«

»Was geht das uns an?«, rief ein junger Mann.

»Was euch das angeht?« Moodys Stimme klang scharf wie ein Messer. »Das kann ich dir sagen. Wer immer mich bestohlen hat, wird ziemlich viel Ärger bekommen. Seine letzte Chance, einigermaßen glimpflich davonzukommen, besteht darin, mir sofort zurückzugeben, was mir gehört!«

»Das ist doch lächerlich!«, rief ein anderer.

»Lächerlich?«, explodierte Moody. »Lächerlich?« Er gab seinem zweiten Leibwächter ein Zeichen und der Mann stellte sich vor den Aufgang zum Foyer. »Wenn die Polizei kommt, geht keiner nach Hause, bevor er nicht durchsucht wurde.«

»Sind Sie verrückt? Vielleicht haben Sie das ... Ding einfach verloren!«, piepste eine dicke Frau.

»Unmöglich!«, bellte Moody.

»Was vermissen Sie denn überhaupt?«, fragte ein älterer Mann.

»Ein Buch. Ein kleines, rotes Buch.«

Die drei ??? sahen sich vielsagend an. Moodys geheimnisvolles Buch!

Bis zum Eintreffen der Polizei hatte Moody Firthway sein kostbares Buch nicht zurückbekommen. Doch als die Beamten das

Tor zur Tiefgarage öffneten, wagte es auch niemand, sich an den Polizisten vorbeizudrängen, so sehr hatten Moody und seine Leibwächter die Leute eingeschüchtert. Nach einem kurzen Gespräch zwischen Moody und dem befehlshabenden Beamten stellten sich alle brav in einer Schlange an und warteten, bis man sie durchsuchte.
»Moodys scheint auch sehr gute Verbindungen zur Polizei zu haben«, stellte Bob fest.
Justus nickte grimmig. »Was auch immer der Grund dafür ist.«
»Ich könnte mir vorstellen«, sagte Peter, »dass der eine oder andere Grund dafür sogar in jenem Buch steht.«
»Ein Grund mehr, mal einen Blick reinzuwerfen«, erklärte Justus trocken.

Nach einer halben Stunde hatten fast alle Zuschauer die Tiefgarage verlassen. Nur noch Justus, Peter und Bob sowie die Angestellten warteten darauf, dass die Polizisten ihre Kleidung abklopften. Moody stand daneben und beobachtete jeden Handgriff mit versteinerter Miene.
Als die drei Jungen fertig waren, stellten sie sich in die Auffahrt und beobachteten, was die Durchsuchung der Angestellten ergab. Einer nach dem anderen wurde ergebnislos durchgelassen. Schließlich waren nur noch Blight und Pounder übrig.
Der Direktor lächelte Moody teilnahmsvoll zu und wollte schon an dem Polizisten vorbeigehen, als der ihn aufhielt.
»Ich muss Sie leider auch durchsuchen, Mr Pounder.«
»Mich? Aber das ist doch lachhaft. Sie glauben, ich hätte …?«
Er sah Moody Hilfe suchend an, aber der verzog keine Miene.

»Bitte, Mr Pounder.« Der Polizist kniete sich hin und tastete die Hose ab.
Pounder warf Moody einen vorwurfsvollen Blick zu. Es war deutlich zu sehen, dass sie sich kannten. Was ja auch nicht weiter verwunderlich war angesichts der Tatsache, dass Moody Firthway die teuerste Loge des Hauses gemietet hatte.
Moody interessierte allerdings nur, was der Polizist tat. Die Wut stand ihm dabei immer noch ins rote Gesicht geschrieben.
Plötzlich hielt der durchsuchende Polizist inne. »Würden Sie bitte Ihr Jackett öffnen, Mr Pounder?«
»Mein Jackett? Aber wieso?«
»Mach schon, Ronny«, knurrte Firthway.
Pounder wirkte plötzlich verunsichert, lächelte zaghaft und knöpfte seine Jacke auf. Der Polizist griff in die Innentasche, stutzte und holte ein kleines, rotes Buch daraus hervor.

Blitz und Donner

Peter zuckte zusammen. Der Donnerschlag hatte die Zentrale erbeben lassen. Das Gewitter musste direkt über ihnen sein. »Mann, wann hört das endlich wieder auf?«

Als das Grollen verstummt war, tippte Justus auf die Zeitung, die vor ihm auf dem Schreibtisch lag. Ausführlich wurde darin über die gestrigen Ereignisse in der Oper berichtet. »Hier steht nur, dass die Zugänge unpassierbar waren. Dass sie manipuliert waren, wird gar nicht erwähnt.«

»Vielleicht wurde etwas ins Schloss gesteckt? Und beim Tiefgaragentor die Elektrik lahmgelegt?«, überlegte Bob.

Justus nickte. »Möglicherweise kann uns Cotta dazu etwas sagen. Ich rufe ihn nachher an.« Er beugte sich wieder über die Zeitung und las die letzten Sätze vor: *»Die Ursachen des Brandes betreffend tappen die Ermittler noch völlig im Dunkeln. Aus zuverlässigen Quellen haben wir jedoch erfahren, dass Brandstiftung nicht ausgeschlossen werden kann. Gibt es also einen Feuergeist in Rocky Beach? Und welchen Grund hatte er für diesen ebenso feigen wie brutalen Anschlag auf die* Opera Califia?«

»Genau das ist die entscheidende Frage.« Peter tastete vorsichtig den Schorf ab, der sich in seinem Gesicht gebildet hatte. »Warum wurde der Brand gelegt? Um der Oper zu schaden? Warum will jemand der Oper schaden?«

»Dazu müssten wir die internen Verhältnisse der Oper noch genauer ausleuchten«, erwiderte Bob. »Michelle hat uns ja schon einiges erzählt. Da sollten wir ansetzen.«

»Dein Außerirdischer mit den netten Tentakeln könnte uns dazu wahrscheinlich einiges sagen«, meinte Peter. »Der allein ist ja schon Hinweis genug, dass in der Oper irgendetwas nicht stimmt. Ganz zu schweigen von unserem Geist.«

»Der für mich nach wie vor ganz oben auf der Liste der Verdächtigen steht, was die Brandstiftung angeht«, war Justus überzeugt. »Allerdings wissen wir damit immer noch nichts über das Motiv.«

Bob wippte in seinem Sessel hin und her. »Und wenn doch nur alles inszeniert war, um Moodys Buch zu klauen?«

Über diese Theorie hatten die drei ??? noch gestern Abend in der Oper diskutiert. Angesichts der Ereignisse in der Tiefgarage und dem sensationellen Fund bei Pounder war der dritte Detektiv auf diese Idee gekommen.

»Pounder zündet sein eigenes Haus an, tut so, als ob die Türen nicht aufgingen, setzt das Leben vieler Menschen aufs Spiel – und das alles nur, um an das Buch zu kommen? Ich kann das immer noch nicht glauben.« Peter blieb skeptisch.

»Aber er hatte nun mal das Buch«, gab Bob erneut zu bedenken.

»Und wirkte selbst am meisten überrascht über diese Tatsache«, entgegnete Justus.

»Na ja, der Mann ist an der Oper. Schauspielerei gehört zu seinem Geschäft.«

»Ich weiß nicht. Mir erscheint das alles doch sehr fragwürdig, wenngleich die Indizien –«

Wieder blitzte und donnerte es heftig. Draußen knirschte sogar der Schrott, unter dem die Zentrale lag.

»Hoffentlich bricht unser Schrotthaufen nicht über uns zusammen und begräbt uns.« Peter sah sich beklommen um.

»Da fällt mir ein«, Bob runzelte die Stirn, »diese Blitze im Kopierraum. Wenn es da gar nicht gebrannt hat, wie Michelle sagte, ist das doch sehr merkwürdig.«

»Wieso merkwürdig?«, gab Peter zurück. »Ein Kopierer erzeugt so was wie Blitze, wenn kopiert wird und der Deckel nicht ganz zu ist.«

»Eben. Aber wer kopiert, während die Oper brennt?«

»Da hast du völlig recht, Dritter«, sagte Justus bedächtig und überlegte einen Moment. »Zumal der Deckel vielleicht deswegen nicht ganz geschlossen war, weil etwas Dickeres auf dem Glas lag als ein Blatt Papier.«

Bob verstand. »Ein Buch zum Beispiel?«

»Exakt. Und wie wir gestern Abend gesehen haben, hat Moodys Buch ja durchaus einen gewissen Umfang.«

»Ihr denkt, da hat jemand das Buch kopiert?« Peter ließ seinen Schorf in Ruhe. »Er hat es Moody geklaut und dann einfach kopiert?«

»Und es danach in dem Durcheinander Pounder untergeschoben«, schloss Justus.

»Es sei denn, Pounder war es doch selbst«, warf Bob ein.

»Nein. Überleg doch! Wenn Pounder es kopiert hätte –«

»... hätte er es möglichst schnell wieder Moody in die Tasche geschoben, das ist richtig!«

»Oder, falls es dazu keine Gelegenheit mehr gab, sich des Buches unauffällig entledigt, als die Durchsuchung begann. Pounder wusste aber nichts von dem Buch in seiner Tasche.«

Der Erste Detektiv begann seine Unterlippe zu kneten. Das war von jeher ein Tick von ihm, wenn er scharf nachdachte.

»Jemand anders hat das Buch gestohlen, danach kopiert und

es unbemerkt in Pounders Tasche gesteckt. Das erscheint mir viel plausibler. Und zudem ist das ein weiterer Hinweis darauf, dass auch der Dieb im Kreis der Opernleute zu suchen ist. Ein Zuschauer hätte wohl niemals den Kopierraum in seinen Plan mit einbezogen, wenn er es auf Moodys Buch abgesehen hatte.«

»Derjenige, der Pounder das Buch untergejubelt hat, ist doch sicher jemand, der ihn nicht mag und ihn in Schwierigkeiten bringen wollte«, überlegte Peter.

»Es sei denn, der Dieb wollte das Buch einfach nur loswerden und hat es dem Nächstbesten zugesteckt«, gab Bob zu bedenken.

Peter schüttelte den Kopf. »Dann hätte er es auch wegwerfen oder irgendwo zurücklassen können. Das Buch Pounder unterzuschieben, war ein Risiko, das der Dieb bewusst einging.«

»Stimmt«, gab Bob zu. »Allerdings wissen wir ja mittlerweile, dass es eine Menge Leute an der Oper gibt, die Pounder nicht leiden können.«

»Es gibt vielleicht noch einen anderen Weg, auf dem wir vorankommen«, sagte Justus in Gedanken vertieft.

»Nämlich?«

»Moody Firthway. Wir fragen Moody Firthway.«

Peter schnappte vor Überraschung nach Luft und auch Bob sah Justus ungläubig an.

»Wir reden aber schon über denselben Moody Firthway, oder?«, fragte Peter. »Jenen Moody Firthway, der mit niemandem spricht, hinter einer meterdicken Sonnenbrille wohnt und sich stets mit finsteren Kleiderschränken umgibt?«

Justus blieb völlig gelassen. »Ich denke, einen Versuch ist es wert. Schließlich haben wir etwas, das ihn interessieren dürfte. Und er kann womöglich uns weiterhelfen. Eine klassische Win-win-Situation.«

»Eine klassische was?«

»Eine Situation, bei der beide beteiligte Parteien einen Nutzen erzielen. Wir können Moody darüber in Kenntnis setzen, dass es nicht Pounder war, der sein Buch gestohlen hat, und wenn wir mit Moodys Hilfe im Gegenzug herausfinden, wer es stattdessen war, haben wir auch unseren Geist.«

»Moody kann sich doch mittlerweile selbst denken, dass es nicht Pounder war«, hielt Bob dagegen.

»Wieso sollte er? Er weiß das mit dem Kopierer nicht. Er denkt, dass Pounder das Buch geklaut hat und unbedingt behalten wollte. Und dass Pounder hoffte, dass man es bei ihm nicht entdeckt oder er gar nicht durchsucht wird.«

»Ein Risiko, das Pounder nicht hätte eingehen müssen, wenn er vorher das Buch kopiert hat.« Der dritte Detektiv nickte. »Ja, das könnte ihn überzeugen.«

»Und wenn der am Kopierer gar nichts mit dem geklauten Buch zu tun hat?« Peter sah fragend von einem zum anderen.

»Steigt die Wahrscheinlichkeit, dass doch Pounder derjenige war, der das Buch gestohlen hat«, erwiderte Justus. »Was ich nicht glaube. Aber es gibt noch einen anderen Grund, warum wir Moody einen Besuch abstatten sollten.«

»Und der wäre?«

»Moody selbst.«

Peter schüttelte den Kopf. »Verstehe ich nicht.«

»Der ganze Fall ist ein einziges, geheimnisvolles Rätsel. Und wenn dann noch an einer Ecke Mr Geheimnisvolles Rätsel

selbst, Moody Firthway, auftaucht, dann muss eine gute detektivische Spürnase die Witterung aufnehmen.«
Peter fasste sich an seine Nase, was immer noch ein bisschen wehtat. »Dann hoffen wir mal, dass wir nicht eins auf unsere kostbaren Detektivnasen bekommen, wenn wir uns mit Moody Firthway einlassen.«
Der Erste Detektiv rief gleich bei der Autovermietung Gelbert an und versuchte, Morton und den Rolls-Royce zu mobilisieren. Ein dankbarer Klient hatte einst dafür gesorgt, dass die Detektive die schwarze Luxuskarosse samt Chauffeur benutzen konnten, wenn sie die Mietwagenfirma nicht anderweitig einsetzte. Und mit einem Rolls-Royce bei Moody Firthway vorzufahren, würde sicher Eindruck machen.
Aber leider war der Wagen vermietet. An eine Werbefirma, die damit einen Spot für ein Männerparfüm drehen wollte.
»In gewisser Weise auch ein Einsatz im Dienst von Nasen«, witzelte Peter.
Eine halbe Stunde später hielt der Zweite Detektiv seinen MG vor dem vergitterten Einfahrtstor am nördlichen Stadtrand von Rocky Beach an. Zwei Kameras starrten von der Mauer auf die Jungen herab und in dem Pförtnerhäuschen neben der Einfahrt saß ein grobschlächtiger Sicherheitsmann. Moody Firthway hatte seinen noblen Wohnsitz zu einer wahren Festung ausbauen lassen.
Der Security-Mann schob sein Fenster einen Spalt weit auf. »Macht euch vom Acker!«, bellte er in den Regen, während er auf irgendetwas herumkaute. »Hier gibt's nichts zu sehen!«
Justus lächelte ihn freundlich vom Beifahrersitz an. »Wir sind

auch keine Touristen, sondern würden gerne etwas mit Mr Firthway besprechen.«

»Ihr wollt was?« Der Mann lachte heiser. »Jungs! Ab nach Hause! Aber ein bisschen plötzlich!« Er knüllte ein Papier zusammen und warf es durch das Fenster ins Auto.

»Ich denke, Sie sollten Mr Firthway über unser Anliegen informieren.« Der Erste Detektiv ließ sich nicht verunsichern. »Denn die Dinge haben sich gestern Abend in der Oper nicht so verhalten, wie er glaubt. Und wenn wir unsere Informationen nicht ihm, sondern an die Presse geben, wird das ziemlich sicher sehr ungute Folgen für Sie haben.«

Dem Mann blieb der Mund offen stehen.

»Würden Sie nun bitte Kontakt zu Mr Firthway aufnehmen?« Justus klaubte das Papier auf, das auf seinem Schoß gelandet war, um es in den Aschenbecher zu legen.

Doch plötzlich stutzte er. Und Peter neben ihm sah es auch. Eine Schokoladenverpackung. Ananas mit Minze.

Im Haifischbecken

Peter hatte alle Mühe, seine Überraschung zu verbergen. Er wartete, bis der Security-Mann in seinem Häuschen verschwunden war, um zu telefonieren. »Was ... was hat das zu bedeuten?«, raunte er Justus zu.

»Was ist denn?«, fragte Bob vom Rücksitz.

»Hier. Das ist.« Der Erste Detektiv zeigte ihm die Verpackung.

»Oh Mann. Sagt bloß, der Kerl da ist unser Geist?«

Justus schüttelte den Kopf. »Ich weiß es nicht. Möglich ist alles.«

»Was machen wird denn jetzt?« Peter umklammerte nervös das Lenkrad.

»Ich brauche Zeit zum Nachdenken.« Justus starrte auf das Handschuhfach.

Der Wachmann sah zu seiner Tür heraus. »Ihr sollt reinkommen«, rief er mit finsterer Miene. Dann drückte er auf einen Knopf und das riesige Tor schwang lautlos auf.

»Just?«

»Fahr rein. Aber fahr so langsam wie möglich, Zweiter. Wir müssen überlegen, wie wir jetzt vorgehen.«

Peter schluckte. »Ich habe das Gefühl, als würden wir gleich ins Haifischbecken geworfen werden.«

»Der Kerl muss im Keller der Oper gewesen sein«, sagte Bob. »Alles andere wäre doch wirklich zu viel des Zufalls.«

»Kann sein, kann sein«, murmelte Justus. »Hört zu. Es bleibt so weit alles beim Alten. Wir ziehen unser Gespräch mit Moody wie geplant durch.«

»Du klingst nach ›aber‹.« Peter sah kurz zur Seite und dann wieder auf den Kiesweg, der sich durch den kleinen Park in Richtung Haus wand.
»Richtig. Aber. Irgendwann wird meine Kontaktlinse verrutschen. Und dann muss ich ganz dringend ins Bad, um sie mir vor dem Spiegel wieder aus dem Augenwinkel zu holen.«
»Du hast doch gar keine Kontakt–« Bob erblasste. »Du bist verrückt!«
»Du willst im Haus spionieren? Während wir Moody und seine Henkersknechte ablenken?« Auch Peter fiel aus allen Wolken.
»Wir brauchen mehr Informationen über Moody Firthway und seine Leute«, sagte Justus. »Und die Gelegenheit ist einmalig. Wann sonst kämen wir wieder so einfach in sein Haus?«
»Just!«, flehte Bob. »Wenn die dich erwischen, grillen sie dich! Und uns danach!«
»Dann müsst ihr das verhindern.«
»Und wie? Sollen wir ihnen Witze erzählen? *Ich-sehe-was-was-du-nicht-siehst* spielen?« Peter lachte verzweifelt.
»Etwas in der Art, ja.«
»Oh Mann!«
»Ich rufe Cotta an«, sagte Bob entschlossen und holte ihr Firmen-Handy aus der Tasche.
»Was? Wieso?« Justus drehte sich um.
»Ich sage ihm, wo wir sind und dass er uns rausholen soll, falls wir uns in einer Stunde nicht bei ihm gemeldet haben.«
Der Erste Detektiv nickte. »Gute Idee.«
Bob versuchte es in Cottas Büro. Nach dem dritten Klingeln hob der Inspektor ab.

»Hallo, Inspektor Cotta. Hier ist Bob Andrews.«
»Warum bin ich nicht überrascht?«, begrüßte ihn Cotta.
»Warum nicht?«
»Weil mir ein Kollege, der gestern Abend mit der Geschichte in der Oper zu tun hatte, erzählt hat, dass ihr auch da wart. Und seitdem«, Cottas Stimme nahm einen ironischen Tonfall an, »warte ich minütlich auf euren Anruf.«
»Wenn Sie schon davon anfangen«, sagte Bob, »wissen Sie vielleicht, ob und wie die Türen manipuliert waren?«
»Hab ich's doch gewusst. Im Steuerungskasten des Tiefgaragentores waren Drähte durchgeschnitten und im Schloss des Haupteingangs steckte eine kleine, abgebrochene Sicherheitsnadel. Warum wollt ihr das wissen?«
»Eine kleine Sicherheitsnadel im Schloss«, informierte Bob seine Freunde. »Und die Kabel in der Garage.«
»Hallo, Justus, hallo, Peter«, rief Cotta ins Telefon, aber es klang eher nach: Wo einer ist, sind auch die anderen nicht weit.
»Eine kleine Sicherheitsnadel?« Justus hob die Augenbrauen.
»Ihr macht aber keinen Blödsinn, oder?«, fragte Cotta.
Bob zögerte. »Hm, na ja ...«
»Warum frag ich eigentlich?«
»Genau genommen wollten wir Sie darüber informieren, dass wir gerade auf dem Weg in Moody Firthways Haus sind.«
»Ihr seid wo?« Bob hörte förmlich, wie sich Cotta in seinem Stuhl aufrichtete.
»Und wir wollten Sie bitten, da hinzukommen, falls Sie in einer Stunde nichts von uns gehört haben.«
»Wie bitte? Bob! Was habt ihr vor?«

»Nichts. Nur reden.«
»Nur reden! Moody redet mit niemandem! Bob, ihr kehrt sofort um!«
»Wir sind da. Bis nachher.« Der dritte Detektiv legte auf. Nach einer kurzen Pause sagte er bedrückt: »Ich glaube, Cotta ist sauer.«
»Lieber Cotta sauer als wir im Magen dieses Haifisches.« Peter nickte durch die Windschutzscheibe, wo hinter den Regenschlieren ein großes Haus im altenglischen Stil auftauchte. Und unter dem Eingang stand Moody Firthway und erwartete sie.
Peter parkte den MG vor dem Haus und die drei Jungen stiegen aus. Den Regen nahmen sie diesmal nicht wahr. Ihre Gedanken waren woanders.
»Füße abtreten!«, war alles, was Moody zur Begrüßung sagte. Er drehte sich um und lief ins Haus.
Durch die prunkvolle Eingangshalle ging es einen Flur entlang und dann in einen schicken Salon: Ledersessel, Ölbilder, wertvolle Bücher in den Regalen. Zwei Leibwächter standen mit verschränkten Händen wie Statuen herum. Und auf dem Designertisch befand sich eine Glasschale mit jenen besonderen Schokoladentäfelchen. Die drei ??? sahen sie sofort.
»Bitte.« Moody wies auf die Sessel. Er trug einen feinen Nadelstreifenanzug, teuer aussehende Schuhe und hatte die spärlichen, geschwärzten Haare nach hinten gekämmt. Seine Sonnenbrille hatte einen massiven goldenen Rand.
Die drei ??? nahmen Platz, aber Moody selbst setzte sich nicht. Er ging zu einem großen Käfig, der neben dem Panoramafenster stand, und holte ein merkwürdiges Tier daraus hervor.

Es sah aus wie eine Kreuzung zwischen einem Marder und einer Katze und hatte eine goldene Kette um den Hals.

»Ein Fleckenmusang«, erklärte er den Jungen mit gönnerhaftem Lächeln. »Schön, nicht wahr?« Dann gab er dem Tier etwas zu fressen, das wie eine kleine, harte Kirsche aussah. Plötzlich änderten sich Moodys Stimme und Gesichtsausdruck. Ein harter Zug legte sich um seine dünnen Lippen. »Ihr wisst irgendetwas von gestern Abend. Was wollt ihr? Ihr seid sicher nicht hier, weil ihr mich alle drei furchtbar lieb habt.«

Justus versuchte, so viel Ruhe wie möglich auszustrahlen. »Wir betreiben ein kleines Detektivunternehmen hier in Rocky Beach. Ich bin Justus Jonas. Das sind Peter Shaw und Bob Andrews.«

Peter und Bob nickten. Auch sie gaben sich sehr gelassen, obwohl es in ihnen brodelte vor Anspannung.

»Die drei ???. Ihr seid das?« Moody war sichtlich überrascht.

»Ich sehe, Sie haben von uns gehört.«

Moody hatte sich sofort wieder gefangen. »Das eine oder andere.«

»Nun ja«, ergriff Bob das Wort, »vor Kurzem haben wir den Auftrag einer jungen Dame angenommen, der uns in die *Opera Califia* führte.«

Moody sah gespannt von einem zum anderen. »Ich höre.«

»Wir suchen da jemanden«, sagte Bob. Mehr, das hatten die drei Jungen ausgemacht, wollten sie Moody nicht verraten.

»Und dieser Jemand«, fuhr Peter fort, »hat aller Wahrscheinlichkeit nach gestern Abend den Brand gelegt.«

Moody gab dem Fleckenmusang eine weitere Kirsche. »Es war also tatsächlich Brandstiftung? Woher wisst ihr das?«

»Das tut nichts zur Sache«, erwiderte Justus. »Wichtig ist nur, dass wir gestern Abend etwas gesehen haben. Etwas, das für Sie von größtem Interesse sein dürfte.«
Moody setzte ein Haifischlächeln auf. »Eine Information, für die ihr etwas haben wollt. Geld vielleicht?«
»Nein, nein!«, beeilte sich Bob zu versichern. »Wir dachten nur, dass …« Er zögerte.
»Ihr dachtet nur, dass …?«, bohrte Moody nach.
»Eine Hand die andere waschen könnte. Wir sagen Ihnen, was wir wissen, und Sie geben uns Informationen, die uns womöglich in unserem Fall weiterbringen.« Der dritte Detektiv hatte überzeugend klingen wollen. Aber in seinen Ohren hatte sich das eben geradezu jämmerlich angehört. Als hätte er um Almosen gewinselt.
Der Fleckenmusang bekam noch eine Kirsche. »Und was«, fragte Moody wie nebenbei, »sollte mich daran hindern, eure Information aus euch rauszuprügeln und euch dann hinter meinem Haus zu verscharren?«
Peter spürte, wie ihm ein eiskalter Schauer den Rücken hinablief. Auch Justus und Bob waren geschockt. Meinte Moody das ernst? Der Erste Detektiv fing an, nervös zu zwinkern.
»Weil … weil wir Inspektor Cotta Bescheid gesagt haben, dass wir hier sind«, stotterte Peter.
»Ja? Und? Ich sage Cotta, dass ihr mich nach einem netten Gespräch wieder verlassen habt. War doch so? Alex? Igor?«
Die beiden Leibwächter nickten. Dann bewegte der eine seinen Kopf nach rechts und links, sodass sein Genick knackte. Langsam knöpfte er seine Jacke auf und griff zum Halfter.

A wie …?

Moody lachte laut auf, als er die Jungen zusammenzucken sah. »Lass gut sein, Igor«, pfiff er seinen Terrier zurück. »Vielleicht reicht es ja, wenn wir uns vernünftig miteinander unterhalten. Was meint ihr?«

Alle drei Jungen nickten schnell. Aber plötzlich hielt Justus inne. Er zwinkerte noch stärker, kniff die Augen zusammen und verzog das Gesicht.

»Was ist mit dir?«, fragte Moody.

»Ich glaube«, sagte der Erste Detektiv so schmerzvoll wie möglich, »meine Kontaktlinse ist verrutscht.«

»Oje! Soll Igor mal nachsehen?«

»Nein!«, rief Justus etwas zu laut. »Ich meine, nein danke. Aber dürfte ich vielleicht mal Ihr Bad benutzen?«

Moody nickte gnädig. »Dritte Tür rechts. Lass dir ruhig Zeit. Ich unterhalte mich unterdessen mit deinen Freunden.«

Das werde ich tun, dachte Justus und stand auf. Das Timing war perfekt gewesen. Moody musste glauben, dass ihm die Linse vor lauter ängstlichem Zwinkern verrutscht war. Weniger Verdacht hätte er nicht erregen können.

»Bin gleich wieder da«, sagte Justus zu seinen Freunden.

Sie lächelten dünn, aber ihre Augen flackerten vor Sorge.

Der Erste Detektiv ging zur Tür, die ihm Alex mit einem teuflischen Grinsen aufhielt. »So, dann erzählt mir mal, was ihr wisst. Mal sehen, ob ich anschließend etwas für euch tun kann. Wollt ihr vielleicht etwas Kaffee?«, hörte er Moody noch sagen. Danach schloss sich die Tür hinter Justus.

Er hatte nicht viel Zeit. Drei Minuten, vielleicht vier. Dann musste er zurück im Salon sein, wenn er nicht riskieren wollte, dass Igor oder Alex nach ihm sahen. Dritte Tür rechts. Justus stellte sich vor das erste Zimmer. Leise drückte er die Klinke nach unten. Abgeschlossen!

»Mist!«, murmelte er.

Die gegenüberliegende Tür stand offen. Ein Billardzimmer. Justus entschied, den Raum erst einmal außen vor zu lassen. Er suchte nach etwas anderem.

Zweite Tür rechts. Die Bibliothek. Schon interessanter. Aber immer noch nicht das, worum es ihm ging. Auf der anderen Seite des Flurs ging es in eine kleine Küche.

Justus öffnete die dritte Tür rechts und sah ins Bad. Einem Impuls folgend, ging er hinein und drehte den Wasserhahn auf. Dann lief er zurück auf den Flur.

Die dritte Tür links führte in eine Art Musikzimmer: riesige Boxen, eine sündhaft teure Anlage, ein gewaltiger, weißer Ledersessel und geschätzte dreitausend CDs in weißen Regalen befanden sich in dem Raum. Aber Justus wollte natürlich auch keine Musik hören.

»Hoffentlich muss ich nicht in den ersten Stock«, flüsterte er leise, während er auf das letzte Zimmer vor der Eingangshalle zusteuerte, wieder auf der rechten Seite.

Bevor Justus die Klinke nach unten drückte, lauschte er. Die Stimmen drangen immer noch leise und gedämpft aus dem Salon. Keine Aufregung, kein Gelächter. Peter und Bob schienen ihre Sache gut zu machen.

Die Tür war nicht versperrt. Justus öffnete sie.

»Bingo!«, rief er leise.

Ein Büro! Groß und vollgestopft mit Papieren, Akten und Ordnern. Der Erste Detektiv machte sich sofort auf die Suche, ohne genau zu wissen, was er eigentlich zu finden hoffte.

»Das … das ist nicht wahr!«, stieß Moody hervor und der Fleckenmusang zuckte verängstigt zurück.
»Wenn wir es Ihnen doch sagen«, bekräftigte Bob.
»Aber dann«, Moody dachte nach, »dann ergibt das doch gar keinen Sinn!«
»Tut es doch«, sagte Peter. »Wenn es nicht Pounder war, der Ihr Buch gestohlen hat, sondern jemand anders, der es Pounder zugesteckt hat.«
Moody starrte ihn an. »Aber wer sollte … verdammt!«
»Chef?«, sagte Igor.
»Wer, verdammt, könnte ein Interesse daran haben …«
»Chef, Verzeihung?«
»Ja? Was ist denn?«, fuhr Moody seinen Leibwächter an.
»Der Dicke. Soll ich mal nachsehen?« Igor zeigte mit dem Daumen nach draußen.
»Ja. Ja, geh nur«, scheuchte ihn Moody aus dem Zimmer. Ihn schien es im Moment überhaupt nicht zu interessieren, wo Justus blieb. Aber Igor schon.

Wie zum Teufel sollte er in diesem Chaos etwas finden? Wie war es Moody nur möglich, in diesem Durcheinander den Überblick zu bewahren? Das Büro quoll zwar über vor Geschäftsunterlagen, Schriftwechseln, Briefen und Dokumenten, aber alles war irgendwie und irgendwo eingeordnet. Daten, Namen, Unternehmen, Geschäfte – Justus konnte einfach beim besten Willen kein System erkennen, nach dem Moody seine Unterlagen abgelegt hatte. Wenn es denn überhaupt ein System gab.

Plötzlich erregte ein Bild die Aufmerksamkeit des Ersten Detektivs: ein Ölgemälde, das eine einsame Hütte auf einer meerumtosten Klippe zeigte, die wie ein krummes Messer in den Ozean hinausragte. Es hing über dem riesigen Schreibtisch an der Wand und war ein ganz klein wenig aus der Balance geraten.

Justus ging näher ran. Das Bild war am unteren rechten Rand mit M. F. signiert, vielleicht hatte es Moody selbst gemalt. Aber das war es nicht, was Justus interessierte. Vielmehr glaubte er den Grund dafür zu kennen, warum das Gemälde schief an der Wand hing. Er hob es leicht an und blickte dahinter.

»Bingo.«

Ein kleiner Tresor verbarg sich hinter dem Gemälde. Allerdings war er verschlossen.

Der Erste Detektiv ließ das Bild wieder sinken und überlegte. Die Kombination auf gut Glück zu raten, war Zeitverschwendung. Aber manche Leute, das wusste er aus seiner langjährigen Detektiverfahrung, waren unvorsichtig genug, Codes, Zugangsdaten und Passwörter in unmittelbarer Nähe genau der Objekte aufzubewahren, die sie eigentlich schützen wollten. Zum Beispiel auf oder in einem Schreibtisch ...

Justus blickte auf den Schreibtisch. Auch er war übersät mit Papieren, Büroartikeln und Krimskrams. Der Erste Detektiv schob vorsichtig das eine oder andere an die Seite. Unter einem Schnellhefter kam ein Wochenplaner zum Vorschein. Justus wollte ihn erst übergehen, besann sich dann aber doch an-

ders – vielleicht war es ja ganz interessant, zu erfahren, was Moody in letzter Zeit unternommen hatte.
Aber er wurde enttäuscht. Der Kalender war zwar voll mit Eintragungen, doch kaum eine war wirklich aussagekräftig. Meist war nur eine Uhrzeit und ein nichtssagendes Kürzel eingetragen. ›*14 Uhr Fl.*‹, ›*abends C.*‹, ›*Z. mit G.*‹ und so weiter. Justus blätterte erst ein paar Seiten zurück und danach noch eine nach vorne und schob schließlich den Kalender wieder unter den Schnellhefter, um weiter nach dem Safe-Code zu suchen.
Plötzlich hielt er inne. Er hatte etwas gesehen. In dem Wochenplaner. Erst war es ihm gar nicht aufgefallen, aber mit einiger Verzögerung hatte etwas in seinem Hirn aufgeblinkt. Ein Wort oder eine Zahl, ein Buchstabe vielleicht, der ihm irgendetwas sagte.
Justus holte den Kalender erneut hervor und blätterte wieder die Seite nach vorne. Da! Da stand es. Ein Eintrag am 22. Oktober um 16 Uhr. Ein großes, fettes ›A‹ und daneben ein Ausrufezeichen. Der Erste Detektiv ging ein Blatt zurück. Vorgestern Abend! Wieder ein A. Und übermorgen noch eins! Und ein weiterer Vermerk vor zwei Wochen: ›A → 20 Uhr CD ✓‹.
Justus spürte, wie sich ihm die Nackenhaare aufstellten. Wenn er mit seiner Vermutung richtiglag, ließen diese Hinweise den Fall erneut in einem völlig neuen Licht erscheinen. Dann ging es hier vielleicht um weit mehr als nur um ein –
Die Tür! Jemand hatte den Salon verlassen! Wie hatte er nur so gedankenlos sein können! Er war schon mindestens – ach, egal! Justus eilte zur Bürotür und spähte vorsichtig um die

Ecke. Igor! Der Leibwächter ging langsam den Gang hinab und machte dabei wieder dieses ekelhafte Geräusch mit seinem Genick.
Mist! Was sollte er jetzt tun? Justus zog hastig den Kopf zurück, stellte sich an die Wand und atmete tief durch. Was sollte er bloß tun?
»Hey, Dicker?« Igor klopfte an die Badezimmertür. »Lebst du noch?«

Das Haar des Teufels

»Und dann habe ich in letzter Sekunde diese Verbindungstür zwischen Büro und Bad entdeckt.« Der Erste Detektiv wischte sich den Regen aus dem Gesicht und schnallte sich an. Die Angst, das spürte er ganz deutlich, saß ihm noch immer in den Knochen. »Als Igor hereinkam, konnte ich mich gerade noch über das Waschbecken beugen und so tun, als hätte ich ihn nicht gehört.«

Peter ließ den Motor an. »Mann, Erster. Das hätte aber ganz schön ins Auge gehen können. Dieser Igor sah nicht danach aus, als hätte er ein Herz für Schnüffler.«

Justus nickte schwach.

»Und du glaubst also, dass diese Eintragungen etwas mit Abakulow zu tun haben?«, fragte Bob ungläubig, während Peter langsam von Moodys Grundstück rollte.

»Ich kann es natürlich nicht mit letzter Sicherheit behaupten«, erwiderte der Erste Detektiv, »aber am 22. hat Abakulow seinen Vortrag. Und dann ist mir bewusst geworden, was mich so irritiert hat, nachdem wir Abakulow in der Gasse gefunden hatten. Er sprach von Mist*kerlen*, die ihn überfallen haben. Mehrzahl! Es waren also mindestens zwei Leute.«

»Hat er wirklich ›Kerle‹ gesagt?«, fragte Peter nach, der sich nicht mehr so genau erinnern konnte.

»Ganz sicher«, entsann sich jetzt auch Bob. »Damit kann weder der Geist noch mein Außerirdischer Abakulow zusammengeschlagen haben. Es sei denn, die beiden stecken unter einer Decke, wofür es jedoch keine Anhaltspunkte gibt.«

»Die es aber jetzt für die beiden Leibwächter gibt«, übernahm Justus. »Wenn tatsächlich die Verbindung zwischen Moody und Abakulow besteht.«
Peter fuhr auf das Tor zu, das der Security-Mann bereits geöffnet hatte. »Aber was sollte Moody von Abakulow wollen? Was war vor zwei Wochen, was passiert übermorgen und was am 22. um 16 Uhr? Und wer oder was ist *›CD‹*?«
»Ich habe nicht den Hauch einer Ahnung. Das müssen wir alles noch herausfinden.« Justus schüttelte den Kopf. »Wie verlief euer Gespräch, während ich weg war?«
»Nicht sonderlich ergiebig«, erwiderte Bob. »Das einzig Bemerkenswerte war, dass es Moody ziemlich beunruhigt hat, dass nicht Pounder sein Buch gestohlen hat.«
»Beunruhigt?«
»Ja. Er wollte es erst gar nicht glauben und hat dann fieberhaft nachgedacht.«
»Aber natürlich nicht gesagt, wer ansonsten infrage kommen könnte?«
»Nein. Und dass er auch kein Sterbenswörtchen darüber verloren hat, wer warum überhaupt ein Interesse an seinem Buch haben könnte, hast du ja wieder mitbekommen.«
Der Erste Detektiv grummelte ein Ja in sich hinein. Sein Plan war nicht aufgegangen. Moody hatte sich in keinster Weise erkenntlich gezeigt für die Information, die er von den drei ??? bekommen hatte. Ganz im Gegenteil. Kaum dass er von ihrer Version der Dinge überzeugt gewesen war, hatte er sie gar nicht schnell genug vor die Tür setzen können.
»Und sonst war nichts?«, fragte Justus nach einer Weile.
Peter und Bob schüttelten den Kopf. »Kaffee hat er uns ange-

boten, aber das tut ja nichts zur Sache«, fiel dem Zweiten Detektiv noch ein. »Angeblich selbst gemachten. Wie auch immer er das gemeint hat.«
Justus schien gar nicht recht zuzuhören, so sehr war er in Gedanken vertieft.
»Was machen wir jetzt?« Bob sah seine Freunde ratlos an.
»Halt da vorne an.« Der Erste Detektiv zeigte zu einem Parkplatz unter einer Platane.
»Was hast du vor?« Peter setzte den Blinker.
»Es ist nur so ein Gefühl«, antwortete Justus. »Wenn unser Besuch Moody tatsächlich irritiert hat, unternimmt er vielleicht etwas. Warten wir hier eine Weile und sehen, was passiert. Und falls Moody sein Haus verlässt, hängen wir uns an seine Stoßstange.«
Der Zweite Detektiv parkte seinen MG. Bob rief noch kurz bei Cotta an und fing sich eine gehörige Standpauke ein, die sogar Justus und Peter mitbekamen. Danach hieß es warten. Jeder hing seinen eigenen Gedanken nach. Der Fall wurde immer verwirrender. Oper, Geist, Außerirdischer, der Brand, Moody und seine Henkersknechte, Abakulow, die vielen merkwürdigen Spuren und Hinweise – wo war ein Zusammenhang? Gab es überhaupt einen? Worum ging es hier eigentlich?
Plötzlich sah Justus Peter von der Seite an. »Was hast du vorhin noch mal gesagt, Zweiter? Moody hätte euch Kaffee angeboten? Selbst gemachten?«
Peter nickte. »Ja. Wir haben aber keinen genommen. Wieso fragst du?«
»Weil mir gerade eingefallen ist, dass es eine ganz besondere Sorte –«

»Da!« Bob zeigte zu Moodys Ausfahrt, aus der eben ein schwarzer Lincoln rollte. »Du hattest recht, Erster. Moody geht auf Tour!«

»Vielleicht fährt er nur zum Einkaufen?«, sagte Peter.

Justus schüttelte grimmig den Kopf. »Glaube ich nicht. Achtung, er kommt auf uns zu! Alle Mann auf Tauchstation!«

Die Jungen kauerten sich in ihre Sitze, als der Lincoln an ihnen vorbeiglitt. Bob spähte dabei jedoch vorsichtig über die untere Fensterkante.

»Moody sitzt am Steuer!«, flüsterte Bob, obwohl er natürlich nicht zu hören gewesen wäre. »Und er ist allein!«

»Nimm die Rübe runter, Dritter!«, schimpfte Peter.

»Nur Moody? Interessant!«, sagte Justus. »Möglicherweise will er wohin, wo er niemanden bei sich haben möchte – nicht einmal seine Leibwächter. Los, Zweiter. Nehmen wir die Verfolgung auf. Aber unauffällig!«

Der Zweite Detektiv startete den Motor, schaltete den Scheibenwischer ein, wendete seinen MG und folgte dem Lincoln in einigem Abstand. Endlich hatte das unentwegt schlechte Wetter auch einmal etwas Gutes. Die grauen Regenbahnen und die Gischtfahnen, die die Autos hinter sich herzogen, waren für eine Verfolgungsjagd wie bestellt. Die Jungen konnten die Rücklichter des Lincolns gut im Auge behalten, mussten aber ihrerseits kaum befürchten, dass Moody sie bemerkte, solange sie ihm nicht zu nahe kamen.

Die Fahrt führte sie aus der Stadt und zum Highway Number One. Moody Firthway steuerte seinen Luxusschlitten die Küstenstraße entlang Richtung Nordwesten. Sie passierten Malibu, ließen Oxnard und Ventura hinter sich und hielten auf Santa Barbara zu. Peter warf schon einen besorgten Blick auf seine Tankanzeige, als Moody plötzlich blinkte und vom Highway abzweigte.

»Achtung, Zweiter!«, rief Bob.

»Hab's gesehen.« Peter scherte hinter dem Toyota aus, der ihm als Sichtschutz gedient hatte, und verließ ebenfalls den Highway.

Die Nebenstraße, auf der sie sich nun befanden, wurde bald schmaler und holpriger. Und da hier so gut wie keine Autos mehr fuhren, musste Peter ein gutes Stück hinter dem Lincoln zurückbleiben, damit sie nicht auffielen. Zur Sicherheit machte er auch die Scheinwerfer aus.

Die Straße ging schließlich in einen zweispurigen Fahrweg über, der sich zwischen Felsen und Büschen hindurchwand. Peter sah angestrengt durch die Scheibe, um nicht irgendwo dagegenzufahren. Dann, hinter einer Kurve, trat der Zweite Detektiv hart auf die Bremse. Keine hundert Meter weiter vorne stand der Lincoln, aus dem Moody gerade ausstieg.

»Hat er uns gesehen?«, fragte Bob nervös, während Peter ein Stück zurücksetzte.

»Ich glaube nicht«, sagte Justus. »Jedenfalls sah er nicht her, sondern ging geradeaus weiter.«

»Wo sind wir hier eigentlich? War jemand von euch schon mal hier?« Bob schaute sich um. Im dichten Regen konnte er kaum etwas erkennen, aber auch so war er sich sicher, dass er hier noch nie gewesen war.

Der Erste Detektiv fischte eine Landkarte aus dem Handschuhfach und faltete sie auf. »Wir sind ... genau da.« Er zeigte seinen Freunden die Stelle. »Etwa drei Meilen südöstlich des

Lake Casitas. Und Moody lief in diese Richtung.« Justus zeichnete mit dem Finger eine Linie, die an der Küste endete. Peter las, was unter der kleinen Halbinsel stand, die sich wie eine Sichel ins Meer krümmte. »*Haar des Teufels*. Na toll.«

»Lasst uns aussteigen und sehen, was Moody vorhat.« Der Erste Detektiv löste den Sicherheitsgurt.

»Da bin ich ja echt mal gespannt.« Peter stieg aus und ließ Bob vom Rücksitz klettern.

»Wenn es nur endlich mal aufhören würde zu regnen.« Der dritte Detektiv sah mit zusammengekniffenen Augen in den Himmel und dann zu Boden. »Ich weiß gar nicht mehr, wie das ist, wenn man nicht andauernd im Matsch steht.«

Die drei Jungen verschnürten sich, so gut es ging, und holten für alle Fälle noch die Walkie-Talkies und die Taschenlampen aus dem Auto. Dann folgten sie Moody Firthway.

Der Mann war zwar bereits aus ihrem Blickfeld verschwunden, aber weit würde er bei diesem Wetter sicher nicht laufen. Sein Ziel war bestimmt irgendwo in der Nähe. Auch deswegen ließen die drei ??? bei ihrer Verfolgung besondere Vorsicht walten und nutzten jede sich ihnen bietende Deckungsmöglichkeit.

Das Gelände stieg leicht an. Es war offensichtlich, dass sie sich auf einen Klippenkamm zubewegten. Hin und wieder glaubten sie auch, das Tosen des Meeres hören zu können, wenn sich die Wellen an den Felsen brachen. Doch die meiste Zeit überdeckte der Regen jedes Geräusch.

Einmal rutschte Peter aus, weil sich Steine im aufgeweichten Boden gelöst hatten. Er fiel auf den Hintern, und zwar mitten hinein in ein Schlammloch, dass es nur so spritzte.

»Fantastisch!« Peter stand auf und sah zornig an sich hinab. »Als würde ich geradewegs aus dem Schweinestall kommen. Ich hasse Regen!«

»Kollegen!« Bob war hinter einem großen Felsbrocken stehen geblieben und winkte seine Freunde zu sich. »Da! Seht euch das an!«

Justus und Peter kamen angelaufen.

»Die Hütte! Moody ist gerade reingegangen. Ich habe ihn noch gesehen.«

Nicht weit von der Abbruchkante der Klippe entfernt stand eine einfache Holzhütte. Sie duckte sich förmlich unter ein überhängendes Stück Felswand, hinter dem ein schmaler Wasserfall in einen Klippeneinschnitt stürzte. Auf zwei Seiten war die Hütte zusätzlich von Büschen und Bäumen umgeben. Von jeder anderen Stelle als der, wo jetzt die Jungen standen, wäre sie daher kaum zu sehen gewesen.

»Das ist doch ...« Justus zog die Stirn in Falten. »Das habe ich schon mal gesehen.«

»Hast du?« Peter sah ihn überrascht an.

»Ja. In Moodys Büro. Da hing ein Gemälde an der Wand. Die Perspektive war zwar eine andere, aber es könnten diese Klippe und diese Hütte gewesen sein.«

»Dann spricht noch mehr dafür, dass diese Hütte für Moody eine ganz besondere Bedeutung hat«, sagte Bob.

»Das stimmt. Aber von hier bekommen wir gar nichts mit. Wir müssen näher rangehen.« Justus hielt nach der nächsten Deckung Ausschau und wollte loslaufen, als ihn plötzlich eine Hand zurückhielt.

»Warte!«

»Was ist?« Justus sah hoch.
Bob hatte einen Finger an die Lippen gelegt und blickte sich aufmerksam um. »Da war ein Geräusch.«

Moodys Geheimnis

»Ein Geräusch? Was für ein Geräusch?«

»Ich habe auch etwas gehört«, sagte Peter. »Klang wie ein ... Rumpeln. Als würde irgendetwas umfallen.«

Justus sah zur Hütte. »Das kann dann eigentlich nur von dadrinnen gekommen sein.«

»Wir sollten vielleicht Cotta verständigen«, schlug Peter vor. »Irgendwie ist mir das alles nicht geheuer.«

»Aber Cotta wird nicht kommen, nur weil in einer Hütte ein Stuhl umgefallen ist«, entgegnete der Erste Detektiv.

Peter nickte widerwillig. Justus hatte natürlich recht. »Also los. Sehen wir's uns an.«

Bis zur Hütte waren es etwa hundert Schritte. Der Weg führte zwischen einzelnen Büschen und verkrüppelten Bäumen hindurch über eine felsige Fläche, die den Jungen nur wenig Schutz bot. Doch Moody konnte sie nicht sehen. Die beiden Fenster gingen nach Westen hinaus. Dorthin, wo sich die Klippe zur Sichel krümmte, die sich immer mehr verengte und schließlich am höchsten Punkt gut vierzig Meter über der aufgewühlten Brandung in einer scharfkantigen Spitze endete.

Gebückt huschten die drei ??? durch Wind und Regen. Jeder von ihnen spürte, dass sich die rätselhaften Ereignisse der letzten Tage dort vorne in der schäbigen Hütte zuspitzten.

Zehn Schritte von der Südseite der Hütte entfernt verlangsamten sie ihr Tempo. Ab jetzt durften sie keine Geräusche mehr verursachen. Einer hinter dem anderen schlichen sie zur Bret-

terwand und verharrten dort für einige Sekunden. Dann gab Justus das Zeichen, nach vorne zu gehen, zur Westseite.
Der Wind wurde noch ein wenig stärker, als sie sich um die Ecke drückten. Regen und Böen vermischten sich zu einem einzigen Tosen und Prasseln und die Tropfen stachen ihnen wie tausend Nadeln ins Gesicht.
Unterhalb des ersten Fensters versammelten sich die drei Jungen. Die Tür, die mit einem Riegel und einem dicken Vorhängeschloss gesichert werden konnte, befand sich gleich daneben. Wenn Moody jetzt herauskam, würde er beinahe über sie stolpern. Im Zeitlupentempo erhoben sie sich, um ins Innere der Hütte zu blicken.
Zuerst sahen sie gar nichts, da in der Hütte nur das schwache Licht einer Petroleumlampe brannte und die Scheiben schmutzig und an manchen Stellen blind waren. Doch als sich ihre Augen an die Verhältnisse gewöhnt hatten, entdeckten sie Moody. Er stand mit dem Rücken zu ihnen und machte sich an einer Luke zu schaffen, die in der Mitte der Hütte im Fußboden eingelassen war.
Die drei ??? sahen sich fragend an. Was tut der da bloß?, sagten ihre Blicke. Gespannt verfolgten sie weiter, was geschah, und nahmen dabei auch das Innere der Hütte in Augenschein.
Die Hütte selbst war äußerst einfach eingerichtet – wenn man überhaupt von Einrichtung sprechen konnte: ein Tisch, der zur Seite geschoben war, und zwei Stühle, von denen einer umgekippt am Boden lag. Eine mögliche Erklärung für das Rumpeln, das Peter und Bob gehört hatten. An den rohen Wänden waren einige Regalbretter befestigt. Dazu kamen noch ein kleiner Schrank und ein paar Geräte, die an der hinteren Wand

lehnten, eine Schaufel, eine Hacke, Hämmer und Meißel in verschiedenen Größen.
Wirklich seltsam war jedoch etwas anderes. Auf den wenigen Regalen standen – Spielsachen! Alte, abgenutzte Fahrzeuge aus Holz oder Metall, verblichene Plüschtiere, ein Ritterhelm, ein indianischer Kopfschmuck, an dem nur noch ein paar Federn hingen, sogar ein uraltes Kinderfahrrad lehnte in einer Ecke. Auch einige gerahmte, ebenfalls sehr alt wirkende Bilder waren dort aufgestellt. Ein paar andere Gegenstände konnten die Jungen nicht einmal identifizieren – vielleicht Dinge aus Lehm oder Holz. Jedenfalls sahen sie wie selbst gemacht aus.
»Wo zum Geier sind wir hier?«, entfuhr es Peter. »Was ist das?«
In diesem Moment drehte sich Moody um. Die Jungen konnten gerade noch die Köpfe einziehen. Hatte er sie bemerkt? Justus deutete hektisch um die Ecke und die drei Detektive krochen in Windeseile zurück zur Südseite.
Ein lautes Quietschen! Moody hatte die Tür geöffnet! Aber wohin sollten sie? Wenn sie sich von der Hütte entfernten, würde Moody sie sehen! Bob krabbelte zur nächsten Ecke, hinter der die Felswand begann, an die die Hütte gebaut war. Das war ihre einzige Hoffnung.
Und wirklich gab es hier einen Spalt! Die Rückwand der Hütte bestand ebenfalls aus Brettern und nicht aus Felsgestein. Und zwischen Bretterwand und Fels tat sich ein schmaler Spalt auf! Der dritte Detektiv winkte seine Freunde zu sich und kroch als Erster hinein. Peter folgte und schließlich Justus.
Doch für den Ersten Detektiv reichte der Platz nicht mehr!

Kopf und Hals ragten noch ins Freie. Instinktiv nahm Justus eine Handvoll Erde und verschmierte sie in seinem Gesicht. Dann trat Moody in ihr Blickfeld. Argwöhnisch schaute er sich um. Keine drei Meter trennten ihn von Justus, der wie versteinert in seiner Stellung verharrte. Einer unbequemen Stellung. Er konnte sich nur mit einer Hand abstützen. Die andere war im Spalt eingeklemmt.

Moody blickte sich weiter um. Es war offensichtlich, dass ihn etwas aufgestört hatte. Vielleicht Peter. Er sah dorthin, wo die Autos standen, lauschte in den Regen, schaute hinüber zum Wasserfall. Dann entspannten sich seine Züge langsam. Offenbar war er beruhigt.

Doch als er sich umwandte, streifte sein Blick genau die Ecke, hinter der sich die Jungen versteckt hatten und aus der Justus' dreckverschmiertes Gesicht hervorschaute. Dem Ersten Detektiv stockte das Herz. Moody hatte direkt zu ihm hingesehen! Er musste ihn entdeckt haben!

Aber Moody drehte sich um, ging um die Ecke und schloss quietschend die Tür.

Justus atmete erleichtert auf und zwängte sich aus dem Spalt. Peter folgte mit schmerzverzerrtem Gesicht, hinter ihm Bob. Die drei ??? entfernten sich auf Justus' Zeichen ein Stück von der Hütte, um zu beratschlagen.

»Was ist?«, fragte Justus Peter, als sie hinter einem Felsen notdürftigen Schutz gefunden hatten und er das Gesicht des Zweiten Detektivs sah.

»Mein Knie. Lag irgendwie blöd drauf. Alles okay.«

»Gut, Kriegsrat.« Der Erste Detektiv wischte sich vorsichtig den Dreck um die Augen weg. Dann berichtete er seinen

Freunden von der brenzligen Situation, die sie gerade überstanden hatten.

»Das war knapp!« Bob stieß einen tiefen Seufzer aus. »Im Moment hast du wirklich mehr Glück als Verstand.«

»Das kann man wohl sagen«, murmelte Justus.

»Noch mal«, sagte Peter. »Was zum Geier ist das dadrin?« Er wies zur Hütte. »Wieso stehen da uralte Spielsachen herum und was will Moody hier?«

»Das ist in der Tat sehr merkwürdig, Zweiter. Aber einem ersten Impuls folgend, würde ich sagen, dass wir Moodys Geheimnis entdeckt haben. Oder eines seiner Geheimnisse.«

»Moodys Geheimnis? Altes Spielzeug?«

»Ich glaube, dass sich in der Hütte noch mehr befindet als altes Spielzeug.«

»Die Luke!«, erinnerte sich Bob. »Ich könnte mir gut vorstellen, dass Moody hier Dinge aufbewahrt, die ihm sehr wichtig sind und die er hier noch sicherer glaubt als bei sich zu Hause. Er traut ja nicht einmal seinen Leibwächtern.«

»So sehe ich das auch«, bestätigte Justus. »Und die Spielsachen passen durchaus in dieses Muster. Ich vermute, dass dieser Ort sehr viel mit Moodys Vergangenheit zu tun hat. Womöglich hat er schon als kleines Kind viel Zeit hier verbracht.«

»Und seitdem hat er nach und nach alles hergebracht, was ihm lieb und teuer ist.« Peters Stimme war die Verblüffung darüber anzuhören.

»Denkbar. Die Hütte wäre also so etwas wie ein Schatzkästchen seiner Vergangenheit und Gegenwart. Sozusagen sein ganz persönliches Moody-Museum.«

»Und Moody ein klein wenig sentimental«, fügte Bob hinzu.
»Kaum einer weiß etwas über ihn«, gab Justus zu bedenken, »außer dass er ziemlich schräg ist. Aber das ist so ein Kindheits-Museum ja auch.«
»Okay, okay. Aber wieso ist er *jetzt* hier? Was hat das mit uns und unserem Fall zu tun?«, überlegte Peter.
»Irgendetwas muss ihn aufgescheucht haben. Irgendetwas von dem, was er durch uns erfahren hat«, war Justus überzeugt. »Ich sehe noch mal durchs Fenster. Wenn wir nur warten, bis er wieder rauskommt, erfahren wir vielleicht gar nichts. Ihr bleibt hier und gebt mir Rückendeckung.«
»Sei vorsichtig, Erster!«, sagte Bob.
»Ich werde –«
»Kommando zurück!«, zischte Peter plötzlich und zeigte dorthin, wo die Autos standen.
Justus und Bob sahen es sofort. Eine Gestalt näherte sich ihnen und der Hütte, und im ersten Moment verschlug es den Jungen den Atem. Denn es gab nur eine Gestalt, die auf unzähligen Bildern genau so dargestellt wurde: der Tod!

Am Abgrund

»Sagt mir, dass das nicht wahr ist!« Peter starrte auf das große Wesen in Schwarz, das direkt auf sie zukam. Von Weitem sah es so aus, als hätte es kein Gesicht.
»Schaurig, aber zweckmäßig.« Bob kniff die Augen zusammen. »Sieht nach einem Regencape, einer schwarzen Skimaske und schwarzen Handschuhen aus. Da will jemand nicht erkannt werden.«
»Und auch wir sollten uns schnellstens unsichtbar machen«, zischte Justus.
Zum Glück lag der Felsen, hinter dem die drei ??? kauerten, etwas abseits der Route, die die Gestalt nehmen musste, wenn sie zur Hütte wollte. Die Jungen drückten sich so dicht wie möglich an den Stein und hofften, dass der Neuankömmling seiner Umgebung keine weitere Beachtung schenkte.
Sie warteten und gaben keinen Mucks von sich. Schritte oder gar der Atem der Person waren bei der Geräuschkulisse nicht zu hören. Sie mussten einfach eine Weile warten, bis sie sicher vorbei war. Erst dann wagten sie wieder zu sprechen.
»Was geht hier vor? Wer ist das? Was will der hier?«, sprudelte Peter heraus.
»Ich hätte da eine Idee«, sagte Justus nachdenklich.
Bob nickte. »Ich glaube, ich weiß, woran du denkst. Wenn der Geist tatsächlich für den Brand in der Oper verantwortlich war, ergibt das hier einen Sinn.« Vorsichtig äugte er über den Stein.

»Ihr meint, der Geist und der Kerl da vorne …?« Peter beendete den Satz nicht, so überrascht war er.
»… könnten ein und dieselbe Person sein«, ergänzte Bob.
Die Jungen sahen zur Hütte. Die schwarze Gestalt war nur noch ein paar Schritte entfernt und spuckte zu Boden. Zumindest sah es für den Ersten Detektiv so aus.
»Genau«, sagte Justus. »Geist legt Brand, Geist stiehlt Buch, Geist kopiert es, Geist entdeckt in den Kopien etwas, was ihn hierherführt.«
»Aber unser Geist war einer mit Pelz, nicht mit Regenumhang«, wandte Peter ein.
Der Erste Detektiv sah seinen Freund aufmerksam an. »Pelz, hm.«
»Und weiß Geist auch, dass Moody dadrin ist?« Peter kam vorsichtig aus der Deckung.
Justus schüttelte den Kopf, als die schwarze Gestalt die Hütte betrat. »Das glaube ich nicht. Deswegen wird es jetzt sicher gleich spannend.«
Wie zur Bestätigung ertönten wenige Augenblicke später zwei Schreie. Keine Schmerzensschreie. Es hörten sich eher nach maßlosem Erschrecken an. Kurz darauf rumpelte es, etwas flog gegen die Wand, wieder ein Schrei, diesmal wirklich vor Schmerzen, Stimmfetzen, ein Scheppern.
»Los, nach vorne!« Justus sprang auf und die drei ??? hasteten zurück zur Südseite der Hütte.
Dort drin war unüberhörbar eine Auseinandersetzung im Gange. Doch die Stimmen waren kaum zu verstehen. Das lag an dem Regen und dem Wind, aber nicht allein. Moody klang gedämpft und leise, so als spräche er mit einer Hand vor dem

Mund. Und der andere redete zwar sehr wenig, hörte sich dann aber ebenfalls dumpf und irgendwie merkwürdig an.
»Erkennt ihr die Stimmen?«, flüsterte Peter.
»Nur die von Moody«, wisperte der dritte Detektiv. »Ich glaube, der ist unter der Luke. Hört sich jedenfalls so an.«
»Der andere Kerl spricht seltsam.« Justus hatte für einen kurzen Moment geglaubt, die Stimme schon einmal gehört zu haben.
»Die Maske«, erkannte Bob. »Das liegt sicher an der Skimaske.«
»Ja, schon, aber diese Stimme …« Justus verstummte. Er kam einfach nicht drauf.
Die drei ??? lauschten angestrengt. Plötzlich ließen Wind und Regen für einen Moment nach.
»… keine Ahnung … mir wollen!«, vernahmen die Freunde Moodys Stimme. Der Mann hatte panische Angst.
»… steck …«
»Was war das?«, zischte Peter. »Steck?«
»Sei leise!«
»Können Sie … alberne Verkleidung …? … wissen, mit wem ich es … habe.«
»… steck …!«
Bob sah Peter an, formte mit den Lippen das Wort »steck« und zuckte die Schultern. Wovon redete der Unbekannte?
»… sage Ihnen doch … nicht weiß … sprechen!«
Ein Schuss fiel und die Kugel jagte krachend durch die hintere Wand in den Fels. Die drei Jungen zuckten zusammen. Dann drehte der Wind abermals und sie konnten die beiden nicht mehr verstehen.

»Versteck!«, begriff Justus plötzlich. »Der will wissen, wo Moodys Versteck ist!«
»Was für ein Versteck?«, fragte Peter. »Die ganze Hütte ist ein Versteck.«
»Keine Ahnung. Oder er wollte wissen, wo Moody etwas versteckt hat.«
»Was denn?«
»Na das, was Bob vorher vermutete. Dinge, die Moody noch wichtiger sind als alte Spielsachen. Dinge, die auf keinen Fall gefunden werden dürfen.«
»Und was soll das sein?«
»Woher soll ich das wissen?«
In diesem Augenblick ging die Tür auf. Moody stolperte ins Freie, hinter ihm der Maskenmann. Mit vorgehaltener Pistole!
»Aber das ist Wahnsinn!«, rief Moody.
Der andere fuchtelte mit der Pistole Richtung Klippe.
»Sagen Sie Mr Abakulow, dass es sich hier um ein Missverständnis handelt!«
Die drei ??? sahen sich mit großen Augen an. Abakulow! Also hatte der Erste Detektiv recht gehabt mit seiner Vermutung!
»Unser Geist arbeitet für Abakulow?« Peter war völlig durcheinander.
»Der treibt ihn zur Klippe!« Bob zeigte auf die beiden Widersacher. »Seht doch!«
»Bitte!«, flehte Firthway. »Ich habe nicht, wonach Sie suchen! So glauben Sie mir doch!«
Der Unbekannte gab einen weiteren Schuss in die Luft ab. Moody fuhr zusammen, ging instinktiv in Deckung und schwankte hinaus auf die Klippe.

»Nein! Bitte!«, wimmerte er.
»Wir müssen was unternehmen!«, stieß Peter hervor. »Der Kerl will Moody über die Klippe jagen!«
Justus sah hinaus auf den windumtosten Grat, wo der Maskenmann Moody Firthway immer weiter Richtung Klippenspitze vor sich hertrieb. Sie hatten sich jetzt so weit von den Jungen entfernt, dass Moodys Bitten und Betteln nur noch schwach zu ihnen drang.
»Auf der Klippe gibt es keine Deckungsmöglichkeit. Unsere einzige Chance sind Wind und Regen«, sagte der Erste Detektiv.
»Und wir müssen hoffen, dass uns Moody nicht verrät, wenn wir uns anschleichen«, fügte Bob hinzu.
»Peter, du bleibst hier«, entschied Justus. »Mit deinem Knie bist du uns keine große Hilfe. Außerdem brauchen wir eine Nachhut.« Er zögerte. »Falls was schiefgeht.«
Der Zweite Detektiv nickte schweren Herzens. »Okay.«
Es war höchste Zeit. Moody stand nur noch wenige Meter vom Ende der Klippe entfernt. Die Arme bittend in die Luft gestreckt, tastete er sich Schritt für Schritt nach hinten, den Blick immer abwechselnd auf seinen Gegner und auf die aufgewühlte, todbringende See unter ihm gerichtet.
Justus und Bob schoben sich hinter dem Felsen hervor. Dicht beieinander, um möglichst klein zu wirken, huschten sie nach vorne zur Hütte. Dort verweilten sie einen Augenblick. Als sie sich wieder aufmachten, fiel Justus' Blick kurz auf Bobs Schuhsohle. Der Erste Detektiv hielt verwirrt inne. Doch jetzt war keine Zeit für Überlegungen. Hinter seinem Freund schlich er hinaus auf die offene Fläche, wo das *Haar des Teufels* begann.

Dass Moody so aufgelöst war, hatte auch einen Vorteil: vielleicht nahm er die Jungen vor lauter Aufregung gar nicht wahr und sie kamen an den Maskenmann heran, ohne dass er sie vorher bemerkte. Um ihre Chancen zu erhöhen, nutzten sie den Unbekannten auch als Deckung und hielten sich immer in Moodys Sichtschatten.

Dreißig Meter. So weit war es bis dort hinaus. Justus und Bob waren ein eingespieltes Team, aber das hier war eine besondere Herausforderung: Strömender Regen, eisige Böen und das Wissen, dass ihr und Moodys Leben auf dem Spiel standen, lasteten wie Blei auf ihren Schultern.

Noch fünf Meter für Moody, fünfzehn für die beiden Detektive. Nach wie vor zielte die Gestalt unter dem schwarzen Regencape erbarmungslos auf den zitternden Mann, immer noch flehte Moody um sein Leben. Justus und Bob konnten jetzt auch einen Blick in die Tiefe werfen. Schäumende, donnernde Wellen, die gegen mörderische Felsen schlugen. Und Möwen, von denen eine die Felswand hinaufschwebte, genau dorthin, wo die Jungen jetzt über den steinigen Boden krochen.

Eine Möwe! Ein furchtbarer Gedanke zuckte durch Justus' Hirn, während die Möwe immer näher kam. Wenn die Möwe sie sah, konnte es leicht sein, dass –

Ein lauter Schrei! Die Möwe war über den Klippenrand gestiegen, hatte die Jungen entdeckt und vor Schreck aufgeschrien. Schimpfend blieb sie über ihnen in der Luft.

Vorne fuhr der Unbekannte herum und sah die beiden Detektive!

»Lauf!«, schrie Justus und drehte sich um.

Aber im nächsten Moment krachte ein Schuss direkt neben ihnen in den Boden. Justus und Bob stoppten sofort, richteten sich ganz langsam auf und hoben die Hände. Sie warfen einen letzten Blick hinüber zu Peters Versteck. Zum Glück war von dem Zweiten Detektiv nichts zu sehen. Dann drehten sie sich um.

Tödliche Entscheidung

Mit hektischen Bewegungen winkte die schwarze Hand die Jungen zu sich. Justus und Bob hatten keine Wahl. Mit erhobenen Armen schritten sie langsam nach vorne.

»Verdammt!«, zischte Bob. »Was machen wir jetzt?«

»Einen möglichst kühlen Kopf bewahren. Und hoffen, dass Peter etwas einfällt.«

Die Augen in dem Sehschlitz der Skimaske blickten abwechselnd zu den Jungen und zu Moody, der ungläubig auf die beiden Detektive starrte. Bob lief ein Stück weiter nach links und Justus tat es ihm gleich. So war dem Maskenmann ein wenig die Sicht auf Peter verdeckt.

»Was zum Henker tut ihr hier?«, schrie ihnen Moody zu, als sie nahe genug waren.

»Das Gleiche könnten wir Sie fragen«, erwiderte Justus. »Und Sie auch!« Er blickte den Fremden an und versuchte, ihm in die Augen zu sehen. Braun. Braune Augen glaubte er unter dem Sehschlitz zu erkennen. Aber er konnte die Augen keinem ihm bekannten Gesicht zuordnen. Vielleicht Kontaktlinsen, dachte Justus. Doch eines konnte er mit Bestimmtheit sagen: Wer immer unter dieser Maske steckte, hatte keinerlei Skrupel. Der Blick des Unbekannten war kühl, berechnend und ohne eine Spur von Gnade.

Da rüber!, sagte die Pistole unmissverständlich. Wie Zeiger um eine Uhr drehten sich Justus und Bob um den Mann herum, bis sie neben Moody Firthway standen. Keine drei Meter trennten sie jetzt vom Abgrund.

»Seid ihr mir gefolgt?«, fuhr Moody sie an.
»Und wir hatten allen Grund dazu«, entgegnete Justus.
»Was soll das heißen?«
»Das ist jetzt wohl kaum der richtige Zeitpunkt, das auszudiskutieren«, fuhr Bob dazwischen. »Im Moment haben Sie und wir ganz andere Sorgen.« Er nickte zu dem Fremden. »Was geht hier eigentlich vor?«
Hinter dem schwarzen Regenumhang tauchte schemenhaft Peters Gestalt aus dem Regen auf. Er hob beschwörend die Arme. Offenbar hatte er keine Idee, was er nun tun sollte. Bob fiel siedend heiß ein, dass er selbst ihr Firmen-Handy in der Tasche hatte. Selbst wenn er darüber unbemerkt einen Notruf starten könnte, würde es ewig dauern, bis Hilfe hier sein konnte, dann wären sie längst ... er dachte nicht weiter.
»Der da«, Moody zeigte auf den Fremden, »will etwas von mir, das ich nicht habe!«
»Schwachsinn!«, polterte es unter der Maske hervor.
Jetzt erkannte Justus, was ihn vorher an der Stimme so irritiert hatte: Der Mensch unter der Maske verstellte seine Stimme.
»Ich habe die CD nicht!«
»Welche CD?«, fragte Bob.
Der Unbekannte machte einen Schritt auf sie zu und Moody und die Jungen mussten wieder ein Stück nach hinten zurückweichen. Eine heftige Böe brachte sie ins Wanken und der Erste Detektiv kam gefährlich nahe an die Kante. Ein großer Stein löste sich und rauschte in die Tiefe.
»Die ganze Klippe ist vom tagelangen Regen aufgeweicht«, stieß Justus atemlos hervor. »Hier kann jeden Moment ein riesiges Stück abbrechen.«

Der dritte Detektiv sah Moody beschwörend an. »Wenn Sie diese verdammte CD haben, dann geben Sie sie ihm! Bitte! Wir werden sonst alle draufgehen!«

»Aber ich –« Moody blickte sich nach hinten um. Seine Augen flackerten vor Angst.

»Was *aber ich*?« Justus hatte die Unsicherheit in Moodys Stimme sofort bemerkt.

»Ich ...«, Moody atmete heftig, »habe sie ... doch nicht.«

»Los!« Der Fremde richtete die Waffe auf Moody. »Umdrehen!«

»Nein! Das können Sie nicht tun!«, schrie Moody.

Der schwarze Finger krümmte sich um den Abzug. »Umdrehen! Jetzt!«

Am ganzen Körper zitternd wandte sich Moody um. »Bitte! Tun Sie das nicht!«

Plötzlich nahm Bob eine Bewegung weit hinter dem Rücken des Unbekannten wahr. So unauffällig wie möglich sah er etwas genauer hin. Und hätte sich vor Überraschung fast verraten! Da war Peter, der sich langsam von hinten an sie heranschlich. Doch noch jemand war bei ihm! Der dritte Detektiv konnte nicht sagen, wer. Nur dass es ein Mann war.

Justus hatte die beiden ebenfalls entdeckt. Die Jungen wechselten einen raschen Blick. Beide wussten, was jetzt zu tun war. Sie mussten Zeit gewinnen.

»Runter!«, befahl der Fremde Moody.

»So glauben Sie ihm doch!«, rief Bob. »Der Mann hat nicht, was Sie wollen.«

»Unsinn!«

»Bitte!«, wimmerte Moody.

»Er hätte es Ihnen doch längst gegeben!«, übernahm Justus. »Sehen Sie ihn sich doch an!«
Ein Schuss knallte und schlug neben Moodys Füßen in den Boden.
»Warten Sie! Warten Sie!«, schrie Moody und ließ langsam eine Hand sinken. »Warten Sie!« Er griff sich unter seine Jacke.
Peter und der andere Mann waren fast heran. Aber noch immer konnten Justus und Bob nicht erkennen, wer der Mann war, da die Kapuze seiner Windjacke das Gesicht umschloss und beide sich tief gebückt vorwärtsbewegten.
»Hier!« Moody zog die Hand aus der Tasche und streckte eine durchsichtige CD-Hülle in die Luft. »Hier ist sie! Nehmen Sie das verdammte Ding endlich. Hier! Aber lassen Sie mich gehen! Bitte!«
»Herholen!« Der Maskenmann nickte Bob zu.
Der dritte Detektiv ging hinüber zu Moody und nahm ihm die Hülle aus der Hand. *›SETI-Q.E.D.‹* stand auf der CD. Bob machte einen Schritt auf den Unbekannten zu, blieb aber plötzlich stehen.
Die schwarze Hand winkte ungeduldig. »Gib her!«
Bob tat so, als dächte er nach. Peter und der Mann benötigten noch etwa zehn Sekunden. »Was ist dadrauf?«, fragte er. »Was heißt SETI-Q.E.D.?«
»Her damit!«
»SETI-Q.E.D.?«, wiederholte Justus verblüfft. »Quod erat demonstrandum? Was zu beweisen war?«
»Mach schon!«
Bob lächelte siegesgewiss. »Gute Nacht, schöne Träume!«

Dann ging alles schief. Später sollten die drei ??? verstehen, dass Peter einen kurzen Reflex auf der spiegelnden CD verursacht hatte, der den Unbekannten warnte. Doch jetzt verstanden sie gar nichts.

Der Maskenmann sprang urplötzlich nach vorne und riss Bob um, der unter einer Decke schwarzem Regenzeug begraben wurde. Dahinter stürzten Peter und der Mann ins Leere. Moody drehte sich um, erkannte die Situation und warf sich auf den Unbekannten, der sich mittlerweile die CD-Hülle geschnappt hatte. Aber wieder war der Fremde schneller. Er rollte sich zur Seite, sodass Moody auf Bob landete. Der dritte Detektiv ächzte vor Schmerzen. Justus gelang es, mit einem geschickten Tritt die Pistole über den Klippenrand zu befördern. Doch als er den Maskenmann festhalten wollte, versetzte der ihm einen kräftigen Stoß, sodass der Erste Detektiv nach hinten auf den Abgrund zutaumelte.

Peter schrie auf vor Entsetzen, machte einen Riesensatz und bekam Justus gerade noch an der Jacke zu fassen. Hinter ihnen war der Unbekannte auf die Beine gesprungen und wollte fliehen. Doch der Mann, der mit Peter gekommen war, versperrte ihm Weg.

»Das gehört mir!«, schrie er und griff nach der CD.

Eine kehlige, offene Stimme mit rollendem R! Justus und Bob erkannten sie sofort: Das war Abakulow!

Der Maskenmann täuschte links an und wollte rechts vorbei. Abakulow hatte den Braten gerochen und mit voller Wucht prallten beide zusammen und krachten zu Boden. Die CD-Hülle flog dem Fremden aus den Händen und segelte in hohem Bogen auf die Kante der Klippe zu.

»Nein!«, brüllte Abakulow. Aus dem Sitzen hechtete er nach vorne.
Die drei ??? sahen ihm entsetzt hinterher und auch Moody und der Unbekannte blickten wie gebannt zu Abakulow. Das konnte nur böse enden!
Abakulow bekam die Hülle im Sprung zu fassen, schlug auf dem Boden auf und schlitterte auf dem nassen Stein auf den Abgrund zu.
»Vorsicht!« Peter streckte unwillkürlich den Arm aus.
Abakulow suchte verzweifelt nach Halt – aber da war nichts. Sein Kopf rutschte über die Kante, die Brust, der ganze Oberkörper. Die Arme ruderten ins Leere, Abakulow schrie. Doch kurz bevor sein Körper abkippte, verfing sich ein Schuh an einem winzigen Felsvorsprung. Unvermittelt stoppte die tödliche Fahrt. Für eine Sekunde atmeten die drei ??? auf, aber Abakulow hing so weit über den Klippenrand, dass er jeden Moment abstürzen konnte.
»Los!« Bob sprang auf.
In diesem Moment knackte es. Ein Riss tat sich im Boden auf! Genau dort, wo Abakulow lag!
»Die Kante!«, schrie Justus. »Sie gibt nach!«
»Nein! Nicht!« Bob riss entsetzt die Augen auf.
Der Klippenrand bröckelte. Abakulow kam wieder ins Rutschen, kippte nach vorn und fiel …
Bob schrie auf und drehte sich abrupt weg.
»Schnell, wir müssen ihn retten!« , hörte er Justus neben sich.
Der dritte Detektiv sah verwundert wieder hin. Abakulow hing noch mit einer Hand über dem Abgrund!

Bob und Justus warfen sich auf den Bauch und robbten zu ihm hin.
»Peter!«, rief Justus nach hinten.
»Es geht nicht!«, stöhnte Peter. Er hatte sich bei seinem Sturz verletzt. Das Knie. Das andere. Und von seinem Kinn tropfte Blut.
»Mr Abakulow!« Bob streckte die Hand aus. »Nehmen Sie meine Hand!«
»Ich ... kann nicht!«
»Lassen Sie die CD fallen!«
»Niemals!«
»Der Stein kann jeden Moment nachgeben!« Auch Justus streckte seine Hand aus.
»Die CD! Lassen Sie sie endlich fallen!«
»Nein. Das ist mein letzter Beweis.«
Justus und Bob sahen sich an. SETI-Q.E.D. Jetzt war alles klar.
»Es geht um Ihr Leben!«
»Diese CD ist mein Leben!«
Moody war wieder aufgestanden und bewegte sich vorsichtig aus der Gefahrenzone, während sich der Maskenmann davongemacht hatte und nur noch ein Schatten im Regen war.
»So helfen Sie ihnen doch!«, fuhr Peter den Mann an.
Moody schüttelte den Kopf, sagte aber nichts. Er war aschfahl im Gesicht und konnte sich kaum auf den Beinen halten, so sehr saß ihm das Grauen in den Gliedern.
Es knirschte. Weitere Steine rieselten in die Tiefe.
»Mr Abakulow! Bitte! Geben Sie mir Ihre Hand!« Bob streckte die Finger, so weit er konnte.

»Aber meine Beweise! Meine Beweise!«

Dann knackte es. Genau dort, wo sich Abakulow festhielt. Mit angstgeweiteten Augen starrte er die Jungen an. Seine Finger rutschten ab. Millimeter für Millimeter. Und unten riss das Meer seinen gischtenden Rachen nach dem Mann auf.

»Mr Abakulow!«

»Neiiiiiiin!«

Quasimodo

Endlich! Endlich hatte es aufgehört zu regnen. Die drei ??? saßen im hellen Sonnenschein des Straßencafés und genossen die wärmenden Strahlen.

Michelle jedoch waren Sonne und Wärme im Moment völlig egal. Sie war immer noch völlig fassungslos. Das Wichtigste über den Fall hatte sie zwar schon gestern von Justus am Telefon erfahren. Aber die Sache war so komplex, dass sie die drei ??? heute vor der Vorstellung unbedingt noch einmal hatte sehen wollen.

»SETI-Q.E.D! Außerirdisches Leben – quod erat demonstrandum! Das ist ja wirklich wie in einer griechischen Tragödie!« Michelle stellte die Tasse wieder ab, aus der sie gerade trinken wollte, und sah die drei ??? bestürzt an. »Und Abakulow kann jetzt nicht mehr beweisen, dass es Außerirdische gibt? Hat er keine Kopien gemacht oder so?«

Der dritte Detektiv schüttelte den Kopf. »Bei dem Einbruch vor zwei Wochen wurde ganze Arbeit geleistet. Alle CDs wurden mitgenommen und der Computer zerstört. Und da er nichts und niemandem vertraut hat, hatte er sämtliche Kopien bei sich versteckt.«

»Der arme Mann«, sagte Michelle betroffen. »Bestohlen, erpresst, überfallen, weil er nicht zahlen wollte, und dann das. Er muss am Boden zerstört sein.«

»Ja, der 22. Oktober um 16 Uhr, das war Abakulows Schicksalsstunde, so oder so.« Peter nickte vielsagend. »Ursprünglich sollte da sein mit großer Spannung erwarteter Vortrag beginnen, dann war es Moodys Ultimatum für die Erpressung, heute ist er ein überraschend abgesagter Termin und nur noch Geschichte.«

»Wenigstens ist er noch am Leben.« Der Erste Detektiv rückte seine Krawatte zurecht. Pounder hatte ihnen für seine Entlastung Karten in der ersten Reihe geschenkt und zu diesem besonderen Anlass hatte Justus seine besten Sachen aus dem Schrank geholt. Wobei die Krawatte von Onkel Titus stammte, lila mit grünen Streifen. »Aber hätte er noch einen Augenblick länger gezögert, wäre es um ihn geschehen gewesen.«

Peter befühlte sein lädiertes Kinn und schaute nachdenklich vor sich hin. »Und so wird kein Mensch je erfahren, ob er recht hatte.«

Bob nickte. »Der Beweis für außerirdisches Leben – für immer verloren in den Fluten des Pazifiks. Was für ein Jammer.«

»Das kann man wohl sagen«, knurrte Justus verärgert. Abakulow hatte ihm die CD noch zugeworfen. Er hatte sie schon in Händen gehabt! Aber dann war sie ihm doch aus den klammen Fingern gerutscht. Dieser verdammte Regen!

»Und Moody?«, fragte Michelle.

»Streitet alles ab«, berichtete Bob. »Behauptet, er wüsste von keiner CD und habe Abakulow noch nie gesehen. Und da es keine CD mehr gibt, kann man ihm diesbezüglich nichts nachweisen. Die Polizei nimmt aber gerade seine Hütte auseinander. Vielleicht finden sie da Hinweise. Und wenn nicht, dann hoffentlich irgendetwas anderes, das ihm zum Verhängnis wird.«

»Außerdem haben wir noch einen weiteren Trumpf im Ärmel«, erklärte Justus.

»Und den sollten wir jetzt nicht länger warten lassen.« Peter sog den Rest Milchshake lautstark durch den Strohhalm und griff nach seinen Krücken. Nachdem jetzt beide Knie in Mitleidenschaft gezogen waren, hatte ihm der Arzt empfohlen, ein paar Tage mit den Gehhilfen herumzulaufen. »In einer Stunde geht die Vorstellung los.«

Michelle zögerte. »Und ihr seid euch wirklich ganz sicher?«

»Hundertprozentig!«, sagte Justus im Brustton der Überzeugung. »Die Indizien sind erdrückend.«

»Ich kann das immer noch nicht glauben.« Michelle holte abwesend ihre Geldbörse aus der Tasche, während Bob nach der Bedienung rief.

Wenige Minuten später traten sie durch den Haupteingang der *Opera Califia*. Dass es hier vorgestern Abend gebrannt hatte, sah man zumindest im Foyer nicht mehr. Die drei Jungen waren gespannt, wie es auf der Bühne aussah.

Pounder erwartete sie schon. Er begrüßte sie gewohnt überschwänglich und dankte nochmals jedem Einzelnen der drei ???. Dann wollte er sie zu ihren Plätzen geleiten.

»Wir hätten da vorher noch etwas zu erledigen«, gab ihm Justus jedoch zu verstehen. »Etwas, das auch Sie interessieren dürfte. Wollen Sie nicht mit uns kommen?«

Pounder sah ihn erstaunt an. »Wenn du meinst, sicher.«

Bob blickte sich um. Als er den groß gewachsenen Mann im schwarzen Trenchcoat entdeckte, nickte er ihm unauffällig zu. »Es kann losgehen«, sagte er zu den anderen.

Dicht hinter dem Mann erklommen die Jungen, Michelle und Pounder die Treppe zum ersten Stock. Peter nahm dabei mit seinen Krücken immer drei Stufen auf einmal. Das trainiere die Oberarme, wie er betonte. Oben angekommen, steuerte der Mann die Garderobe an, gab seinen Mantel ab und stellte sich ein kleines Stück abseits, als wartete er noch auf jemanden.

»Hallo, Betsy!« Der Erste Detektiv legte eine Kaffeekirsche auf den Tresen.

»Ah, euch kenn ich doch! Die drei jungen Opernfreaks!« Betsy lachte. »Und was soll ich damit?« Kaugummi kauend deutete sie auf die Kirsche.

»Wissen Sie, was das ist?«, fragte Bob.

»'ne Kaffeekirsche.«

»Richtig!«, sagte Peter anerkennend. »Und wissen Sie, was ein Freund von uns damit macht?«

Sie schüttelte irritiert den Kopf.

»Er gibt sie seinem Fleckenmusang zu fressen! Das ist so eine Art Kreuzung aus Ratte und Waschbär. Sehr selten bei uns. Das Tier scheidet die Kirschen wieder aus, und anschließend – Sie werden es nicht glauben – werden die Dinger gesäubert und geröstet und dann kann man daraus den teuersten Kaffee der Welt machen. *Kopi Luwak*. Kaffee aus Katzendreck. Ist das nicht ekelhaft?«

Betsy hörte auf zu kauen und sah die drei ??? verwirrt an. »Seid ihr auf Drogen, oder was?«

»Sie haben ebenfalls einen Freund, der Katzenkaffee hergestellt, wie sie vor wenigen Tagen einem älteren Herrn an der Garderobe mitgeteilt haben«, fuhr Justus fort. »Ich habe dem zunächst keine besondere Bedeutung beigemessen, aber als ich erfahren habe, dass Mr Firthway genau so einen Kaffee fabriziert, erinnerte ich mich an Ihren Satz und kam ins Grübeln. Denn außer Mr Firthway gibt es in Rocky Beach und weit darüber hinaus niemanden, der dieses seltsame Hobby pflegt, wie unsere Recherchen ergeben haben.«

Bei Moodys Nachnamen war Betsy fast unmerklich zusammengezuckt. Auch sonst schien sie eine Spur blasser geworden zu sein. »Was wollt ihr eigentlich von mir? Was wird das hier?«

»Ja, was geht hier vor?«, fragte Pounder verwundert.

»Das werden Sie gleich erfahren.« Bob legte eine ihrer Visitenkarten auf den Tresen. Hinter ihnen bildete sich allmählich eine Schlange. »Wir sind Detektive und ermitteln in Michelles Auftrag wegen einer merkwürdigen Kreatur, die in dieser Oper ihr Unwesen treibt.«

»Was?«, stieß Pounder hervor. »Was sagt ihr da? Eine merkwürdige Kreatur? In meiner Oper? Was für eine Kreatur?«

»So eine Art Yeti in Braun«, sagte Peter. »Ein Erdgeist. Oder ein Werwolf auf zwei Beinen.«

»Das ist – nicht wahr, oder?«

»Es ist wahr, Chef«, sagte Michelle, ohne Pounder anzusehen. »Ich habe die Jungen engagiert, um der Sache auf den Grund zu gehen. Ich dachte, wenn ich Ihnen erzähle, dass so ein Ding in der Oper herumspukt, dann ... dann würden Sie mich ... Sie wissen schon.«

Pounder hatte es die Sprache verschlagen. Fassungslos blickte er Michelle und dann die drei Jungen an.

Betsy hatte wieder angefangen zu kauen. Betont gelassen. Zu betont. »Soso. Ein Werwolf. Toll. Und was geht mich das an?«

»Mögen Sie eigentlich Schokolade?« Peter legte eins der Schokoladentäfelchen aus Moodys Haus neben die Karte. »Haben wir auch von Moody.«

»Und unten im Keller fanden sich etliche Verpackungen dieser sehr ausgefallenen Schokoladentäfelchen«, sagte Justus. »Könnte es sein, dass der Erdgeist Schokolade aus Moodys Haus aß, während er darauf wartete«, der Erste Detektiv machte eine kurze Pause und sah Betsy eindringlich an, »Brandsätze anbringen zu können, mit deren Hilfe die Oper abgefackelt werden sollte?«

Pounder packte Justus an der Schulter und drehte ihn zu sich herum. In seinem Gesicht spiegelten sich Unglaube, Zorn und Verwirrung. »Was sagst du da? Ich verstehe das nicht!«

»Unseren Ermittlungen zufolge ist jene Kreatur höchstwahrscheinlich dafür verantwortlich, dass es vorgestern gebrannt hat. Ein Mitarbeiter der Oper hat Brandsätze mit Zeitzündern an den strategisch richtigen Stellen platziert. Unter der Bühne, auf der Bühne, am Rundhorizont.«

Bob ergriff das Wort. »Wobei der Brand nur ein Ablenkungsmanöver war. In dem Chaos sollte nämlich Mr Firthway ein Buch entwendet werden, in dem der Täter Informationen zu finden hoffte. Darüber, wo sich ein bestimmter Gegenstand befand, den jener Täter im Auftrag von Mr Firthway gestohlen hat. Beide wollte das Opfer anschließend erpressen.«

»Aber Moody änderte plötzlich seine Meinung und beschloss, die Sache allein durchzuziehen«, fuhr Peter fort. »Vielleicht, weil jenes Opfer nicht genügend zahlen konnte. Doch das gefiel dem Yeti gar nicht, weswegen er sich einen beinahe genialen Plan einfallen ließ, um an den äußert scheuen Opernliebhaber Moody Firthway und sein wertvolles Büchlein heranzukommen. Er heuerte an der Oper an, ließ im richtigen Moment die Flammen lodern und den Rest besorgten seine geübten Taschendiebfingerchen.«

»Und diese Kreatur …« Pounders Blick wanderte langsam zu Betsy. Allmählich begriff er, worauf das alles hier hinauslief.
Der Erste Detektiv nickte. »Diese Kreatur«, er zeigte auf Betsy, »sind Sie!«
»Du bist ja völlig plemplem.« Betsy lächelte verkrampft.
»Betsy?« Pounder lief rot an vor Wut. »Nach all dem, was ich für dich –«
»Chef, ich schwöre Ihnen …«
»Indiz Nummer eins und zwei«, unterbrach sie Justus. »Spuren im Aufzugsschacht im ersten Untergeschoss. Schleim und grünes Blut. Könnte es sein, dass Ihnen beim Klettern Ihre Tasche heruntergefallen und dabei eines jener Kühlpads geplatzt ist, die Sie laut eigener Aussage immer bei sich haben?«
»Und ein Füller kaputtgegangen ist, den Sie wahrscheinlich Mr Blight geklaut haben?« Peter blinzelte treuherzig. »Wir haben mal bei der Polizei nachgefragt und erfahren, dass Sie sich als Kleinkriminelle und Trickdiebin in der Vergangenheit einen gewissen Namen gemacht haben.«
»Das … wusste ich nicht«, hauchte Pounder.
»Blight hat Sie übrigens an jenem Abend, an dem Sie uns verheult an der Treppe begegneten, gar nicht gesehen«, erklärte Bob. »Hatten Sie da gerade den Zeitzünder am Rundhorizont angebracht?«
Betsy kniff wütend die Augen zusammen, sagte aber nichts.
»Indiz drei«, fuhr Peter fort. »Ein blauer Splitter in den Requisiten, wo Sie sich vor Isabella im Schrank versteckten.« Er deutete auf Betsys bunte Fingernägel. »Ihre Vorliebe für malerischen Nagelschmuck ist ja unübersehbar.«

Instinktiv zog Betsy ihre Hände zurück. »Ihr könnt mir gar nichts –«
»Viertens.« Bob zeigte ihr vier Finger. »Viele Frauen besitzen kleine«, er deutete eine Winzigkeit an, »Sicherheitsnadeln, die sie zum Beispiel in Türschlösser stecken können.«
»Und schließlich fünftens und sechstens«, übernahm Justus wieder. »Als wir uns auf der Klippe an Sie und Moody heranschlichen, klebte an Bobs Schuh ein frischer Kaugummi. Ein Kaugummi, den Sie kurz vorher ausgespuckt hatten. Und dann noch sechstens. Eine Sache, die mir schon die ganze Zeit durchs Hirn spukte, ohne dass ich sie zu fassen bekam: Als Peter Sie im untersten Keller verfolgte, brach er ein. An einer Stelle, die Sie mühelos trug.« Der Erste Detektiv sah die schlanke Frau abschätzend an. »Wie viel wiegen Sie? Hundert Pfund? Hundertfünf? Peter jedenfalls bringt einiges mehr auf die Waage. Da liegt die Vermutung doch nahe, dass ein eher leichter Mensch in den Pelzmänteln steckte, die Sie sich für Ihre Ausflüge in den Keller aus der Garderobe geliehen haben dürften, weil es da unten ja nicht besonders warm ist.« Justus wandte sich an Pounder. »Ein Pelzmantel. Kein Erdgeist oder Werwolf also. Unsere Fantasie hat uns da anfangs einen kleinen Streich gespielt.«
Peter warf Justus für das ›uns‹ einen dankbaren Blick zu. Denn eigentlich war es ja seine leicht zu beeindruckende Fantasie gewesen, die aus einem Pelzmantel mit Fuchskragen einen Erdgeist gemacht hatte.
Betsys Miene versteinerte. »Das sind doch alles Kindergartenmätzchen. Ihr könnt mir gar nichts –«
»Sagten Sie schon und müssen wir auch nicht«, nahm ihr der

Zweite Detektiv das Wort aus dem Mund. »Denn auch ohne all diese Hinweise könnten wir Sie überführen.« Peter ließ lustig die Augenbrauen hüpfen. »Moody hat nämlich gesungen. Wie ein Vögelchen. Dass Sie ihm Abakulows CD geklaut haben, in seinem Haus waren und er Sie ausbooten wollte.« Das war glatt gelogen. Moody hatte ja noch gar nichts zugegeben. Aber das konnte Betsy nicht wissen.

»Du lügst!« Betsy wurde kreidebleich.

»Sie können froh sein, dass Moody Sie jetzt nicht mehr in die Finger bekommt«, sagte Bob. »Irgendwann würde er sicher auch überlegen, ob nicht Sie vielleicht der schwarze Mann auf der Klippe waren, und dann werden Sie sehr dankbar sein, dass dicke Gitterstäbe und aufmerksame Beamte für Ihre Sicherheit sorgen.«

»Moody ... hat mich ... verraten?« Betsy knickte ein. Mühsam hielt sie sich am Tresen fest und ließ den Kopf hängen. »Dieser verdammte Dreckskerl!« Sie blickte auf. Ihre Augen glänzten fiebrig. »Wir hätten reich werden können! Steinreich! Dieser bescheuerte Russe hätte jeden Preis gezahlt!«

»Litauer«, korrigierte sie Justus. »Mr Abakulow stammt aus Litauen.«

»Was?« Betsy schaute ihn verstört an. »Was laberst du da?«

Der Erste Detektiv blickte sich nach dem Mann um. »Inspektor Cotta? Ich glaube, Sie können nun Ihres Amtes walten. Der Fall ist gelöst.«

Cotta trat hinzu, zeigte seine Dienstmarke und stellte sich Pounder und Michelle vor. »Gut gemacht, Jungs.« Er winkte Betsy zu sich. »Aber vergesst nicht: wir müssen noch mal miteinander reden. Ich will genau wissen, was da draußen auf dieser Klippe los war.« Er zeigte auf Peter. »Dass du aussiehst wie Quasimodo, kommt ja nicht von ungefähr. Und Sie«, Cotta legte Betsy Handschellen an, »kommen jetzt mit mir.«

Die drei ???, Pounder und Michelle blickten Cotta hinterher, der eine völlig am Boden zerstörte Betsy mit sich führte. Die anderen Besucher flüsterten aufgeregt miteinander und zeigten dabei immer wieder auf die drei Jungen.

»Quasimodo?« Peter machte ein verwirrtes Gesicht. »Wer zum Teufel ist Quasimodo?«

Bob und Michelle glucksten und auch Justus unterdrückte mit Mühe ein Grinsen. Dann wandte er sich an Pounder. »Eine Sache müssen wir Ihnen noch berichten. Bob hat in Ihrem Büro eine Gestalt entdeckt, die sich an Ihrem Schrank zu schaffen gemacht hat. Leider konnten wir sie nicht identifizieren, weil sie verkleidet war.«

Pounder sah Bob überrascht an. »Bist du dir da sicher?«

Der dritte Detektiv nickte.

Der Direktor runzelte die Stirn. »Dann wird mir einiges klar. Shoeman. Ein Sänger aus dem Chor. Er hat eine Abmahnung bekommen, weil er während der Proben ein Bonbon gelutscht hat. Gestern wollte ich ihn feuern, weil er auf seiner Partitur herumgemalt hat. Das war aber nicht möglich, weil die Abmahnung auf einmal weg war. Er muss sie aus seiner Akte geholt haben. Na, den werde ich mir vorknöpfen!«

Die drei ??? und Michelle schwiegen.

»Was?«, fragte Pounder. »Was ist?«

Nach einer Weile antwortete Bob: »Das ist wahrscheinlich der Grund, weshalb ausgerechnet Ihnen Betsy das Buch zugesteckt hat.«

»Shoeman?«
»Nicht Shoeman.«
»Nicht?«
Wieder schwiegen die Jungen und Michelle sah verlegen zur Seite.
»Was meint ihr?«
Schweigen.
Dann dämmerte es Pounder. »Ach, ihr meint, weil ich mit so vielen meiner Angestellten Ärger habe, hätte Moody jeden verdächtigen können, als er wusste, dass ich das Buch nicht gestohlen habe?«
Justus nickte. »Das war vermutlich Betsys Hintergedanke. Damit hätte sie viel Zeit gewonnen.«
Diesmal schwieg Pounder. Dann sagte er leise: »Ich bin oft ein bisschen zu hart zu meinen Leuten, oder?«
Keiner antwortete. Jeder sah woanders hin.
Pounder seufzte. »Ihr habt ja recht. Manchmal vergesse ich einfach, dass es außer der Kunst noch etwas anderes gibt auf der Welt.« Er lächelte die drei ??? zerknirscht an. »Ich muss da wohl mal drüber nachdenken. Viel Spaß in der Vorstellung. Euch und vor allem dir«, er nickte Peter zu und sein Lächeln wurde breiter, »Quasimodo.«
»Mann!«, polterte Peter los, als Pounder sich ein Stück entfernt hatte. »Sagt mir jetzt vielleicht endlich mal einer, wer dieser Quasimodo ist?«
Bob und Michelle kicherten leise und Justus sah grinsend in die Luft.
»Hallo?« Peter fuchtelte mit einer Krücke herum, damit man ihn wahrnahm.

Bob versuchte ernst zu werden. »Siehst du die Ankündigung da?«
Peter schaute zur Wand. »*Notre Dame*. Oper in zwei Akten von Franz Schmidt. Nach dem Roman *Der Glöckner von Notre Dame* von Victor Hugo. Ja? Und?«
»Quasimodo ist die Hauptfigur.«
»Der Held? Ist doch toll!«
»Na ja.« Bob grinste.
»Was ›na ja‹?«
»Quasimodo«, sagte Justus und brachte sich schon mal außer Reichweite der Krücken, »ist die Hässlichkeit in Person. Dieser Held hat einen Buckel, ist stocktaub und eines seiner Augenlider ist mit einer riesigen Warze bedeckt.«
Während Peter vor Verblüffung der Mund aufklappte, flüchteten sich die anderen lachend durch die Tür in den hell erleuchteten Zuschauerraum.

Leseprobe

176 Seiten, €/D 10,–
ISBN 978-3-440-17090-8

Das altehrwürdige Hotel Crowns Palace feiert sein 150-jähriges Jubiläum und viele Prominente sind zur Party eingeladen. Justus, Peter und Bob sollen Mr Andrews helfen, über die Veranstaltung zu berichten. Doch dann kommt alles ganz anders. Die drei ??? müssen einen Geist aufspüren und finden heraus, dass eine wertvolle Krone im Hotel nicht sicher ist ...

Lies doch mal rein!

kosmos.de/die_drei_fragezeichen

Da! Wieder dieses Knarren. Dann absolute Ruhe. Er verharrte für einige Sekunden bewegungslos. Doch schließlich drückte Peter vorsichtig die Messingklinke herunter, öffnete die Tür einen kleinen Spaltbreit und spähte hindurch. Der Flur war menschenleer. Niemand war zu sehen. Kein Ton zu hören.

»Seltsam«, flüsterte er. »Das habe ich mir doch nicht eingebildet.« Er blickte nach links, dann nach rechts und zuckte schließlich mit den Schultern. »War wohl doch falscher Alarm. Du bist eindeutig zu schreckhaft, Peter Shaw«, ermahnte er sich.

Gerade wollte er den Rückzug antreten, als er im Augenwinkel einen schwarzen Schatten bemerkte, der wie aus dem Nichts am rechten Ende des Flures auftauchte und gleich darauf wieder aus seinem Sichtfeld verschwand.

»Was zum … Kann mich bitte jemand kneifen? Das sah ja aus wie …« Der Zweite Detektiv wagte nicht, das Wort auszusprechen. Er nahm all seinen Mut zusammen, schlüpfte aus dem Zimmer und schlich den Gang hinunter. Als er um die Ecke blickte, gefror ihm das Blut in den Adern. Eine in ein langes schwarzes Kleid gehüllte Frau stand bewegungslos in der Nähe des alten Fahrstuhls. Sie trug eine altmodische Kopfbedeckung und ihr Gesicht war nicht mehr als ein konturloser Fleck. Wer war das? Er hatte eine Gestalt wie diese schon einmal gesehen. Dann durchfuhr es ihn wie ein Blitz. Er wollte in sein Zimmer zurücklaufen, doch seine Beine waren wie gelähmt.

»Das … das ist sie. Sie ist es wirklich. Die tote Frau. Catherine Parker … der Geist vom *Crowns Palace*«, stotterte Peter kaum hörbar. »Oh nein, das kann doch nicht wahr sein. Warum muss das ausgerechnet mir passieren?«

Urplötzlich drehte sich die schwarze Frau um und schien Peter geradewegs anzustarren. Wie in Zeitlupe erhob sie ihren Arm und richtete den Zeigefinger direkt auf ihn. Ihre Hände waren in schwarze Handschuhe gehüllt. Ungläubig riss der Zweite Detektiv die Augen auf. Er spürte das Verlangen, laut um Hilfe zu rufen, doch seine Kehle war wie ausgetrocknet.

»Es gibt keine Gespenster, Peter«, redete er sich in Gedanken ein. Justus hatte es mehrfach deutlich gesagt. Es waren entweder Hirngespinste oder Täuschungen. Ja! Genau das waren seine Worte. Und der Erste hatte immer recht. Ohne Ausnahme. »Es gibt keine ...« Der Zweite Detektiv hielt inne. »Moment mal ... Oh nein, bitte nicht, was passiert denn jetzt?«

Ein weißer Nebel breitete sich rund um die Erscheinung aus, stieg wabernd an ihr empor und hüllte sie nur wenig später vollständig in eine kaum durchdringbare Wolke ein. Lediglich ihr mahnender dürrer Finger ragte noch daraus hervor, bis letztlich auch er von den dichten Schwaden verschluckt wurde. Peter war starr vor Angst. Sein ganzer Körper fühlte sich an, als hätte ihn der Blick dieser Geisterfrau mit einem bösen, versteinernden Fluch belegt. Kalter Schweiß bildete sich auf seiner Stirn, bahnte sich den Weg über seine Wangen und tropfte dann von seinem Kinn herab. Unfähig, einen klaren Gedanken zu fassen, beobachtete er das Furcht einflößende Schauspiel so lange, bis der unwirkliche Dunst immer schwächer wurde und sich langsam, aber sicher verflüchtigte. Die Frau, die eben noch dort gestanden und ihn das Fürchten gelehrt hatte, hatte sich einfach in Luft aufgelöst. Der Spuk war vorüber – und der Geist spurlos verschwunden.

Peter verstand nicht, wie das möglich war. Doch auf dem langen Flur war niemand mehr zu sehen. Er atmete auf und wischte sich mit dem Handrücken über die verschwitzte Stirn. Sein Herz schlug noch immer wie verrückt, aber wenigstens seine Muskeln gehorchten seinem Willen wieder. Zitternd drehte er sich um. Der Schreck saß ihm tief in den Knochen und seine butterweichen Knie drohten jeden Augenblick einzuknicken. Trotzdem zwang er sich dazu, auf schnellstem Wege zurück in sein Zimmer zu laufen.

Als er an der Tür mit der Nummer 222 vorbeikam, stoppte der Zweite Detektiv ab. »Ob der ... Geist wohl aus diesem Zimmer gekommen ist?«, fragte er sich leise. »Hier wohnte Catherine Parker, bevor sie ermordet wurde.«

Peter legte zögernd seine Hand auf die Klinke und drückte sie nach unten. Der Zugang war verschlossen. Beruhigt lachte er auf. Doch gleich darauf blieb ihm das Lachen im Hals stecken. »Geister brauchen keine Türen ...«, erinnerte er sich und schlagartig kehrte seine Angst zurück.

»Jetzt habe ich aber wirklich genug. Nichts wie weg hier«, beschloss er und setzte sich schnell wieder in Bewegung. Doch als er an der Tür mit der Nummer 238 vorbeihuschte, blieb er erneut stehen. »Vielleicht hat Daisy ja auch etwas gehört.« Peter klopfte vorsichtig und horchte. Kein Ton drang aus dem Raum. Dann versuchte er, die Tür zu öffnen. Aber auch diese war verriegelt. »Alle schlafen tief und fest. Außer Peter Shaw natürlich. Mir reicht es jetzt.«

Der Zweite Detektiv machte einen Satz und verschwand in seinem Zimmer. Auf dem langen Flur erinnerte nichts mehr an die unheilvolle Begegnung. Alles, was blieb, war Totenstille.